ROYAL PLAYER - VERSION FRANÇAISE

KYLIE GILMORE

Traduction par
LAURE VALENTIN

Ceci est une œuvre de fiction. Les noms, les personnages, les lieux, les marques, les médias et les anecdotes sont le produit de l'imagination de l'auteur ou sont employés de manière fictive. L'auteur reconnaît le statut de marque déposée et la propriété des produits de marque référencés dans cette œuvre de fiction et utilisés sans permission. La publication ou l'emploi de ces marques ne sont pas autorisés, associés ni commandités par les propriétaires des marques déposées. Toute ressemblance avec des événements, des lieux ou des personnes réelles, existant ou ayant existé, serait une pure coïncidence.

Royal Player - Version française: © 2019 par Kylie Gilmore

Couverture par : Michele Catalano Creative

Traduction par : Laure Valentin

Publié par : Extra Fancy Books

ISBN-13 : 978-1-64658-004-0

1

Polly

Je viens de sortir de probation, et je suis liiibre !

Je lève les mains au ciel et laisse échapper un petit rire. C'est l'été et je suis sur le yacht des Rourke, qui est venu me chercher en France pour ma première visite au royaume de Villroy. Je suis tentée de hurler « Je suis le roi du monde ! » depuis la proue du bateau, mais l'équilibre est un peu précaire à cet endroit, et techniquement, je suis une princesse. Je me satisfais donc d'une brève série de claquettes. Je suis impatiente de voir Anna, la reine de Villroy. Elle est la raison pour laquelle j'ai été mise en probation.

Cela ne semble pas être une bonne chose, n'est-ce pas ? Mais c'était le cas. Elle et son mari, le roi Gabriel, m'ont aidée à éviter la prison aux États-Unis, pour usurpation d'identité.

Hum... ça ne semble pas être une bonne chose non plus. J'ai fait tout cela pour une raison complètement compréhensible. Je ferais mieux de revenir au début. Je suis la Princesse Mary Louise Lyon, des îles Beaumont. Polly, pour les intimes. Je suis la fille unique de parents très traditionnels, dans une monarchie à l'ancienne. Je venais tout juste de rentrer de ma faculté aux États-Unis, l'année dernière, quand mes parents ont commencé à suggérer (comprenez par-là : à me harceler à mort) qu'il était temps que je me marie et que j'engendre le prochain héritier. Il m'a suffi d'un rendez-vous avec l'époux de leur choix, Peter, un homme d'affaires de Beaumont affirmant être d'une lignée royale provenant d'un royaume disparu, avant de concocter un plan d'évasion pour *retourner* aux États-Unis. Je suis ce que vous pourriez appeler un fin stratège. Mes parents disent que je suis impossible.

Dans tous les cas, j'ai acheté une fausse carte d'identité aux États-Unis pour pouvoir me déplacer librement en tant que princesse en fuite, mais il s'est avéré que la fausse carte d'identité appartenait à une personne décédée. La tante de cette dernière a remarqué que sa nièce morte avait acheté un appartement à Tampa, en Floride. (C'était un cadeau pour Anna, qui vivait là-bas à l'époque. Je l'ai découverte, une cousine éloignée, grâce au site web AncestryWise, et je me suis dit que nous pourrions être amies. Vous voyez, fin stratège – trouver un allié). Rétrospectivement, je me dis que j'ai été naïve à propos de la fausse carte d'identité, en croyant qu'il pouvait simplement s'agir d'une personne inventée. J'aurais dû poser plus de questions. Je le regrette sincèrement, et j'ai contacté la famille de la personne décédée pour les indemniser. Il y a désormais une bourse à son nom dans son université, financée par ma fondation de charité.

Deux bonnes choses sont ressorties de tout ça – Anna et moi sommes devenues proches, et j'ai obtenu un diplôme en administration pendant que j'étais en probation. (C'est la raison que j'ai donnée à mes parents pour mon séjour prolongé aux États-Unis. Ils ne savent rien de mon arrestation grâce à Gabriel, qui a enterré l'affaire.) Maintenant, je vais pouvoir retrouver Anna, qui est enceinte de huit mois. On m'a accordé un bref répit pour me permettre d'être là à la naissance, et je compte utiliser ce temps pour trouver un plan stratégique qui me permettra d'échapper à mon mariage imminent avec Peter sans détruire ma famille et le royaume au passage.

Aucune pression.

Peter m'a acculée dans une impasse, me faisant du chantage pour me pousser à l'épouser. Mes parents ne sont absolument pas au courant de ça. Si je leur dis, ils ne permettront pas que ce mariage ait lieu et Peter mettra ses menaces à exécution. Il y a trois ans, mes parents lui ont fait un emprunt pour financer la rénovation de l'une de leurs stations balnéaires sur la meilleure plage de l'île. (Ils voulaient un style plus moderne pour rivaliser avec les stations balnéaires modernes de Peter.) La dette arrive désormais à échéance et ils n'ont pas l'argent nécessaire pour le rembourser. Je ne suis au courant que parce que durant ma brève visite à la maison avant de me rendre à Villroy, j'ai entendu ma mère dire à mon père qu'elle craignait que Peter saisisse la propriété, comme il en a légalement le droit pour une saisie immobilière sur l'île.

Je suis allée parler de mes parents à Peter en privé dans son bureau, espérant qu'il prolonge les termes du prêt. C'est là qu'il m'a dit que non seulement il saisirait la propriété, ce qui ne ferait que les endetter plus encore à cause de la perte de revenus, mais il ferait aussi savoir à tout le monde qu'ils avaient des dettes qu'ils avaient renoncé à payer, et qu'ils devaient désormais lever des impôts exorbitants pour que les choses continuent à tourner. Il détruirait leur réputation, les dépeignant comme des dirigeants dépourvus d'honneur. Tout cela dans l'objectif de mener une rébellion contre la monarchie, qu'il a juré de renverser. Ensuite, il m'avait fait une offre – si je l'épousais, et faisais de lui le roi, la dette serait oubliée. Toutes nos propriétés seraient placées sous son contrôle, et il s'assurerait qu'elles seraient profitables et modernisées, assurant ainsi un futur florissant à Beaumont.

Quel choix est-ce que j'avais ? Je dois sauver ma famille et mon royaume. Les monarchies sont une espèce en voie de disparition, et tant que je respire, je ne laisserai pas la mienne être détruite.

Je suis retournée au palais et, les mots ayant un goût amer dans ma bouche, j'ai dit à mes parents :

— J'admire le sens des affaires de Peter et je suis d'accord pour dire qu'il serait le candidat idéal pour devenir mon mari.

Ils étaient fous de joie ; même avant d'avoir des problèmes

financiers, ils espéraient voir se concrétiser cette union. Peter a toujours été l'alliance idéale dans leur esprit parce qu'il possède la moitié des stations balnéaires de l'île principale. Nous possédons l'autre moitié. Notre royaume est constitué d'un archipel d'îles dans les Caraïbes, dépendantes du tourisme. Peter ne leur a jamais montré son vrai visage.

Mon mariage est aussi une nécessité urgente parce que mon père a décidé de se retirer de son poste de roi. Il a soixante-treize ans et sa maladie de Parkinson empire. Il ne veut pas être vu agité de tremblements en public. Ma mère, la reine, n'a que quarante-six ans, mais elle ne sera pas autorisée à régner seule parce que c'est une femme. À. L'ancienne. Je ne suis pas autorisée à régner seule, moi non plus. Si je ne me marie pas bientôt, mon héritage sera transmis à mon cousin masculin le plus jeune. Cela me rend *furieuse*. J'ai été préparée à devenir reine toute ma vie. C'est mon rôle, mon droit.

Je me retourne et m'abrite les yeux pour avoir une meilleure vue de l'intérieur de la cabine du yacht, où se trouve mon chaperon et ma domestique de longue date, Marge. Elle a dans les cinquante ans, maintenant, ses cheveux longs jusqu'aux épaules sont plus gris que bruns, ce qui, d'après elle, est ma faute. J'adore cette femme, qui de bien des manières, a été une deuxième mère pour moi. Quand j'étais petite, mon trop-plein d'énergie et mon désir d'aventure ont rendu mes parents et mes tuteurs complètement fous. Puis est arrivée Marge. Stricte et pragmatique, elle avait été chargée de la tâche impossible de me garder sur le droit chemin. Elle est avec moi depuis que j'ai été envoyée au pensionnat, à neuf ans, et jusqu'à la fac. Elle est réapparue quand mes parents ont découvert que je restais aux États-Unis pour mon diplôme/probation. Elle a l'air de dormir assise bien droite sur le canapé. La pauvre. Elle m'a dit qu'elle pensait avoir attrapé quelque chose. Elle a mal à la gorge.

J'entre dans la cabine et elle ouvre lentement les yeux.

— Polly, où est ton voile ? Ce n'est pas convenable, et trop de soleil te donnera des rides.

Elle est la seule membre du personnel à m'appeler par mon surnom, et seulement en privé. Autrement, c'est Votre

Altesse », « Princesse Mary » ou « madame », comme tous les autres.

— L'air marin a volé mon voile, mens-je.

J'essaie toujours de me débarrasser du voile – requis pour les femmes célibataires de sang royal, dans mon royaume – quand je ne suis pas chez moi. C'est une vieille dispute entre nous. Elle ressent le besoin de faire remarquer l'absence de voile pour remplir son devoir de chaperon, tout en sachant que j'aurais une excuse.

Elle émet un son offusqué.

Je m'assois à côté d'elle et pose le dos de ma main sur son front, vérifiant si elle a de la fièvre comme elle le fait toujours avec moi.

— Tu sembles un peu chaude.

— Je vais bien, réplique-t-elle en s'écartant. Malgré tout, garde tes distances, au cas où je serais contagieuse. Je ne veux pas que tu rendes la reine malade alors qu'elle est si près d'accoucher.

Je me dirige vers le petit réfrigérateur et récupère une bouteille d'eau fraîche pour elle.

— N'en fais pas toute une histoire ! aboie-t-elle d'une voix rauque.

— Tiens, ma douce, dis-je en lui tendant la bouteille. De l'eau et du repos, ce sont les conseils de Marge.

Elle prend la bouteille d'eau, les lèvres pincées.

— Ne sois pas effrontée, à me renvoyer mes conseils. C'est pour ton propre bien.

Je souris et m'assois à côté d'elle.

— Et maintenant, il est temps de suivre tes propres conseils.

Elle se renfrogne, mais ouvre la bouteille pour boire une gorgée, grimaçant tout en avalant.

— On fera venir un docteur dès qu'on sera arrivé au Palais Amalie.

C'est le palais de Villroy.

— Ce n'est rien, répète-t-elle en prenant une autre gorgée d'eau. Polly, je dois te dire quelque chose.

Les cheveux se hérissent sur ma nuque. Je peux compter

sur les doigts d'une main le nombre de fois où Marge a eu besoin de me dire quelque chose, et ce n'était *jamais* une bonne nouvelle.

— Qu'y a-t-il ? Quelque chose ne va pas avec mon père ?

— Non, non. Rien de ce genre. J'attendais le bon moment pour te le dire, et je ferais mieux de le faire maintenant, avant de me retrouver confinée dans une chambre de malade.

Elle prend une autre gorgée d'eau et j'attends, assise au bord de mon siège.

— Une fois que le bébé sera né, tu devras rentrer à la maison, et je devrais t'accompagner alors que Peter te fera la cour durant six semaines, puis les fiançailles seront officialisées. Tes parents veulent que le mariage ait lieu peu après ça.

Mon estomac se noue. Je savais que cela allait arriver, mais cela me secoue tout de même. Comme si le chantage sordide n'était pas suffisant à me faire le mépriser. Peter a vingt ans de plus que moi et il a promis à mes parents de me prendre fermement en main. Mes parents ont acquiescé en riant, reconnaissant que j'étais une fille pas facile ayant besoin de structure, mais j'ai vu cela comme un drapeau rouge. Il n'est pas violent. Il veut dire qu'il tient à maintenir de la discipline et à être aux commandes. Cette reine ne s'inclinera pas devant son roi. Je laisse échapper un soupir. Je ne veux pas me battre avec mon mari. J'ai déjà assez de soucis à gérer avec les attentes du royaume.

Je parviens à esquisser un hochement de tête à l'attention de Marge avant de détourner les yeux. Elle est mon chaperon en *toutes* circonstances, parce que la princesse doit être vierge à son mariage. Je suis une femme moderne de vingt-trois ans dont on s'attend à ce qu'elle obéisse à des règles qui conviendraient plus à une époque médiévale. Je me suis conformée à cette restriction parce que je craignais de mettre en péril ma place au royaume. (Le médecin royal va m'examiner avant la cérémonie de mariage. Je sais. *Beurk*). C'est pour ça que je ne me suis jamais rapprochée d'aucun homme. J'aurais pu contourner Marge, si j'en avais eu suffisamment envie. Je n'ai simplement jamais rencontré un homme assez tentant pour risquer un royaume.

Est-ce que j'aspire à l'amour ? Suis-je sexuellement frustrée ? Oui, et oh, que oui ! Mais je sais que les membres de la royauté ne doivent pas avoir de grands rêves. Le devoir envers le royaume doit toujours passer avant nous. Cela exclut les aspirations personnelles et professionnelles. Et si j'ai envie de faire profiter le monde des affaires de mon diplôme d'économie et d'administration ? Même le fait de régner indépendamment équivaudrait à diriger une entreprise, en quelque sorte, avec notre industrie touristique. Mais ce n'est pas comme ça que fonctionnent les choses à Beaumont. Et je préférerais encore m'exiler de Beaumont pour toujours plutôt que de laisser la couronne à mon cousin juste parce que c'est un homme. Mes mains se ferment en poings. J'ai toujours été têtue, j'ai toujours été irritée par les restrictions pesant sur moi. Il faut beaucoup de force pour faire son devoir.

— Polly, tes parents veulent ce qu'il y a de mieux pour toi.

Marge est la seule à savoir que je ne suis pas aussi enthousiasmée par le mariage que ce que je laisse croire aux autres. Elle ne sait pas pourquoi, cependant. Elle suppose probablement que c'est parce qu'il s'agit d'un homme chauve de quarante ans et quelques, qui a du ventre. Je n'ai pas besoin d'un homme beau. J'ai besoin d'un homme *honorable*, d'un futur roi.

Je croise les mains sur mes genoux.

— Je sais, oui, dis-je, avant de tenter de sourire. C'est pour ça qu'ils t'ont envoyée à moi.

Elle cligne rapidement des yeux et se détourne.

— Ridicule, fait-elle, la voix étranglée par l'émotion.

Elle a fini par m'apprécier. Ça a pris un bon moment, à cause de mes aventures d'enfance exubérantes. Je comptais toutes les fois où elle levait les mains et déclarait :

— Je te jure que tu vas finir par me tuer.

J'ai arrêté de compter à cent cinquante, cette tâche ayant fini par m'ennuyer. Elle a un faible pour moi, et moi aussi.

Je pointe du doigt vers la fenêtre.

— On est presque arrivés. Je vais sortir pour avoir une meilleure vue.

Elle me chasse de la main, avant de tirer un mouchoir de sa chemise à manches courtes pour se tamponner les yeux.

Je retourne sur le pont et prends une profonde inspiration. Villroy est non loin de la côte sud-ouest de la France, un climat plus tempéré que ce à quoi je suis habituée. L'île est époustouflante, avec des falaises rocheuses spectaculaires, des criques de sable et une colline progressive jusqu'au sommet où le palais est perché comme sur une image de conte de fées – en grès avec de multiples tours et clochers. Mon propre palais est en pierre gris clair et plutôt plat. Au moins, nous avons une tour ronde fantaisiste perchée près de la mer, et le terrain est magnifique, avec un jardin, des piscines et des fontaines. J'ai vraiment de la chance de vivre là-bas.

Malgré tout, je suis très heureuse de ce répit à Villroy. Pour voir Anna, évidemment, mais aussi pour pouvoir respirer un peu, ce dont j'ai désespérément besoin. Je sais ce qu'on attend de moi. Je sais ce qui est en jeu. Pourtant, je vais tout de même tenter l'impossible – obtenir le trône selon mes termes, tout en préservant la sécurité de ma famille et de mon royaume. Qui serait le mieux à même d'entreprendre l'impossible que la fille qu'on a qualifiée d'impossible ? C'est comme si deux impossibles rendaient une chose possible. Je dois peut-être revoir mes maths, mais j'ose garder espoir.

2
___

Oscar

Je suis le plus beau des cinq. Si vous devez me chercher au milieu du clan Rourke, le quatrième fils, c'est comme ça que vous me trouverez. Le Prince Oscar est le plus beau des cinq. Ce n'est pas de l'arrogance ou de la vanité de ma part. La presse en a estimé ainsi ; même mes frères en font la remarque. Une combinaison de gènes m'a donné des traits parfaitement symétriques qui attirent l'attention. Y puis-je quelque chose si j'ai les mêmes cheveux épais brun foncé, yeux bleu vert, pommettes aiguisées et mâchoires carrées que mes frères, mais en mieux ? J'ai laissé mon frère Phillip attirer les feux des projecteurs en tant que beau gosse royal parce que je suis la discrétion personnifiée. Je tire une grande fierté de mon nom de famille et je ne le corromprais jamais. Ça ne veut pas dire que je ne m'amuse pas.

Cela m'ennuie-t-il qu'on n'attende rien du quatrième fils, mis à part d'arborer un sourire terriblement charmant pour la presse ? Peut-être.

Est-ce que j'aimerais être nécessaire ne serait-ce qu'à une personne, qui me verrait comme l'élément clef de quelque chose d'important ? Oui.

Et je l'ai été, durant les trois années où j'ai été joueur de football professionnel en France. J'étais la fierté de mon père, la personnification vivante de son rêve, et je savais ce que c'était que d'avoir quelqu'un pour m'encourager à l'excellence. Il a aussi joué pour la France, brièvement, avant de devoir se retirer pour reprendre la place de roi. Non seulement ce lien avec mon père et le fait de jouer me rendaient heureux, bien sûr, mais j'étais aussi ravi de pouvoir faire de grandes choses avec l'argent que j'avais gagné par mon dur labeur, finançant des clubs de foot pour les enfants de zones défavorisées partout dans le monde.

Malheureusement, il y a deux ans, je me suis explosé le genou, fait opérer, et peu importe toute la rééducation que je ferai, je ne pourrais plus jamais jouer à un niveau professionnel. Ma carrière a été écourtée, et j'ai été forcé de prendre ma retraite à vingt-cinq ans. Je me déplace sans problème, je ne boite pas et je ne souffre pas énormément, je ressens juste un pincement de temps en temps. Mon père a déploré ma perte du football tout autant que moi. Il est mort il y a un an, et pas un jour ne passe sans que je regrette que nous n'ayons pu conserver ce lien à travers le football. Je pense que cela lui aurait apporté un peu de joie de me regarder jouer, pendant sa lutte contre le cancer.

J'ai vécu mon heure sous le feu des projecteurs, à cette époque. Je ne peux pas en demander plus que ça.

Je m'avance vers le canapé en cuir bordeaux et m'assois à côté de mon plus jeune frère, Adrian. Il m'adresse un signe du menton. Aucun de nous n'a jamais eu de place primordiale dans le royaume. Adrian est le dernier-né, et il ne possède même pas les célèbres yeux bleu vert des Rourke, assortis à notre mer. Mon père a toujours dit qu'ils étaient un indicateur des dirigeants légitimes. Adrian a les yeux noisette. Il est si discret que je ne pense pas que sa place dans la hiérarchie royale le dérange.

Nous sommes dans le salon privé et attendons de rencontrer notre invitée d'honneur, la Princesse Mary « Polly » Lyon, des îles Beaumont des Caraïbes. Elle est une cousine éloignée de ma belle-sœur, Anna. Je n'ai jamais rencontré Polly, vu qu'elle était en probation pour usurpation d'identité et qu'elle n'était pas autorisée à quitter la Floride, aux États-Unis. Pour qu'une princesse commette un crime aussi sordide, il fallait qu'elle ait une bonne raison, et j'ai vraiment envie d'en savoir plus. Elle et Anna se sont rencontrées durant la fuite de Polly aux États-Unis, une longue histoire plutôt amusante, qui s'est terminée avec l'arrivée d'Anna ici à la place de Polly, avant de finir par remporter mon frère aîné, Gabriel, en tant que fiancé, après une compétition de mariage scandaleuse. Anna était une roturière se faisant passer pour une princesse, et elle a épousé le futur roi. On ne s'ennuie pas, chez nous.

Gabriel, Anna et ma mère sont en train de discuter dans le coin de la pièce – le roi, la reine et l'ancienne reine. Ma mère a renoncé à son poste de reine après la mort de mon père. Ils jouent tous un rôle essentiel pour le royaume.

À cet instant, la porte s'ouvre et tous les yeux se tournent dans cette direction. Ma famille n'a jamais rencontré Polly, mais sa réputation la précède.

Ce n'est pas Polly. C'est mon grand frère, Lucas, avec sa petite amie, Alice. Elle est auteure de romance, une blonde sexy et voluptueuse qui porte des lunettes noires ringardes de bibliothécaire et à la personnalité douce et introvertie. Contrairement à mon frère…

— On est là ! s'exclame-t-il avec un sourire d'un blanc éclatant contrastant avec sa barbe noire. Que la fête commence !

Je souris et vais l'accueillir, Adrian sur les talons.

— Il dit toujours ça, marmonne Adrian dans sa barbe.

Il est bien plus réservé, et c'est ce qui fait de lui un excellent joueur de poker.

J'émets un petit rire.

— Il a bien mérité sa réputation de fêtard.

Après avoir perdu le football, je m'étais joint à Lucas durant sa tournée de fêtes, et nous nous étions éclatés.

Je prends la main d'Alice, y dépose un baiser et regarde la rougeur envahir ses joues.

— J'ai entendu dire que tu vas emménager au palais, et nous sommes ravis de t'avoir parmi nous.

Lucas m'adresse un regard sombre, ses yeux bleu vert se plissant.

— On ne touche pas. Elle est à moi.

— Je me montre juste amical, dis-je en toute innocence.

Lucas et moi sommes de très bons amis et nous nous associons fréquemment pour nous moquer de nos frères et sœurs. Il ne supporte pas d'être celui de qui on se moque.

— Va être amical ailleurs, réplique-t-il d'un ton mordant.

— Je sais, je sais, tu es amoureux, dis-je en faisant papillonner mes cils et en prenant une voix de fausset. C'est une période si idyllique et romantique.

— Va te faire foutre.

— Lucas ! s'exclame Alice. Je viens de te donner une bague de promesse. Tu sais que je me suis engagée avec toi.

Il lui adresse le sourire transi d'amour le plus niais que j'aie jamais vu de ma vie. Pathétique. J'échange un regard avec Adrian, embarrassé pour Lucas. C'est alors que, pour rendre les choses pires encore, Lucas sort de sa poche une minuscule bague en émeraude clairement destinée à une femme, la lève et annonce fièrement :

— Eh, tout le monde, Alice m'a donné une bague de promesse. C'est son engagement envers moi.

Anna, Gabriel et ma mère s'approchent en entendant cette « grande nouvelle ». C'est quoi, ça, une bague de promesse ?

Les yeux bruns d'Anna se remplissent immédiatement de larmes. Elle est enceinte de huit mois et porte une robe violette à manches courtes qui moule son énorme ventre.

— Oh, Lucas, c'est tellement merveilleux.

Gabriel passe aussitôt un bras autour de ses épaules, l'étreignant contre lui. Il a les mêmes cheveux brun foncé épais et les mêmes yeux bleu vert que moi, mais il est toujours rasé de près et se comporte avec une dignité régalienne. Il a été préparé à devenir roi depuis la naissance, et maintenant, il l'est.

— Elle est très sensible, avec la grossesse, nous dit-il.

Comme si on ne le savait pas.

— Tu vois, Gabriel, dit-elle en levant les yeux vers lui, tu pensais que les fausses fiançailles étaient une très mauvaise idée, et maintenant regarde !

Comme je l'ai dit, on ne s'ennuie pas, par ici, entre les fausses fiançailles, les imposteurs se faisant passer pour des princesses, et pire encore. Ma famille est déchaînée. On ne peut pas s'en empêcher, descendant d'une tribu de Vikings renégats connus sous le nom des Déchaînés. C'est dans nos gènes. Anna a parfaitement sa place avec nous.

Elle continue, pointant du doigt vers Lucas et Alice.

— Lucas est heureux et a trouvé son ancrage, et Alice adore cet endroit. Ils se sont engagés ! Et tu savais qu'elle comptait camper sa prochaine série de livres à Villroy ? As-tu la moindre idée du nombre de fans qu'elle possède ? C'est exactement la clientèle que nous voulons pour le spa de jour. Elles voyageront jusqu'ici en masse pour voir où son roman est basé. Une auteure de romance super-célèbre qui met Villroy en lumière ! C'est ce que j'appelle de la publicité gratuite.

Elle affiche une expression rayonnante et se tourne vers Alice.

— Ne prends pas mal cet angle marketing. Je sais que tu veux baser tes romans ici dans un but personnel créatif.

Alice sourit.

— C'est vrai. Cet endroit est si inspirant, dit-elle en étreignant la main de Lucas.

Il lui adresse un autre sourire honteusement transi d'amour. Je suis content pour lui, mais est-il obligé d'avoir à ce point l'air d'une andouille ?

Anna continue à l'attention de Gabriel, l'air très fière d'elle :

— Et maintenant, Lucas reste à Villroy, il peut donc officiellement devenir le directeur de notre entreprise commerciale.

Elle lui adresse un regard plein d'espoir.

Je me raidis. Lucas, le fêtard globe-trotter, devenant directeur ? C'était la responsabilité de Gabriel et d'Anna. Je veux dire, je sais que Lucas les aidait à apporter plus de capitaux pour le nouveau spa de jour et l'entreprise de manufacture de cosmétiques, et qu'il s'en sortait très bien. J'ai entendu dire qu'il était devenu directeur financier récemment, ce qui a été une surprise, mais… Lucas, directeur ? Il est comme moi, un prince du milieu de la fratrie, sans importance pour le royaume. Et maintenant, il pourrait se retrouver à diriger la chose la plus importante que notre royaume ait jamais faite.

Villroy est depuis toujours un fournisseur de fruits de mer important, mais notre économie est vacillante à cause de la diminution de la population de poissons, nos pêcheurs se voyant forcés de s'aventurer plus loin en mer, pour une prise moindre. C'est Anna, ancienne esthéticienne, qui a eu l'idée de se servir de l'industrie du poisson pour se tourner vers la confection de cosmétiques utilisant des ingrédients venus de la mer – les algues, l'huile de poisson, le sel de mer, ce genre de choses. Le spa de jour est presque terminé, du côté est de l'île, et nous utiliserons et vendrons les cosmétiques. La prochaine étape est d'accélérer la manufacture. Cela sauvera probablement le royaume. Je suis tellement habitué à être écarté que je ne pensais pas qu'on me prêterait la moindre attention pour tout ça. Maintenant que Lucas est envisagé pour un poste aussi élevé, je réalise que j'ai peut-être manqué une occasion de prendre part à quelque chose d'important.

Tous les yeux se tournent vers Gabriel, qui semble plongé dans ses pensées après la suggestion d'Anne de faire de Lucas le directeur. Finalement, il incline la tête et dit à Anna :

— Je ferai une réunion avec lui plus tard pour discuter des détails.

Lucas semble fou de joie.

— Merci, Gabriel, Anna. J'apprécie votre foi en moi, et je ne vous décevrai pas.

— Nous avons toujours eu foi en toi, dit Anna en lui étreignant le bras. Nous avions juste besoin de savoir que tu allais rester dans le coin.

Elle pousse un soupir satisfait.

— Tout s'est passé comme il le fallait. Alice, nous allons clairement vendre tes livres au spa. On organisera des dédicaces là-bas aussi, si ça ne te dérange pas.

— Bien sûr que ça ne me dérange pas ! sourit Alice. J'adore rencontrer mes lecteurs.

— J'ai une idée pour agrémenter le spa de jour, intervient Adrian. Un casino. Ça donnerait quelque chose à faire aux hommes pendant que les femmes sont au spa. Et ensuite, les femmes voudraient naturellement tenter leur chance. Ça pourrait marcher dans les deux sens – gagnez gros, prenez soin de vous au spa. Perdez au casino et profitez d'un massage apaisant. Et les gens qui se sont relaxés au spa ouvriront plus facilement leur portefeuille au casino.

C'est un vrai requin, aux cartes, et il passe la moitié de son temps à Monte-Carlo. Maintenant, il veut amener Monte-Carlo à Villroy. Gabriel l'autorisera-t-il ?

— Ce pourrait être un bon investissement, dit Lucas en se caressant la barbe.

Ce n'est peut-être pas à Gabriel de décider. Lucas est le directeur, maintenant.

— Ça a marché à Monaco, dit Adrian. Le casino de Monte-Carlo est la première source de revenus de la famille royale et de l'économie. Nous pourrions faire la même chose, en employant beaucoup de locaux et en apportant un flux de revenus régulier. Nous n'avons pas besoin d'y aller à fond avec des hôtels, des boutiques et ce genre de choses. Gardons les choses minimalistes et luxueuses. On ne peut pas rivaliser avec Monaco, mais on pourrait trouver un moyen de rendre ça unique.

Tout le monde intervient dans l'entreprise familiale des Rourke, et je me sens plus inutile à chaque seconde qui passe. Lucas sera le directeur, Gabriel et Anna sont impliqués là-dedans, et même ma mère et mes sœurs ont été mises à profit dans les recherches pour les services du spa. Et maintenant, Adrian propose l'idée d'un casino, l'endroit parfait pour lui.

Je suis en train de passer à côté de ma vie. Je ne suis pas important pour le royaume, pour ma famille, pour l'entreprise. Je ne suis qu'un ancien joueur de football forcé à quitter le terrain.

Un élan d'énergie, ma nature agressive et compétitive, qui

m'a autrefois aidée à remporter des matchs de retour par ma détermination, me fait m'exclamer :

— Je veux participer à la création du casino !

Tous les yeux se tournent vers moi.

— Je sais que je n'ai pas les compétences de parieur d'Adrian, continué-je, mais je ne suis pas mauvais avec les cartes, et j'ai un diplôme de marketing.

Non pas que je m'en sois jamais servi.

Adrian incline la tête vers moi, et je redresse les épaules. Il est d'accord pour que j'embarque avec lui.

Lucas pince les lèvres en une ligne fine.

Je me raidis. Est-ce qu'il va m'évincer ? Est-ce qu'il pense que je ne suis pas assez sérieux ? Je peux être plus sérieux que quiconque quand c'est important pour moi.

— Le seul endroit où nous pourrions construire un casino, dit-il alors, c'est sur le terrain adjacent au spa, et nous avons déjà planifié d'y construire un restaurant chic proposant des fruits de mer locaux.

Je laisse échapper un soupir. Ce n'est pas moi qui ne l'ai pas convaincu, c'est le casino.

— Nous pourrions avoir les deux. Un restaurant et le casino.

Maintenant que je m'en suis mêlé, je suis emballé par cette idée. Je peux prendre part à quelque chose de primordial pour le royaume, en partant de zéro. Associé à un pro des cartes comme Adrian, ce pourrait être un énorme succès.

— Mais il ne pourrait pas y avoir de plats de fruits de mer haut de gamme dans un casino, réplique Lucas.

— Pourquoi pas ? demande Adrian. Je ne parle pas uniquement de machines à sous. Je parle de salons privés exclusifs pour les gros flambeurs. Un restaurant chic pourrait avoir totalement sa place.

La conversation devient cacophonique alors que tout le monde exprime son opinion à propos de l'entreprise et de son évolution future, et je ressens une énergie telle que je n'en avais plus éprouvée depuis ma blessure. Je n'ai jamais cru que le royaume aurait besoin de moi pour quoi que ce soit. Enfin, il existe un moyen pour moi de contribuer au royaume et de l'aider à prospérer.

Notre conversation est interrompue lorsque notre major-dome, Nolan, se racle bruyamment la gorge et annonce :

— Sa Majesté, la Princesse Mary Louise Lyon.

Je suis irrité, parce que j'ai envie de parler business, jusqu'à ce que je tourne la tête et que je la voie pour la première fois…

Coup de foudre.

Je suis sous le choc. Ma mâchoire s'ouvre en grand alors que le sang afflue dans mes veines. Je suis incapable de détourner les yeux. Je ne me suis jamais senti aussi totalement ébranlé par une autre personne. C'est ça qu'on appelle l'amour au premier regard ?

Ridicule. Ce genre de truc n'existe pas.

Je me sens vraiment bizarre, mon cerveau est embrouillé et ma bouche sèche. Elle ressemble à Anna – même taille, plus grande que la plupart des femmes, mêmes longs cheveux noirs et bouclés, même visage en forme de cœur et même yeux bruns. Qu'est-ce qui peut bien la rendre aussi frappante ? Elle est incandescente, elle irradie de bonne santé et de vitalité, son sourire est grand et étincelant.

Ma réaction intense n'a aucun sens. Ce doit être du *désir* au premier regard. Même si je n'ai jamais ressenti le moindre désir envers Anna, qui lui ressemble. Je ne peux m'empêcher de la dévisager.

— Polly ! s'exclame Anna en se dirigeant vers elle.

Polly ouvre les bras.

— Anna !

Je peux sentir mon pouls battre dans ma gorge alors que ma conscience des choses s'affine et se met en alerte. Polly s'habille d'une manière plus conservatrice qu'Anna, elle porte une robe rose pâle à manches courtes avec des chaussures à talons assorties, comme il est approprié de le faire pour un membre de la royauté. Anna est une roturière américaine qui s'habille comme il lui plaît avec des vêtements qui lui moulent le corps et des tas de motifs léopard. Elle porte des vêtements plus conservateurs pour les occasions royales officielles. Elles se précipitent l'une vers l'autre pour s'enlacer, puis s'écartent, commentant leur apparence. Gabriel sourit. Il l'a déjà rencontrée. Polly se précipite pour l'étreindre, ce qui est surprenant parce que la plupart des gens sont trop intimidés ne serait-ce que pour toucher Gabriel, puis elle se tourne vers le reste d'entre nous, souriante.

— Bonjour tout le monde. Je suis si contente de vous rencontrer enfin ! Anna m'a raconté tant de choses merveilleuses à propos de votre famille.

Son accent est américain. Anna nous a dit que Polly avait passé une grande partie de son enfance dans un pensionnat aux États-Unis, avant d'aller à l'université là-bas.

Anna fait les présentations, à commencer par ma mère. L'enthousiasme de Polly est contagieux. Ma mère extrêmement convenable et réservée sourit. Lucas et Alice semblent sous son charme. Seul Adrian reste sur la réserve, mais il l'est souvent. Polly lui fait un clin d'œil. Adrian maintient son air impassible.

Puis, finalement, elle se tourne vers moi. Ma bouche semble remplie de sable, le moindre geste charmeur que j'aurais pu faire fuyant mon esprit.

— Voici Oscar, dit Anna. Oscar, voici Polly.

— Ravi de vous rencontrer, parvins-je à articuler.

Polly réagit à peine, me dévisageant sans ciller avant de murmurer.

— Moi aussi.

Puis elle se tourne vers Anna et demande gaiement :

— Comment te sens-tu ?

Elle ne m'a même pas regardé à deux fois. Moi ! Le plus beau des cinq ! Elle a fait un clin d'œil à Adrian.

Je ne suis *pas* jaloux. Juste surpris.

Anna baisse les yeux vers son ventre rond et pousse un soupir.

— Je suis fatiguée, énorme, et j'ai l'impression d'avoir tout le temps envie de faire pipi. Le bébé est descendu et sa tête est, genre, juste là… dit-elle avec un geste vers son entrejambe. Pressé contre ma vessie.

Nous la dévisageons tous.

Ma mère lève les yeux au plafond, se mordant la langue. Elle trouve le franc-parler d'Anna difficile à digérer.

Anna continue sans se rendre compte de l'embarras de Mère. À moins qu'elle n'en ait simplement rien à faire.

— Je dois accoucher dans trois semaines. Dieu merci, tu es sortie de probation à temps pour être présente à sa naissance !

— Je n'aurais pu planifier mes activités criminelles mieux que ça, blague Polly. Je plaisante, tout le monde ! Je ne peux que remercier Gabriel et Anna à nouveau de m'avoir tirée d'une situation qui aurait pu virer au cauchemar. Cette décision impulsive, aux conséquences potentiellement désastreuses, m'a appris à mieux réfléchir avant d'agir.

Elle lève un doigt en l'air et ajoute :

— Et à toujours avoir un plan B, C et D.

Je me surprends à sourire largement. Elle a les pieds sur terre, elle est drôle et elle est belle. Certaines princesses sont snobs et coincées. Je pourrais être détendu auprès de quelqu'un comme elle.

— En probation ? intervient Alice, presque dans un couinement.

Ma mère a l'air d'avoir sucé un citron. Nous ne lavons *pas* notre linge sale devant des étrangers. Je peux presque entendre sa voix dans ma tête. Mais je sais qu'Alice fera un jour partie de la famille, elle peut donc être mise dans la confidence. Lucas l'épousera dès qu'elle le permettra.

— Longue histoire, Alice, dit Anna. Viens avec nous dans la nursery et nous te raconterons en chemin. Polly, je suis impatiente de te la montrer.

Les femmes sortent tout en bavardant avec enthousiasme. J'aperçois brièvement une femme d'âge mûr et un garde, qui n'est pas l'un des nôtres, attendant juste devant la pièce. Ils doivent être avec Polly.

Ma mère les suit. Elle prend son devoir de grand-mère au sérieux. Gabriel passe devant et tient la porte pour les femmes. Il monte la garde avec vigilance pour Anna, maintenant que l'accouchement est proche, et il la laisse rarement hors de sa vue.

La porte se referme derrière eux et je me retourne lentement vers Lucas et Adrian, revenant à moi.

— Pourquoi souris-tu comme ça ? me demande Adrian.

Je souris ? Je me force à prendre un visage impassible.

— Je suis enthousiaste à propos de cette idée de casino.

— Tu lui ressemblais, dit Adrian en pointant du doigt vers Lucas. Genre, transi d'amour.

Lucas sourit.

— C'est un compliment. Je suis superbe.

— Vous avez tous les deux l'air idiots, réplique Adrian en secouant la tête. Parlons du casino, maintenant.

Mais c'est alors que Lucas dit quelque chose qui fait s'évanouir de mon esprit toute pensée professionnelle.

— Vous avez vu cette femme dans le couloir ? C'est le chaperon de Polly. Anna nous a dit, à Alice et moi, que son chaperon la suivait partout pour la maintenir dans le rang.

— Que veux-tu dire ? demandé-je. À cause de l'usurpation d'identité ?

Lucas baisse la voix et se penche en avant :

— Son travail est principalement de s'assurer que Polly demeure vierge.

— Qu'est-ce que tu racontes, répliqué-je, vivement. Non ! Elle a vingt-trois ans.

Anna nous a dit que Polly avait un an de moins qu'elle, et je n'ai jamais rencontré une vierge aussi âgée.

Les yeux de Lucas pétillent d'amusement. Il se fiche de moi.

Je presse les lèvres l'une contre l'autre.

— Oh, je vois. Tu te venges de moi pour avoir flirté avec Alice, tout à l'heure. Bien essayé.

Lucas secoue la tête.

— Anna l'a dit à Alice au déjeuner, en révélant trop, comme d'habitude, et oubliant que j'étais juste à côté.

Il affiche un sourire narquois et ajoute :

— Tu veux un verre ?

— Excellente idée, dis-je d'un air absent, retournant cette information dans ma tête.

Un chaperon pour une princesse vierge ? Cela paraît si dépassé.

Lucas se dirige vers le bar et remplit un verre de brandy, avant de l'offrir à Adrian, qui décline. Je prends le verre et le vide en une longue gorgée.

— Tu ne devrais pas nous répéter les trucs personnels qu'Anna raconte, dit Adrian. Surtout lorsqu'ils concernent d'autres personnes.

— Elle te l'aurait dit si tu avais été là, répond Lucas. Elle en dit toujours trop. Tu as bien entendu ce qu'elle vient de dire à propos de la tête du bébé reposant sur son vagin.

Je grimace.

— Lucas, je t'en prie.

— Je dis juste ça comme ça, répond-il en haussant les épaules.

— Pourquoi Polly doit-elle rester vierge ? se demande Adrian. Il y a un genre de sacrifice de vierge dans son royaume ?

Lucas lâche un rire. Il n'y a *rien* de drôle à propos du fait de sacrifier une jolie femme comme ça.

— Anna a dit que c'était obligatoire dans son royaume, à la fois pour contrôler les lignées et parce que les femmes célibataires de la royauté étaient élevées en symbole de bienveillance et de pureté. Il doit en être ainsi jusqu'à son mariage.

— Mon Dieu.

C'est trop horrible à imaginer.

— Anna nous a dit que Polly devait se marier bientôt, continue Lucas. Son père n'est pas en bonne santé et elle ne peut régner sur son royaume en tant que femme seule. C'est la règle, là-bas. Pour être reine, elle doit être mariée.

Adrian grimace.

— Je suis content que notre monarchie ne soit pas si traditionnelle. Je détesterais vivre dans un endroit aussi arriéré que celui-là.

— Moi aussi, renchéris-je.

Ils en sont probablement à une époque biblique, là-bas —

œil pour œil, dent pour dent. Une ceinture de chasteté pour toutes les jeunes filles.

— Non pas que le truc de la virginité se serait appliqué à nous, vu que nous sommes des hommes, dit Lucas tout en se versant un verre de brandy. Ce n'est pas comme s'ils pouvaient vérifier si un mec est vierge.

Je grimace.

— Est-ce qu'ils vont vérifier ce genre de chose pour elle ?

— Il le faut, répond Lucas. Autrement, pourquoi un esprit libre comme Polly s'y plierait-il ?

Bon sang, ça craint. Maintenant, je sais que je ne pourrai pas passer de temps avec elle. Je n'ai jamais éprouvé une réaction aussi intense simplement en rencontrant une femme. Elle n'est clairement pas intéressée par les relations non sérieuses, et je ne suis pas du genre à me marier. Et puis, maintenant que j'ai une occasion d'avoir mon importance pour le royaume, toute ma concentration et tout mon temps seront dirigés ici, à Villroy, plongé dans ce projet de casino.

Adrian laisse échapper un soupir sonore.

— Maintenant, je vais y penser chaque fois que je la vois. Tu n'aurais pas dû nous en parler.

Lucas rive ses yeux sur moi.

— Je ne vous en ai parlé que pour avertir Oscar.

— Pourquoi moi ? répliqué-je.

Ça n'a pas pu être aussi flagrant. Je suis le roi de la décontraction s'agissant des femmes. Elles me courent après, pas l'inverse.

Lucas sursaute, presse une main sur son cœur, puis vacille d'un air hébété.

Adrian rit.

— C'est exactement à ça que tu ressemblais !

— Je suis désolé d'avoir à le dire, Oscar, sourit Lucas, mais tu as eu l'air d'avoir été frappé par une cravache et électrocuté à l'instant où elle est entrée dans la pièce.

Ils ricanent.

Électrocuté par une cravache électrique ? Je cligne des yeux, surpris de voir à quel point il est proche de la vérité. J'ai effectivement ressenti comme un coup de jus. Un coup de foudre. Jamais un coup de cravache. *Nie, nie, nie.*

— Va te faire foutre. Je ne ressemblais pas à ça. Je me suis tourné vers la porte quand elle est entrée, et mon genou s'est bloqué.

— C'eeest ça, dit Lucas d'une voix traînante.

— C'est vrai, répliqué-je, sèchement.

— On avait plus l'impression que son caleçon était soudain devenu trop serré, dit Adrian à Lucas, sa voix partant dans les aigus à la fin de sa phrase.

Ils se remettent à ricaner.

— Fermez-la.

Je vide le restant de brandy dans mon verre, mais cela ne m'aide en rien à atténuer la vérité – j'ai connu un coup de foudre, enfin, et c'était pour la mauvaise femme.

3

———————

Polly

— Tu seras avec moi dans la salle d'accouchement, n'est-ce pas ? demande Anna plus tard dans la journée.

— Hum…

Je fais de mon mieux pour dissimuler mon inquiétude extrême à cette idée. Quand Anna m'a invitée pour la naissance du bébé, je pensais que j'arriverais une fois que le film d'horreur serait fini pour offrir mes félicitations enjouées. En fait, elle veut que je sois témoin du moment où elle expulsera une énorme tête d'une ouverture minuscule, dans une zone extrêmement sensible ? Je croise les jambes par solidarité.

— Je n'ai jamais vu de naissance. Je ne sais pas trop en quoi je pourrais être utile.

Elle fait un signe à sa domestique pour qu'elle nous laisse seules. Nous sommes dans la salle de séjour de sa suite spacieuse, terminant un thé relaxant pour le goûter. L'air sent la lavande. C'est très apaisant. Nous sommes assises autour d'une table, sur des chaises rembourrées, près d'une large fenêtre avec vue sur la mer. Au fond de la pièce, il y a un canapé beige moelleux en face d'une cheminée, avec une télévision à écran plat au-dessus. Sa suite est bien plus douillette que la mienne, à Beaumont, qui est classique et remplie de meubles anciens transmis de génération en génération. Je n'ai plus vécu à la maison depuis des années, à part durant l'été et les vacances. Je devrais rendre ma suite plus douillette, maintenant qu'approche le moment où je vais devenir reine.

J'essaie de ne pas m'agiter alors qu'Anna m'étudie avec de la détermination dans les yeux dès l'instant où la domestique a fermé la porte derrière elle. Mince, je viens tout juste d'arriver et elle veut m'inviter vers ses parties intimes. Je veux dire, nous sommes proches, mais il y a des limites. N'est-ce pas ? Il devrait y avoir des limites. Une sueur froide me parcourt.

Elle se penche en avant sur la table, autant qu'une femme avec trente centimètres de bébé devant elle le peut.

— Gabriel insiste pour que j'aille dans un hôpital à Paris, je sais qu'il va donner des ordres à tout le monde et oublier de me tenir la main ou de me donner de la glace pilée. C'est là que tu entres en scène. En puis, tu parles français.

Beaumont était une colonie française, à l'origine, le français est donc la langue officielle. J'ai appris l'anglais à la dure quand j'avais neuf ans – en commençant l'école aux États-Unis. L'anglais est la première langue de Marge, ce qui est en partie la raison pour laquelle elle m'a accompagnée. Sa sévérité est la raison principale. Elle m'a été si précieuse, au début, lorsque j'avais des difficultés à m'ajuster aux États-Unis. Plus tard, cela m'a agacée d'avoir une baby-sitter, et maintenant, j'en suis venue à la respecter et l'apprécier sincèrement.

— Tu as dit que tu t'étais exercée avec un tuteur français, dis-je, me raccrochant au moindre espoir. Et puis, le docteur parlera sûrement anglais, et Gabriel dit qu'il est le meilleur docteur du monde. Et tu as dit que Gabriel était le meilleur mari qu'on puisse trouver, aimant et d'un grand soutien.

Elle plisse ses yeux bruns.

— Poule mouillée.

Je me raidis.

— Pas du tout.

Elle pince les lèvres.

— Tu n'étais pas comme ça, avant. La Polly que je connais n'a peur de rien.

J'incline la tête de côté.

— Et regarde un peu où ça m'a mené. En probation en Floride pendant un an.

— S'il te plaît, me supplie-t-elle. Ce ne sera pas si affreux. Contente-toi de me tenir la main, de traduire le français et de prononcer des paroles apaisantes comme « Tu es forte ! Tu t'en sors très bien ! Tu peux le faire ! » J'ai envie d'un accouchement naturel, mais j'ai besoin de soutien.

Je réfléchis.

— Alors je serai un genre de coach.

J'ai une certaine expérience en ce qui concerne le coaching, ayant entraîné des jeunes filles au football et au basketball quand j'étais au lycée. Même si je dois dire que je ne vois pas bien le rapport entre les deux. *Défense ! Passe ! Tire !* Ne marchera pas vraiment pour faire sortir un bébé. *À cent dix pour cent, les filles !* Peut-être ?

Son regard s'illumine.

— Oui. Mon coach-accouchement. Et ne répète pas à Gabriel que j'ai dit ça, mais nous avons suivi des cours d'accouchements privés. Gabriel était si occupé à essayer de m'aiguiller que je crains de finir par lui jeter quelque chose quand on y sera vraiment. Il est tellement habitué à donner des ordres.

Je pince les lèvres, m'efforçant de ne pas rire. Gabriel est roi. Évidemment qu'il donne des ordres, peu importe la situation. Anna et moi sommes comme des sœurs, c'est vrai. Nous avons toutes deux voulu avoir une sœur toute notre vie, vu qu'elle est orpheline et que je suis fille unique. J'ai *envie* d'être là pour elle, mais j'ai la nausée rien que d'y penser.

Je déglutis avec difficulté.

— J'ai entendu dire qu'il y avait du sang.

— Ce n'est pas un film d'horreur. Ce sera *magnifique*.

Elle se lève lentement, se retenant aux accoudoirs de sa chaise pour contrebalancer le poids de son ventre. Elle est vraiment énorme, et je ne vois toujours pas comment ce gigantesque bébé va pouvoir sortir sans qu'il y ait de sang.

— Viens, dit-elle en me faisant signe de la suivre vers le canapé.

Je lui emboîte le pas, encore barbouillée par mes pensées sur l'accouchement.

— Qu'est-ce qu'on fait ?

— J'ai enregistré des vidéos d'accouchements naturels. Je veux que tu voies à quel point ce peut être beau.

Je m'immobilise, prends une profonde inspiration pour me donner du courage, puis je fais ce qu'il faut, même si ce n'est pas le plus facile, parce que je l'aime.

— Je serai là pour le tien, d'accord ? C'est le seul que je veuille voir.

Elle se retourne.

— Vraiment ?

Ses yeux s'emplissent de larmes et elle jette ses bras autour de mon cou.

— Merci !

Je lui rends son étreinte, j'ai l'impression d'être une véritable imbécile pour avoir même envisagé de la laisser seule avec le meilleur docteur du monde et son mari aimant.

— Tu es la seule famille qu'il me reste, murmure-t-elle. Mis à part ma famille d'adoption.

Elle a adopté les Rourke comme s'ils étaient sa famille.

Je sais ce qu'elle veut dire. Avant les Rourke, sa famille se réduisait à moi et son père adoptif, Mike. Elle l'a perdu il y a environ huit mois. J'ai vécu avec lui en Floride jusqu'à sa mort, lui tenant compagnie durant le dernier stade de son cancer du poumon, lui apportant tout le réconfort que je pouvais. Il disait que je lui rappelais une version plus polie d'Anna. C'est vrai que nous nous ressemblons. Elle est audacieuse, comme moi, même si elle a bien plus de franc-parler, n'ayant jamais été éduquée selon la bienséance royale comme je l'ai été depuis ma naissance.

Je m'écarte et pose les mains sur ses épaules.

— Mike sera toujours avec toi. Il veille sur toi, et je suis sûre qu'il est tout aussi fier de toi que moi. Regarde-toi, tu es une reine, guidant un royaume au seuil de l'effondrement vers un nouveau futur florissant.

— Tu essaies de me faire pleurer ? demande-t-elle en s'essuyant les yeux. Bon sang, Pol, aie pitié.

Je souris, mes propres yeux me brûlant.

— Est-ce que ça dérangera Gabriel que je sois là ? Je veux dire, dans la salle d'accouchement.

— Je lui ai déjà dit que tu serais là.

Je secoue la tête en souriant.

— Pourquoi ne suis-je pas surprise ?

— Il sera probablement soulagé d'avoir du renfort. Il a tendance à être assez émotif en ce qui concerne mon bien-être.

J'essaie de l'imaginer, et n'y parviens pas tout à fait. Gabriel est une présence intimidante, généralement revêche et sérieux. Même s'il sourit pour sa femme, et qu'il sourit pour moi parce qu'il me considère comme celle qui les a réunis. Anna a pris ma place dans ce qui s'est avéré être une compétition de mariage pour obtenir sa main. Nous pensions que c'était pour récupérer un héritage, et Dieu sait qu'on avait besoin de cet argent. Nous étions en temps de crise, ayant besoin d'argent pour qu'un requin d'avocat m'empêche d'aller en prison. J'avais dépensé tout ce que j'avais sur moi pour l'appartement que j'avais offert à Anna, et il m'était impossible de contacter mes parents. Ils m'auraient désavouée s'ils avaient su que je m'étais échappée aux États-Unis pour échapper au mari choisi pour moi, avant de commettre un crime.

Finalement, Gabriel avait utilisé son réseau et ses fonds considérables pour que toute cette histoire soit passée sous silence et pour que j'obtienne une sentence mineure de probation et d'amende. Raison pour laquelle j'ai une tendresse particulière pour cet homme revêche.

— Le seul problème, continue Anna, c'est que quand Gabriel devient émotif, on a l'impression qu'il est en colère.

— Ah.

Ça, je pouvais l'imaginer.

— OK, dans ce cas c'est décidé. Je vais aller voir Marge avant le dîner.

Elle m'accompagne à la porte.

— Le docteur arrivera demain pour l'examiner pour son

mal de gorge. Juste par précaution. Tu veux que la domestique d'Emma, Lina t'assiste en attendant ? Emma est partie en lune de miel avec uniquement quelques gardes et un équipage, sur une grosse péniche. Je suis sûre que Lina adorerait travailler pour une autre princesse.

Emma est sa belle-sœur.

— Tu sais, je crois que je vais m'en passer. Ça me fera du bien d'avoir un peu d'intimité, pour une fois. Mon garde a levé le pied. Il est satisfait de tous les gardes qu'il y a, ici au palais. J'ai presque l'impression d'être vraiment libre.

— La prisonnière est libre. Attention à toi, Villroy !

Je ris.

— Tes parents insistent toujours pour que tu épouses cet homme affreux ? demande-t-elle, redevenant sérieuse.

Je me force à prendre un ton neutre.

— J'ai accepté d'épouser Peter.

— Je croyais que tu ne l'aimais pas, dit-elle en fronçant les sourcils. Tu as dit qu'il était louche.

— J'ai changé d'avis après avoir passé un peu de temps avec lui. Quand je rentrerai, il est prévu qu'il me fasse la cour pendant six semaines avant les fiançailles officielles.

— Ne fais pas ça.

Je laisse échapper un soupir.

— Tout va bien.

J'hésite à lui parler du chantage, mais Anna et Gabriel m'ont déjà tirée d'affaire une fois, et ils ont déjà assez de choses à gérer avec le bébé en route, leur entreprise et le royaume. Et puis, j'essaie de garder la dette de mes parents envers Peter sous silence. Je dois gérer ça toute seule. Je trouverai une solution.

Anna m'étreint le bras avec force.

— Je vois bien que tu as des doutes. Ça se lit sur ton visage. Dans ton royaume, le mariage, c'est pour toujours. Tu devrais avoir le droit de choisir un mari que tu aimes.

Je replace mes cheveux derrière mon oreille, reconnaissante de son soutien, même si elle ne comprend pas ma situation impossible. Les mariages arrangés sont courants dans mon royaume, alors elle croit que mes parents sont la seule raison pour laquelle je suis poussée à épouser Peter. Mes parents m'aiment et, s'ils étaient au courant du chantage, ils empêcheraient le mariage. Mais Peter mettrait alors ses menaces à exécution. *Bonjour, l'impasse !* Et il y a aussi la question de la loi – une femme ne peut régner seule à Beaumont. Avec la démission prochaine de mon père, mon mariage doit avoir lieu bientôt. Je lui donne une partie de la vérité :

— Si je les défie et que je reste célibataire, ils transmettront la direction du royaume à mon cousin masculin le plus jeune.

Elle émet un hoquet de surprise :

— Juste parce que c'est un homme ?

— Oui. C'est la loi. Je ne suis pas d'accord avec elle, mais je ne renoncerai pas non plus à mon droit. Beaumont est dans mon sang et, quand je serai à sa tête, ce genre de lois patriarcales seront abolies.

Elle prend mes deux mains dans les siennes.

— Et si nous te trouvions un mari alternatif plus acceptable ? Quelqu'un ayant une lignée royale et que tu pourrais un jour aimer.

Le visage du Prince Oscar passe dans mon esprit, et je repense à la réaction inhabituelle que j'ai eue en le rencontrant. Mon esprit s'est totalement vidé, et j'ai à peine réussi à marmonner un salut poli lorsqu'il m'a été présenté. Je n'ai jamais ressenti une attirance aussi forte pour un homme, c'était presque magnétique, comme si j'avais besoin de me rapprocher. Je veux dire, oui, il est beau, mais j'ai *rencontré* beaucoup d'hommes beaux. C'était perturbant et cela m'a donné l'impression d'avoir perdu le contrôle de moi-même.

— Adrian est si intelligent, il est premier de sa classe à l'université, dit Anna avec enthousiasme. Il serait parfait pour te venir en aide. Et vous êtes presque du même âge. Peter est assez vieux pour être ton père.

Je lui adresse un sourire triste.

— Adrian n'est pas intéressé par moi, et franchement, je pense que je le rendrais fou. Il est si réservé. Je serais constamment en train d'essayer de le titiller.

— Ce ne serait pas une mauvaise chose, de le titiller, dit-elle avec un clin d'œil. Mais plus sérieusement, Gabriel est beaucoup plus réservé que moi, et ça marche tout à fait.

J'incline la tête. Personne ne peut contester l'amour qui les unit, mais la position de Gabriel est très différente de la mienne.

— Ce n'est pas la question, de toute façon. Une alliance avec Villroy serait beaucoup moins avantageuse qu'une alliance avec Peter. Il possède la moitié des stations balnéaires de l'île.

Elle plaque les mains sur ses hanches.

— Et alors ? Ton royaume était florissant avant qu'il se retrouve à posséder la moitié des stations balnéaires. Il pourrait continuer à prospérer sans le mariage.

— Je dois réfléchir sur le long terme à ce qu'il y a de mieux pour mon royaume. La couronne passe toujours en premier.

Surtout lorsqu'elle risque d'être renversée.

— Et pourquoi pas Oscar ?

Je rougis rien qu'à entendre son nom. Ridicule.

— Tu n'abandonnes jamais.

Elle sourit.

— Tu l'as trouvé sublime, n'est-ce pas ? Je vois le rouge révélateur de tes joues. Il a du potentiel. Je sais qu'il a une réputation de séducteur et de fêtard, mais peut-être ?

Je lui adresse un regard, désireuse de mettre fin à ce raisonnement dangereux. Anna peut se montrer assez persistante.

— J'ai besoin d'un futur roi. Est-ce que tu as un autre Gabriel caché dans le coin ? De préférence avec les poches assez pleines pour faire en sorte que Peter ressemble à du menu fretin ?

Elle sourit et secoue la tête.

— Désolée, il est à moi, et ils ont brisé le moule après lui.

Je pointe du doigt vers son énorme ventre.

— Elle sera peut-être comme lui. Une grande dirigeante.

— Elle le sera clairement ! clame farouchement Anna.

Je déglutis pour ravaler la boule s'étant soudain formée dans ma gorge, regrettant que mes parents n'aient pas le même avis à l'idée que je dirige le royaume seule. Je suis sûre qu'ils auraient préféré que leur enfant unique soit un garçon plutôt qu'une fille entêtée.

Je l'embrasse sur la joue et quitte la pièce en silence.

Ce soir-là, après un délicieux dîner de fruits de mer, nous nous rendons tous sur le jardin sur le toit pour continuer la fête. Je peux comprendre pourquoi Anna aime autant sa famille d'adoption. Ils ont beau se taquiner beaucoup les uns les autres, leur affection transparaît. C'est à mille lieues de mes propres dîners de famille, à la maison, où les seuls sons sont Mozart et le tintement occasionnel des couverts.

Les hommes se dirigent vers le chariot à alcool pour se servir un verre, et je suis Anna et Alice du côté opposé du toit pour admirer la vue. Marge a manqué toutes les festivités, épuisée par le voyage et sa maladie. Elle m'a chassée de la main quand je suis venue voir comment elle allait, un peu plus tôt, en affirmant que tout ce dont elle avait besoin, c'était de sommeil. Le fait qu'elle ne s'inquiète même pas de mon absence de chaperon ce soir me prouve qu'elle ne va pas bien. Pourquoi en aurais-je besoin, de toute façon ? Je suis à deux semaines de me retrouver enchaînée pour le restant de ma vie – courtisée, fiancée, mariée. Il n'y a pas une seule étape de cette voie que je suis impatiente de vivre. Seigneur, il me faut un plan. Quelque chose pour renverser cette situation impossible.

— C'est si beau, dit Alice d'un ton léger tout en admirant la vue. Je n'arrive pas à croire que j'ai la chance de vivre ici.

Je viens seulement de rencontrer Alice, mais elle est si enthousiaste et sincèrement intéressée par tout et tout le monde que je ne peux m'empêcher d'avoir le sentiment qu'elle est mon alter ego. Elle a le même goût de la vie que moi, même si elle est bien plus douce que moi. Et elle a les plus adorables lunettes noires en forme d'yeux de chat, avec de petits cœurs sur les côtés. Les cœurs sont là parce qu'elle écrit des histoires romantiques. Je n'ai jamais lu d'histoires d'amour, mais je vais peut-être lire l'une des siennes juste parce que je l'apprécie.

Je regarde à l'horizon, où le soleil se couche sur la vaste mer. La vue n'est pas si différente de celle que j'aie chez moi, mais elle m'apporte un sentiment de paix. Je suppose que quand on grandit sur une île, la mer fait toujours partie de vous.

— De rien, dit fièrement Anna à Alice.

Je me tourne vers Anna.

— Tu es aussi responsable de la vue ?

Elle sourit.

— C'est moi qui les ai rassemblés, Lucas et elle.

Alice esquisse une révérence solennelle, ses cheveux blonds retombant devant son visage.

— Je m'incline devant la reine des entremetteuses.

— Tu as bien raison, sourit Anna, avant de se tourner vers moi. J'ai suggéré de fausses fiançailles pour l'inspirer pour son histoire, et pour donner de la crédibilité à Lucas auprès des banquiers. C'était un coup de génie avec arrière-pensée, n'est-ce pas ?

Lucas apparaît aux côtés d'Alice et lui tend un verre de vin blanc.

— Mon charme a beaucoup joué aussi. Alice s'est entichée de moi dès la première fois qu'on s'est rencontrés, dans les jardins.

Alice l'embrasse.

— Et il est désespérément entiché de moi.

Ils s'éloignent tous les deux en parlant à voix basse.

— Ils sont si mignons, n'est-ce pas ? demande Anna.

— Jusqu'à l'écœurement, dis-je en grimaçant. Est-ce que les gens amoureux savent quel point ils ont l'air fous ?

— Fous amoureux, fait Anna avec un soupir.

La voix de Gabriel retentit sur le toit.

— Anna, je n'aime pas te voir si près du bord. Tu es déséquilibrée, avec le poids supplémentaire. Viens ici.

Elle se retourne lentement.

— Poids supplémentaire ? répète-t-elle d'une voix glaciale.

Il s'avance vers nous.

— Je parlais du bébé, se reprend-il en lui prenant la main. Viens et… danse avec moi.

Quelle délicatesse !

Elle place sa main sur sa mâchoire et lui adresse un sourire.

— Il n'y a pas de musique, mon joli.

Il lui rend son regard, un sourire jouant sur ses lèvres.

L'amour entre eux est palpable. Et ils n'ont pas l'air fous du tout. Je me détourne et regarde la mer, me sentant comme une intruse durant un moment intime.

— On peut facilement arranger ça, ma chérie, murmure-t-il.

Du coin de l'œil, je le vois la guider loin de la menace inexistante. Le mur du toit nous arrive à la taille. Il faudrait grimper dessus et vous jeter dans le vide. Une étrange sensation de regret me submerge. Il l'aime tellement qu'il la protège même des menaces inexistantes.

Du jazz se fait entendre, et je me retourne pour découvrir Gabriel dansant une valse lente avec Anna. Il se penche vers elle et lui murmure à l'oreille, l'attirant plus près. Ma gorge se serre devant ce moment intime. Je suis en train de me transformer en voyeur.

Je détourne les yeux et croise le regard d'Oscar. Il lève son verre vers moi en guise de salut.

Je lève le pouce dans sa direction avant de laisser tomber ma main, me sentant gênée et pas dans mon assiette. Qu'est-ce qui ne va pas, chez moi ? Ce doit être parce qu'il m'a surprise en train de m'insinuer dans le moment d'intimité d'Anna et Gabriel. On ne peut pas m'en vouloir d'être intéressée. Anna est la seule personne que je connais, ici. J'ai rencontré tous les autres aujourd'hui et, même si je ne suis pas vraiment timide, je suis habituée à ce que Marge soit présente en permanence. Cela veut dire que je ne me sens jamais seule ou déplacée.

Je me dirige vers le chariot à alcool, décidant qu'un verre serait une excellente idée.

— Un martini, s'il vous plaît, dis-je au serveur.

J'attends, projetant d'aller discuter avec Alice, ensuite, si elle n'est pas trop accaparée par Lucas. Je ne veux pas m'insinuer au milieu d'un autre couple transi d'amour. Je vais peut-être essayer de parler à Adrian. Anna a dit qu'il était très intelligent. Si je peux arriver à le faire parler, quelque chose d'intéressant sortira peut-être de sa bouche.

Quelques instants plus tard, je prends le martini qu'on me tend.

— Merci.

— Pas de chaperon, ce soir ? demande une voix grave derrière moi.

Je me retourne vivement et renverse du martini sur ma main.

— Excuse-moi ?

Anna est la seule à savoir que Marge est mon chaperon. Pour tous les autres, elle est ma domestique.

Oscar incline la tête, m'examinant. De près, ses yeux bleus verts sont perçants, scrutateurs. Je redresse les épaules et me tiens bien droite, mais je ne me sens toujours pas dans mon assiette face à cette sensation magnétique bizarre, comme si j'avais besoin de me plaquer contre lui. Complètement inapproprié. Je m'occupe les mains, récupérant une serviette pour essuyer ma main, avant de la jeter et de prendre une gorgée de martini avec désinvolture.

Il se rapproche d'un pas, m'étudiant intensément. Ses cils sont épais, encadrant ses yeux bleu vert intenses.

— Si tu n'as pas de chaperon, qui va faire en sorte que tu restes… en sécurité ?

Mon cœur se met à battre plus fort, mes joues devenant brûlantes. Je ne saurais dire si c'est parce qu'il se tient si près ou parce qu'il ne veut pas laisser tomber cette histoire de chaperon. Mon corps est en alerte maximale, comme s'il y avait du danger dans l'air, tous mes nerfs devenus si sensibles qu'ils se sont mis à fourmiller. Ce doit être à cause de cette histoire de chaperon. Oscar n'est pas dangereux.

Je cherche Anna des yeux, car c'est elle qui a dû cafter à mon sujet. Elle et Gabriel s'apprêtent à partir. Elle doit probablement aller aux toilettes, et il l'escorte pour s'assurer qu'elle y arrive saine et sauve. Elle me le dirait si elle quittait la fête pour la soirée. Malgré tout, je ne peux pas lui demander si elle a tout raconté à propos de Marge. Soit Anna a ouvert sa bouche, soit Oscar a fait des recherches sur mon royaume et notre monarchie traditionnelle. Et vous savez quoi ? Je n'y peux rien si je suis née là-bas, et ce ne sont pas ses affaires. Personne n'a jamais osé me parler de mes restrictions en face.

Je me tourne à nouveau vers lui et lève le menton, sur le point de le remettre à sa place, sauf que ma respiration s'accélère ; mon cœur bat dans mes oreilles. Est-ce que c'est une crise de panique ?

— Est-ce que je te mets mal à l'aise ? demande-t-il gentiment. Je me demandais juste comment ça marchait. Prends une autre gorgée de martini.

Je reviens à moi et me mets sur la défensive.

— Ne me dis pas quand je dois boire. Et qui a dit que j'avais besoin d'un chaperon ? Pourquoi une femme adulte aurait-elle besoin d'un chaperon ?

J'incline mon verre et le vide d'un coup.

— Je peux faire ce genre de choses ? Vider mon verre et me saouler ? Pourquoi pas ? Je suis majeure partout.

Je fais un geste large et continue :

— Quel est le problème ? Je peux partir d'un coup et faire quelque chose de dingue ? Je vais peut-être escalader le mur et plonger dans la mer !

Il jette un regard autour de lui, comme si ce que je disais avait le moindre sens, avant de se tourner à nouveau vers moi.

— Tu as effectivement l'air d'être du genre aventureuse.

— Oui, eh bien, dis-je en jetant nonchalamment un œil par-dessus son épaule.

Personne ne fait attention à moi, alors je peux parler librement.

— On a déjà dit pire, à propos de moi.

Il se penche tout près de moi, les yeux pétillant d'amusement.

— Comme quoi ?

Son parfum est divin, comme l'air frais de la mer et le savon. Je recule d'un pas. Nous sommes dehors. Évidemment que cela sent l'air frais de la mer. D'accord, il a utilisé du savon. Énorme. Tout le monde utilise du savon.

C'est alors qu'il sourit, ses dents blanches étincelantes contrastant avec le début de barbe sur sa mâchoire, et je suis frappée par la beauté éblouissante de son sourire. Pire que frappée, je suis stupéfiée, plus aucune pensée ne traversant mon esprit.

Il m'adresse un clin d'œil.

— Tu peux me le dire. Je vais juste me moquer de toi sans merci.

Un rire m'échappe.

— Je suis aventureuse. Restons-en là.

Je n'ai pas envie d'admettre ce que les gens disent de moi – que je suis impulsive, entêtée, bornée. Ils ne le disent jamais dans le bon sens. Je détourne le sujet de moi pour le porter sur lui. Les hommes adorent parler d'eux-mêmes.

— Dis-m'en plus à propos de ton idée de casino.

Il sourit à nouveau et, cette fois, cela se reflète dans ses yeux, les rendant lumineux. Je suis *subjuguée*. Cela devient embarrassant. Il est comme une éclipse solaire très rare, un phénomène à couper le souffle, et je ne peux détourner les yeux, même si je vais sûrement finir aveugle si je ne le fais pas. Il n'a pas souri une seule fois au dîner. Je n'arrive pas à croire que je suis comme toutes ces autres femmes de faible volonté, complètement subjuguées par un homme extrêmement beau. J'étais assez immunisée contre eux, à la fac. Peut-être que j'ai attrapé la grippe de Marge. Je ne me sens claire-ment pas moi-même, je suis brûlante et étrangement étourdie.

— C'était l'idée d'Adrian, répond-il, mais je suis complète-ment avec lui.

Il rend à César ce qui appartient à César. J'aime ça. Je me concentre sur son sourcil en répondant. Cela me semble l'en-droit le plus sûr où regarder pour ne pas être aveuglée par sa beauté, même s'il est arqué à la perfection.

— Je ne suis jamais allée au casino. Est-ce que c'est aussi tapageur dans la vraie vie que ça en a l'air à la télévision ?

— C'est différent quand on y est, répond-il d'une voix

chaude et douce. C'est une chose que tu dois vivre de l'intérieur.

Un frisson court le long de mon dos. Cette expression me semble suggestive « vivre ça de l'intérieur », mais il se détourne alors de moi, et je réalise que ce n'est pas le cas.

— Est-ce que vous jouez au poker ? lance-t-il à ses frères. Je suis partant.

Je me tourne à nouveau vers le bar et commande un autre martini.

La voix d'Oscar résonne soudain dans mon oreille, me faisant sursauter et rougir des pieds à la tête.

— Tu veux jouer ?

Je risque un regard vers lui. J'ai l'impression d'être déjà en train de jouer à un jeu duquel je ne connais pas les règles.

— Je ne sais pas jouer.

Il incline la tête, un sourire diabolique sur les lèvres.

— Viens. Je vais t'apprendre.

Je le suis, les jambes tremblantes et la tête submergée de ce qui doit être du désir. Mon premier avant-goût. *Tu veux jouer ? Je vais t'apprendre.* Soudain, il n'y a plus personne à part nous deux, et il veut m'apprendre de la manière la plus érotique…

— J'ai trouvé ton genre de joueur préféré, dit Oscar à Adrian. Un qui n'a aucune idée de comment jouer. Prépare-toi à gagner gros.

Ou peut-être que cette vierge a besoin d'un petit moment d'intimité. Hum hum.

4

Oscar

Je m'assois à la table de jeu ronde à côté d'Adrian, qui m'adresse un regard d'avertissement. Polly s'assoit de l'autre côté. Je sais. Je sais, je suis censé garder mes distances avec Polly. Mais elle était là, toute seule, et elle avait l'air un peu perdue. Je ne ferai rien du tout. Ce n'est pas comme si j'avais désespérément besoin d'une femme. La semaine dernière, j'étais encore avec… Lisa, non, c'était Élise. Moira ? Je me souviens qu'elle avait les cheveux noirs. Tout ça pour dire qu'inclure Polly n'était qu'un geste amical.

Alice change de siège avec Lucas pour s'asseoir à côté de Polly, qui semble aussitôt plus détendue.

— Ne distribue pas tout de suite, dit Lucas à Adrian. Gabriel et Anna vont peut-être vouloir participer à leur retour.

— Lèche-cul, lance Adrian.

Lucas sourit et croise les mains derrière sa tête.

— Je suis directeur. Je n'ai pas besoin de faire le lèche-cul.

Il se penche en avant et tapote des doigts sur la table.

— Toi, par contre, tu vas peut-être devoir t'y mettre, si tu veux ce casino.

Adrian mélange les cartes.

— Tu as dit que c'était un bon investissement.

— Ce pourrait l'être, répond Lucas. Tout comme le serait un restaurant. Dans un cas comme dans l'autre, je veux que le spa soit rentabilisé avant de construire autre chose.

— Le spa ouvre dans trois semaines, dis-je. Combien de temps faudra-t-il avant de le rentabiliser ?

— Je ne sais pas, répond Lucas. Ça dépend du nombre de clients que nous attirons. Nous sommes complets tout l'été, mais au-delà, nous ne pouvons que faire des hypothèses.

— Des hypothèses ? Ce n'est pas ton travail de savoir ? demandé-je.

Tout le monde devient silencieux autour de la table. Alice et Polly écoutent notre conversation.

Lucas n'ouvre pas la bouche, et je réalise que c'est une conversation que nous devrons avoir dans un cadre plus privé. Nous prenons tous garde de ne pas partager trop d'informations avec des étrangers, surtout pas nos désaccords. Polly n'est pas vraiment une étrangère, étant une relation d'Anna, mais elle n'est pas vraiment d'ici non plus. La réputation de notre famille doit être protégée à tout prix, surtout après la mauvaise presse dont nous avons souffert récemment. Je jure devant Dieu, on dirait que j'invente tout ça, mais il y a eu un mariage de *furries*, ici (oui, des gens en costumes d'animaux), qui a été relaté en détail dans deux célèbres magazines de mariage. Sans parler de la façon dont ma sœur Emma a fui son mariage, et dont son ex a raconté au monde entier que nous étions une famille de menteurs infidèles. On ne s'ennuie pas, ici.

Alice intervient :

— Ce serait peut-être une bonne idée de faire quelques recherches dans un casino, pour commencer. Je fais toujours des recherches avant de me plonger dans un nouveau livre.

Elle se tourne vers Lucas, un grand sourire aux lèvres.

— Tu te souviens du bal à Versailles, durant nos fausses fiançailles ? De fantastiques recherches !

— Et quand nous sommes tombés amoureux, renchérit-il.

— C'était là ? demande-t-elle, se rapprochant jusqu'à ce que leurs nez se touchent.

Il l'embrasse tendrement et je détourne les yeux. Je suis entouré d'idiots transis d'amour. Au moins, Adrian a la tête sur les épaules. Il a vingt-quatre ans et il ne risque pas de se caser de sitôt.

— On n'a peut-être pas besoin de nous endetter pour un casino, dit Adrian. Nous pourrions le financer nous-mêmes. Oscar, tu as toujours de l'argent investi, après tes années de footballeur ?

Je secoue la tête. Cet argent est allé dans les frais de lancement initiaux de Villroy pour le spa. Le reste est lié à des terres que, il le sait, je ne vendrai jamais. Valeur sentimentale. C'est la première chose que j'ai achetée avec de l'argent que j'avais *gagné*, après toute une vie à travailler dur pour passer pro. J'y ai amené mon père pour qu'il la voie – une magnifique vigne en Italie. Il était si fier et heureux pour moi. Il m'a même dit « Si mon frère n'avait pas abdiqué le trône, me forçant à devenir roi, je me serais retiré de mon côté exactement comme toi. Peut-être qu'un jour, tu élèveras une famille ici. Ton royaume personnel. » J'aime imaginer ça, en sachant que c'est ce qu'il voulait pour moi. Mais pas de précipitation. Je suis encore très, très loin du mariage et de la famille. Peut-être dans dix ans, quand j'aurai trente-sept ans. Ou plus tard. J'aime ma liberté de célibataire.

— Tu as joué au football ? me demande Polly. Tu parles de la version américaine, où ils foncent les uns dans les autres, ou du soccer ?

— Le vrai football, rétorqué-je sèchement.

C'est probablement le sujet que j'aime le moins, sachant la façon dont j'ai été forcé de prendre ma retraite.

— J'ai joué au soccer, moi aussi, dit-elle avec enthousiasme. Et au basketball et au hockey.

J'incline la tête, espérant qu'elle va laisser tomber le sujet.

— Tu étais une athlète, dit Alice à Polly. J'ai enfin l'occasion de devenir amie avec une athlète ! Je suis une fan d'histoire qui adore les bibliothèques.

Elles rient.

— J'ai un peu d'argent de côté, dit Adrian en me regardant, avant de tourner les yeux vers Lucas. Et je connais le manager du Casino de Monte-Carlo. Il voudra peut-être participer avec nous.

Lucas secoue la tête.

— Gabriel a dit, pas d'investissements extérieurs. Ils voudraient une part du gâteau et nous voulons garder le contrôle. Toi et Oscar, ça passe. Une tierce personne étrangère, non. C'est pour ça que je suis allé voir des banquiers pour obtenir un prêt nous permettant d'accélérer la manufacture. Et, comme je l'ai dit, je ne veux pas nous endetter plus pour l'instant.

— Même avec un investisseur étranger, intervins-je, si nous divisons les coûts en trois, Adrian et moi aurions la majorité des votes pour les décisions.

Adrian pointe du doigt vers Lucas.

— Et tu es responsable des décisions commerciales, maintenant, M. le Directeur, pas Gabriel. Tant que nous possédons la majorité des parts, ça peut marcher.

Lucas se frotte la barbe.

— Ça peut marcher avec le *bon* investisseur.

Il se laisse aller contre le dossier de son siège et ajoute :

— Mais je ne suis pas convaincu qu'un casino soit la meilleure idée.

— C'est pour ça que j'ai suggéré un séjour de recherches, dit Alice.

— Tu n'as pas parlé d'un séjour, répond Lucas.

— Maintenant, si. Allons à Monte-Carlo, pour voir comment les choses fonctionnent avec les flambeurs, poser des questions et lancer les dés !

Je me penche en avant. Je peux presque sentir le goût de la victoire. Lucas adore passer un bon moment, et il ferait n'importe quoi pour Alice. Si nous allons tous à Monte-Carlo, il s'amusera, et ensuite il sera plus susceptible d'accepter.

Lucas lève les paumes en l'air.

— D'accord, on va aller à Monte-Carlo.

— Youpi ! s'exclame Alice, avant de se tourner vers Polly. Tu dois venir avec nous. On va tellement s'amuser !

Polly sourit.

— J'adorerais, mais pour Anna ? Elle n'est pas censée voyager à un stade aussi avancé de sa grossesse, et je dois être là pour l'accouchement.

— Il lui reste encore trois semaines avant la date prévue, répond Alice. Et elle m'a dit que le premier enfant était généralement soit à l'heure, soit en retard.

Polly se mord la lèvre inférieure, et je me sens à l'étroit dans mon pantalon. C'est si sexy. *Détourne les yeux, détourne les yeux.*

Lucas replace une mèche de cheveux d'Alice derrière son oreille.

— Nous partons pour l'Oregon samedi. Ce n'est peut-être pas une si bonne idée. On peut attendre, voir comment s'en sort le spa, et reconsidérer ensuite.

Mince. On est en train de le perdre.

— On ira demain, dit Adrian. Ça nous donne trois nuits à Monte-Carlo. Je vais appeler Charles tout de suite.

Il s'éloigne et sort son téléphone.

— Alice et moi devons être de retour vendredi, lance Lucas à Adrian.

Je jette un œil à Polly, qui semble s'efforcer de ne pas avoir l'air trop excitée. Elle est aventureuse, alors évidemment, elle est curieuse de faire l'expérience d'un casino. Je me demande si elle va avoir besoin d'une deuxième chambre pour son chaperon, ou si son chaperon reste avec elle pour la surveiller de près. Je garde la bouche close. Ma curiosité à propos de son chaperon semble être un point sensible. C'est juste un arrangement si démodé que je me pose des questions sur le fonctionnement. N'a-t-elle droit à la liberté que lorsqu'elle est bien en sûreté derrière les murs d'un palais ? Je n'arrive même pas à l'imaginer. C'est comme lui couper les ailes quand elle est faite pour voler.

C'est alors qu'Anna et Gabriel reviennent.

— Que se passe-t-il ? demande Anna. Adrian a l'air tout excité, là-bas, et il parle en français.

— Il semblerait qu'un séjour à Monte-Carlo se prépare, dit Gabriel. Son endroit favori.

— Un séjour de recherche à Monte-Carlo, explique Alice. Nous voulons tous y aller.

Anna hausse les sourcils. Polly s'empresse de se diriger vers elle et Gabriel pour leur parler. Je ne peux faire autrement que d'entendre ce qu'ils se disent, ils sont juste derrière moi. Je me déplace très légèrement sur mon siège, observant Polly alors qu'elle minimise son envie d'y aller, souriant et insistant sur le fait qu'elle serait parfaitement satisfaite de rester ici. Anna croise mon regard. Grillé ! Je dois être plus subtil lorsque j'espionne Polly.

Je me retourne sur mon siège, le bout des oreilles brûlant. Ce n'est pas comme si je me souciais de savoir si Polly vient avec nous. Je me disais juste que ce serait une bonne expérience, pour elle, compte tenu de sa vie pleine de restrictions. Oui. Voilà ce que c'est. Tout le monde devrait avoir la liberté de faire un séjour à Monte-Carlo lorsqu'il nous est proposé.

Le plus important, c'est que Lucas soit partant. Trois nuits à Monte-Carlo, ça va être la fête. Je n'y suis pas allé depuis un moment. Cela ne me dérange pas d'accueillir un investisseur étranger, parce qu'Adrian et moi serons responsables des choses à Villroy. Notre héritage. J'adore cette idée. Nous redirigerons une portion des profits vers le royaume. C'est une situation gagnant-gagnant. Tant que les chiffres suivent et tant que Lucas est d'accord, ainsi que Gabriel. C'est loin d'être dans la poche, mais les choses sont prometteuses.

Je jette un œil à Polly alors qu'elle s'assoit à côté de moi et se met à parler avec Alice avec enthousiasme. Elles planifient ce qu'elles ont envie de faire à Monte-Carlo. Ses yeux bruns sont brillants, ses joues colorées. Elle a *envie* de voler. Une chaleur se répand dans ma poitrine. Je suis exalté pour elle, comme si sa petite victoire était la mienne. Mon esprit me paraît à nouveau confus, comme durant le dîner, alors que j'essayais d'ignorer son sourire et son rire du côté opposé de la table. Et je ne songeais même pas au fait qu'elle est vierge, à ce moment-là, comme Adrian a dit qu'on le ferait chaque fois qu'on la verrait. Elle est la quintessence de la grâce, du charme et de la beauté, tout ce dont on pourrait attendre d'une princesse, et plus encore. Elle est rayonnante. Peut-être que c'est à cause de cet enthousiasme contagieux qui émane d'elle. Elle est tout ce que j'aime chez une femme. Et je suis heureux que son chaperon ne soit pas là pour atténuer la belle lumière de Polly.

Belle lumière ? Le désir me rend stupide, à débiter de la poésie. Bon sang. J'ai de gros ennuis. Une princesse vierge devant se marier bientôt dans un royaume lointain, c'est le fruit défendu ultime pour un célibataire endurci comme moi, surtout maintenant que j'ai envie de rester à Villroy pour les affaires.

Je me lève brusquement et me dirige vers Adrian, qui est toujours au téléphone. Je dois m'assurer que ma chambre sera loin de la sienne. Pourquoi placer la tentation à portée de main ?

~

Polly

Je suis si excitée que je saute presque sur place, le lendemain matin, alors que je descends le couloir pour aller voir Marge. Je pars pour Monte-Carlo dans une heure, prenant le jet privé des Rourke de Nantes, en France, jusqu'à Monte-Carlo, un vol d'une heure et demie seulement. Alice et moi allons faire du shopping dès notre arrivée là-bas. Cette liberté totale me donne envie de courir et de serrer absolument tout le monde dans mes bras. À la place, je me contente de lancer un « bonjour ! » joyeux et rayonnant à tous les domestiques et les gardes que je croise. Anna s'est montrée si bienveillante à l'idée que je parte, m'assurant qu'elle n'allait pas accoucher cette semaine. Et même si c'était le cas, ils me renverraient directement à Paris en avion pour que je sois présente. Monte-Carlo n'est pas si loin de Paris que ça, la ville se trouvant au sud-est de la France, à Monaco.

Cette partie du couloir est vide, je lève donc les mains en l'air et me mets à marcher de manière victorieuse, agitant la tête et souriant largement. Oui, exactement. Je suis libre. Je vais parier. Je vais boire. Je vais mordre la vie à pleines dents avant de devoir repartir faire mon devoir. Bon sang, chaque fois que je songe à mon futur à Beaumont, ça casse totalement ma bonne humeur. Jusqu'ici, je n'ai pas encore trouvé de bonne stratégie pour me tirer de l'impasse dans laquelle j'ai été acculée. Mon mariage à Peter est toujours une possibilité très réelle. Mon humeur s'assombrit, mon expression se dégrise, ce qui est probablement une bonne chose parce que je suis presque arrivée à la chambre de Marge. Elle ne va pas être contente que je parte pour ce séjour sans elle, mais je ne vais pas la traîner à Monte-Carlo alors qu'elle est malade. Il est temps que mon chaperon utilise ses congés maladie.

Je frappe et elle crie « entrez ! » avant de se mettre à tousser.

J'ouvre la porte et m'approche lentement.

— Comment te sens-tu ?

Elle est assise dans son lit avec des oreillers derrière elle. Un pichet d'eau, un verre, des mouchoirs et de l'ibuprofène se trouvent sur la table de chevet à côté d'elle.

— La bonne nouvelle, c'est que je n'ai pas d'angine, dit-elle, avant de lever une main en l'air : Stop ! Ne t'approche pas plus près. Tu n'as pas envie d'attraper ça.

Elle tousse et croasse :

— Le bébé.

Je m'arrête à quelques pas d'elle.

— C'est juste un rhume ?

Elle boit une gorgée d'eau.

— Pour l'instant. Je suis sujette aux pneumonies. Le docteur est passé plus tôt et a dit qu'il reviendrait dans trois jours pour voir si j'allais mieux.

— Je suis sûre que ce sera le cas. Tu es la personne la plus forte que je connaisse.

Elle hoche la tête.

— Qu'est-ce que tu as fait, de ton côté ?

Je croise modestement les mains devant moi.

— En fait, j'ai des projets avec Alice. Nous allons partir pour un bref séjour à Monte-Carlo pour faire du shopping.

— Monte-Carlo ? Ce n'est pas là qu'on joue à des jeux d'argent ?

Je lui adresse un sourire rayonnant.

— Oui. On va peut-être jouer un peu aux machines à sous. Un séjour entre filles. Évidemment, le Prince Lucas sera là aussi. Lui et Alice sont inséparables. Ses frères viendront probablement aussi.

Elle plisse les yeux.

— Probablement ? Deux de ses frères ne sont-ils pas célibataires ?

Je hoche la tête.

— Je crois, oui. Ils ont parlé de faire des recherches sur le business des casinos. Je ne vais sûrement pas passer beaucoup de temps en leur compagnie.

Elle lève les paumes.

— Je ne suis pas en condition de voyager. J'ai de la fièvre.

— Ce n'est rien. J'aurais les gardes du palais avec moi en plus de Vaughn. Je serai parfaitement en sécurité.

Vaughn est mon garde du corps venu de la maison, un natif de Beaumont qui approche des trente ans, au crâne rasé et au visage hostile inquiétant. Il aurait fait un excellent méchant de film.

Il est avec moi depuis la fac, et je l'aime beaucoup. Quand nous nous sommes retrouvés seuls pour la première fois, à attendre Marge, il m'a dit discrètement qu'il ne raconterait jamais d'histoires sur moi à qui que ce soit, ni à Marge, ni même à mes parents. Son seul travail, c'est de me protéger.

Elle se renfrogne.

— Tu ne peux pas voyager seule avec des hommes non mariés. Je n'arrive pas à croire que tu puisses seulement le suggérer.

— Je ne suis pas seule. Alice sera là, et Lucas. Il est le directeur de leur nouvelle entreprise. C'est comme un voyage d'affaires avec un séjour entre fille en supplément.

— Tu as besoin d'un chaperon.

Je crispe la mâchoire.

— Je m'en sortirai très bien.

— Polly.

Elle s'interrompt le temps de se moucher, tousse à mort, et boit une gorgée d'eau.

Je ressens un pincement de culpabilité. Je suis là, à jubiler à l'idée d'une sortie en solo, alors qu'elle se sent si mal.

— Repose-toi, Marge. Je veux que tu te rétablisses aussi vite que possible. Je vais te faire apporter du thé avec du miel.

Je me retourne pour partir.

— Attends ! Si tu insistes pour y aller, je vais être forcée d'appeler à la maison et de rendre compte de ce que tu fais. C'est mon travail.

Je fais volte-face, luttant pour garder mon calme.

— Ne fais pas ça. Personne n'a besoin de savoir que tu ne m'as pas accompagnée.

— Je ne mentirai pas pour toi. Tes parents demandent régulièrement des nouvelles.

Elle secoue la tête et ajoute :

— Je sais que tu as envie de t'amuser un peu, et nous le ferons dès que j'irai mieux.

Je redresse les épaules et me tiens bien droite, insufflant toute l'autorité régalienne que je possède dans ma voix.

— J'y vais.

Elle prend son téléphone sur la table de chevet, pensant que je bluffe. Merde. La dernière chose que je veux, c'est d'être forcée de rentrer plus tôt. Je ne peux pas manquer d'être auprès d'Anna dans la salle d'accouchement. C'est là que je me souviens qu'Anna m'a proposé une autre domestique pendant que Marge était souffrante.

— J'avais presque oublié, dis-je. Anna a proposé de me fournir un chaperon, et maintenant je comprends qu'il est important que j'accepte. Son nom est Lina.

Elle pince les lèvres, semblant suspicieuse.

— Je veux la rencontrer.

J'ouvre la bouche et la referme.

— Bien sûr. Je vais aller la chercher tout de suite.

Je sors tranquillement de la pièce puis, dès que je suis arrivée dans le couloir, je repars en courant dans ma chambre pour appeler les quartiers des domestiques. Je commence par demander Lina en urgence, sur ordre de la

Reine Anna, puis je demande aussi un thé au miel pour Marge.

Seulement cinq minutes plus tard, on frappe à ma porte ouverte. C'est une jeune femme brune, qui a probablement dans les vingt ans, aux joues rouges comme si elle avait couru jusqu'ici. Je souris. Elle est parfaite.

Elle s'incline pour une profonde révérence, penchant la tête.

— Votre Altesse, je suis Lina. Je suis ravie d'être à votre service.

— Merci d'être venue si vite, Lina. Es-tu déjà allée à Monte-Carlo ?

Elle se redresse brusquement, écarquillant ses yeux bruns.

— Non, madame.

— Bonne nouvelle ! Nous allons faire un petit voyage. Il y a juste une petite chose à régler. Je veux que tu t'amuses aussi. Je te paierai cent euros par jour en plus de ton salaire habituel pour que tu puisses t'amuser. Tu partageras une chambre avec moi pour préserver les apparences, mais après ça, je veux que tu ailles te faire plaisir. Joue, bois, fais du shopping. Tout ce que tu veux. Ce sont tes vacances aussi.

Elle ouvre grand la bouche, stupéfaite.

— Tout ce que j'attends de toi, c'est de la discrétion. J'ai rarement l'occasion d'avoir un peu de liberté. Techniquement, tu es mon chaperon, mais seulement sur le papier. Est-ce que tu comprends ? Et les gardes seront là, donc tu n'auras pas à t'inquiéter de ma sécurité.

Elle baisse la tête pour une révérence.

— Oui madame. La Reine Anna est-elle au courant de mon rôle et du voyage ?

— Oui. C'est elle qui t'a suggérée.

Elle pousse un bref soupir.

— Je suis contente de l'entendre, madame. C'est une vraie surprise. Quand partons-nous ? Avez-vous besoin d'aide pour faire vos bagages ?

— Tout est déjà prêt. Nous partons dans une heure et serons partis trois nuits, alors fais tes propres valises en fonction. Tu es impatiente ? Parce que moi, oui.

Elle sourit pour la première fois.

— Je suis très impatiente.

— Excellent ! Maintenant, avant de faire tes valises, tu vas juste devoir rencontrer ma domestique habituelle, qui me sert de chaperon, et lui assurer que tu seras un bon substitut.

Je lui fais signe de me suivre.

— Sera-t-elle irritée que je prenne sa place, madame ? demande-t-elle alors que nous sortons dans le couloir. Je ne veux marcher sur les pieds de personne, et cela me semble vraiment être un magnifique voyage.

— Ne t'en fais pas. Elle a un rhume et elle est loin d'être aussi intimidante quand elle est malade.

Quelques minutes plus tard, je présente fièrement Lina le chaperon à Marge.

— Viens par ici, jeune fille, ordonne Marge.

Lina s'avance docilement et vient se placer à côté du lit.

— Pas si près, lancé-je. Nous n'avons pas envie que tu attrapes ce rhume, que tu me le transmettes et que je le passe ensuite à Anna et au bébé.

Marge lui fait signe de reculer d'un geste irrité de la main, comme si se rapprocher était l'idée de Lina.

— Ne quitte *pas* la Princesse Mary des yeux. Tu dois l'accompagner en permanence. C'est ton job. Elle ne doit jamais rester seule avec un homme. Si tu échoues à cette mission, la colère du royaume de Beaumont s'abattra sur toi.

Lina m'adresse un regard terrifié, les yeux écarquillés.

— Est-ce que tu comprends ? demande Marge.

Lina se tourne à nouveau vers elle et hoche la tête.

Marge tousse et continue d'une voix rauque :

— Je veux un rapport complet sur la princesse à votre retour.

— Oui, madame, répond doucement Lina.

Marge émet un grognement.

— Pars, maintenant. Polly, ne me le fais pas regretter.

— Jamais, dis-je en lui soufflant un baiser. Repose-toi. Je veux te trouver en meilleure forme à mon retour.

J'incline la tête en direction de Lina et elle s'empresse de me rejoindre. J'attends que nous soyons à bonne distance de la pièce avant de dire :

— Je te dirai quoi rapporter. Notre marché tient toujours.

— Et qu'en est-il de la colère du royaume de Beaumont, Votre Altesse ? murmure-t-elle.

Je me hisse de toute ma hauteur et réponds avec l'autorité due à mon rang.

— Je serai bientôt reine. Il n'y aura aucune colère.

Elle détourne les yeux.

— Oui, madame.

Je garde un ton léger, parce que je sens bien qu'elle est inquiète.

— La seule colère viendra de moi, si tu ne t'amuses pas.

Elle rit un peu nerveusement.

Je souris. Ça va être génial.

5

———————

Polly

Alice me prend le bras alors que notre limousine s'avance vers le Casino de Monte-Carlo.

— Oh ! Je suis tout excitée ! Je dois prendre des photos avant qu'on entre. Cet endroit est historique, il remonte à 1863. J'ai lu sur internet que c'était un modèle d'architecture Belle Époque, conçue par la même personne qui a conçu l'Opéra de Paris ! C'est tellement plus époustouflant en personne !

— Tu dois absolument prendre des photos, dis-je, souriant devant son enthousiasme.

— Tu vas peut-être trouver ça familier, grâce aux films de James Bond, dit Lucas.

Je n'ai vu que le dernier, et je ne me souviens pas qu'il y ait un casino dedans.

— Il s'avère qu'il est déjà venu ici, me dit Alice. Il voulait juste me laisser m'amuser.

Lucas sourit.

— C'est vrai, mais je ne suis jamais venu alors que je projetais d'avoir mon propre casino. Perspective différente.

Adrian et Oscar demeurent silencieux, mais ils ont l'air

impatients. Ma domestique, Lina, a pratiquement le nez pressé contre la vitre de la limousine.

Dès l'instant où nous sortons de la limousine, Alice lance :

— Admirons la vue depuis l'autre côté de la rue avant d'entrer.

Nous nous dirigeons tous vers un splendide jardin de l'autre côté de la rue, avec une jolie fontaine, des statues en marbre et de multiples palmiers et diverses plantes. Les palmiers me rappellent la maison.

Je me retourne et admire le casino depuis le jardin tandis qu'Alice pousse des exclamations et prends photo après photo. C'est *effectivement* un bâtiment superbe, grand et à plusieurs étages, avec une belle façade constituée de fenêtres avec balcons des statues et des coupoles. Un large dôme, plus à l'arrière du bâtiment, est entouré de deux coupoles supplémentaires. Cela me rappelle un château français, et c'est à mille lieues du casino que j'imaginais, qui me venait surtout des images de Las Vegas que j'ai pu voir à la télé. Cet endroit a le charme du vieux monde. Un frisson d'excitation me traverse. Avec quelque chose d'aussi beau, je songe qu'un casino serait un excellent ajout à Beaumont. Je me demande si je pourrais faire lever l'interdiction de parier, chez moi. J'en doute. Même si notre monarchie recherche la prospérité, nous suivons un code moral très strict. Nos traditions sont ce qui rend notre royaume fort. On m'enfonce ça dans la tête depuis la naissance. C'est un peu la devise de la famille Lyon.

Mon garde, Vaughn, attend derrière moi. Adrian et Oscar sont plongés dans une conversation à voix basse, tandis que Lucas sourit à Alice, l'air sous le charme de son enthousiasme. Finalement, Alice a assez de photos.

— Je parie que l'intérieur est encore mieux, dit-elle. Allons-y !

— Tu ne peux pas prendre de photos à l'intérieur, l'avertit Lucas. Ils voient cela d'un mauvais œil. Et puis, il y a beaucoup de gens célèbres qui viennent ici et qui ne veulent pas qu'on les photographie.

— Je suis avec une célébrité ! lance Alice en faisant un

geste vers lui. Par conséquent, je suis l'un d'entre eux et ça ne les dérangera pas.

— Si, ça les dérangera, répliquons-nous, Lucas et moi, en même temps.

— Sois détendue, comme moi, dis-je à Alice, avant de prendre un air hébété et de pointer du doigt comme si je venais de découvrir une star de cinéma immensément célèbre.

Elle rit.

— S'il te plaît, dis-moi que je ne ressemble pas à ça.

Je souris.

— Non, c'est le touriste désagréable que nous ne serons pas. Nous allons nous mêler à la foule des flambeurs.

— Bieeen sûr, nous mêler, dit Alice.

— Tout est une question de porter les bons vêtements et d'avoir la bonne attitude.

J'ai un peu d'expérience en ce qui concerne le fait de me fondre dans la masse, après être passée de mon royaume traditionnel au pensionnat de la fac. Sans parler de ma brève expérience comme princesse en fuite, portant une jolie garde-robe de chez Target. J'adore ce magasin.

— On va résider ici, dit Lucas en pointant du doigt vers un autre magnifique bâtiment juste à côté, dans le même style architectural de la Belle Époque.

— L'Hôtel de Paris.

— Oui, dit Alice avec un long soupir.

Alice et moi ouvrons la voie et traversons la rue, les autres nous emboîtant le pas. Elle me murmure :

— Anna dit que tu dois te marier bientôt pour prendre ta place de reine. Tu as un fiancé ?

— J'en aurais un bientôt. Quand je rentrerai à Beaumont, je suis supposée épouser Peter, une fois qu'il m'aura fait la cour pendant six semaines, sous la surveillance de mon chaperon, comme il est requis. Tu comprends pourquoi j'ai envie d'un peu de liberté ici avant de me retrouver enchaînée.

— Oh, Polly, tu as l'air si résignée. Et c'est la chose la moins romantique que j'aie jamais entendue !

— Ce n'est pas censé être romantique. C'est ma façon de

faire mon devoir, de forger une alliance favorable et d'engendrer le prochain héritier.

Je lui explique les attentes traditionnelles pesant sur moi, faisant de gros efforts pour dissimuler ma frustration quant à ma situation actuelle. Je ne veux pas qu'elle pose d'autres questions à propos de Peter.

Je sens le regard de quelqu'un posé sur moi et je me retourne, mon regard croisant celui d'Oscar. Ses yeux sont pleins de compassion. Je ne veux pas de sa compassion.

Je me retourne vers Alice et dis fermement :

— Je suis heureuse de cette union. Peter fait partie de la bonne lignée royale, il possède la moitié des stations balnéaires de notre île, et notre mariage rassemblera toutes les exploitations. Notre famille possède l'autre moitié.

— Est-ce que tu l'aimes ? demande-t-elle.

— Non, mais je connais mon devoir.

— On ne devrait se marier que par amour, répond-elle en balayant l'air de sa main. Même dans mes romances à l'époque de la Régence, je m'assure que leurs alliances avantageuses sont équilibrées par l'amour.

Je pince les lèvres.

— C'est là qu'est la différence entre fiction et réalité.

Elle s'arrête devant la porte d'entrée du casino et me prend le bras.

— S'il te plaît, ne te marie pas par devoir.

— Si je ne le fais pas, mon héritage sera transmis à mon cousin masculin, répliqué-je.

Je réfrène ma colère. Ce n'est pas le bon moment.

— S'il te plaît, ne parlons pas de ça. J'ai envie de profiter de mon séjour ici.

Lucas nous tient la porte ouverte, échangeant un regard avec Alice. Elle est américaine et son point de vue est très romantique, vu qu'elle est auteure de romances.

Heureusement, quand nous entrons dans le casino, Alice reste sans voix et, Dieu merci, le sujet de mon futur mariage est abandonné. Lina regarde tout autour d'elle, les yeux écarquillés, admirant les alentours. L'atrium est une pièce voûtée immense faite pour impressionner, avec des colonnes en marbre ionique soutenant une tribune en balustrade au-dessus. Deux grandes peintures à l'huile attirent mon regard dans la tribune. Les lieux sont énormément décorés, mais de manière élégante, avec un plafond de verre couvert de gravures, des candélabres en bronze et un sol de marbre en mosaïque.

— J'ai entendu dire qu'il y avait des événements intéressants ici, comme des spectacles, murmure Alice.

Lucas dépose un baiser sur sa joue.

— Je t'adore.

Fou amoureux.

Adrian nous rejoint.

— Venez, je vais vous faire visiter, et ensuite nous sommes invités à une fête, ce soir, chez Charles. Il est l'un des investisseurs privés dè ce casino et c'est lui qui le dirige. Il n'a pas la part majoritaire, évidemment, ne faisant pas partie de la famille royale, mais il a les poches bien remplies et il a le genre d'expérience qui pourrait nous être utile.

Alice sautille sur place, et Lucas place un bras autour de ses épaules, s'assurant de l'empêcher de quitter le sol.

J'essaie de ne pas rester bouche bée alors que nous commençons notre visite, passant d'une pièce élégante et opulente à l'autre, et pourtant je suis habituée à l'élégance. Mais cet endroit est différent, c'est comme si j'étais repartie dans le passé. Des chandeliers en cristal illuminent des fresques historiques dans une pièce intimiste ; une autre est une grande salle voûtée à deux étages qui rappelle une ancienne grande gare de train, avec des tables de jeu et un restaurant. Une autre pièce plus petite, tout en bronze et en verre, est illuminée d'une douce lumière au-dessus de tables en acajou. Il y a les machines à sous, évidemment, mais aussi des tables de black-jack, de poker, de roulette et de craps. Même les tables de jeu sont superbes. Le bois est élégamment sculpté, le logo du casino étant brodé sur le feutre vert.

Nous terminons notre visite et Adrian nous dit :

— Il faut une carte d'élite spéciale pour accéder aux salles de jeu privées. Elles sont réservées aux jeux aux mises élevées. J'espère que ça vous donne à tous de bonnes idées pour ce que nous pourrons utiliser chez nous. Je vais aller jouer un peu au poker. Retrouvons-nous pour le dîner à dix-neuf heures. Je ferai les réservations.

Oscar lui fait un salut militaire.

— Je suis trop autoritaire ? fait Adrian avec un sourire. Cet endroit est comme ma maison loin de la maison. N'hésitez pas à suggérer quelque chose.

— Tu t'en sors très bien, dit Oscar. Jouer, dîner, faire la fête. C'est mon genre de journée préféré.

Alice se tourne vers moi.

— Es-tu prête à aller faire du shopping ? Lucas m'a dit qu'il y avait des boutiques et une fabuleuse boutique de crèmes glacées juste au bout de la rue.

— Oui !

Je me tourne vers Lina, restée silencieuse à mes côtés. Elle porte toujours son uniforme de domestique, constituée d'une chemise blanche boutonnée et d'un pantalon noir.

— Veux-tu te joindre à nous ?

Elle sourit.

— En fait, madame, j'aimerais tenter ma chance avec les machines à sous.

— Bien sûr ! Amuse-toi ! Rejoins-nous pour le dîner. Je t'enverrai un message quand je saurai où on va.

— Êtes-vous sûre de vouloir que je sois présente au dîner, Votre Altesse ? demande-t-elle en regardant mes pieds.

— Oui, tu fais partie de la fête. À moins que tu ne préfères essayer le service au chambre ou partir de ton côté.

Elle lève la tête.

— Je dînerai avec vous, madame, merci. Je ferai preuve de la plus grande discrétion, comme vous l'avez demandé.

Sur ces mots, j'ouvre mon sac à main et double le prix de son silence en avance, le plaçant dans sa main.

— Un petit complément pour aller jouer.

— Merci, madame, s'extasie-t-elle.

Dès qu'elle est partie, Alice me demande, incrédule :

— Tu la paies en liquide ? Je croyais qu'elle faisait partie du personnel du palais.

Je noue mon bras avec le sien et nous guide vers le soleil

rayonnant, me sentant libre et légère. Vaughn nous suit à une distance polie.

— C'est une longue histoire.

— J'adore les histoires.

— Je devrais lire tes livres. Je n'ai jamais été une grande lectrice. La plupart des livres m'ennuient, mais quelque chose me dit que ce serait différent avec les tiens.

— J'espère qu'ils ne t'ennuieront pas, et je ne veux pas le savoir si c'est le cas. Alors, pourquoi donnes-tu des pots-de-vin à Lina ?

Je me tourne vers elle. Ses yeux bleus scintillent d'une vive intelligence à travers ses lunettes en forme d'œil de chat.

— Observatrice et directe.

Elle m'adresse un sourire.

— C'est moi. Attends une seconde.

Elle s'arrête et sort d'énormes lunettes de soleil blanches de son sac à main, échangeant ses lunettes avec celles-ci.

— Ce sont des verres correcteurs. Donc, que fait Lina pour toi, ou que ne fait-elle *pas* ?

— Ça reste entre toi et moi.

— Bien sûr.

Je me remets à marcher.

— Je la paie pour ne *pas* me chaperonner.

— Oh, à cause de cette histoire de virginité ?

Je m'immobilise.

— Est-ce que c'est Anna qui te l'a dit ?

Elle grimace.

— Je suis désolée. Elle a mentionné que tu arriverais avec un chaperon et un garde, et ma curiosité naturelle m'a poussée à poser des questions. C'est un secret ?

Je pousse un soupir et me remets à marcher.

— Pas exactement un secret, mais il faudrait connaître les particularités de mon royaume pour en avoir connaissance. Nous ne sommes pas souvent mentionnés dans la presse à scandale grâce à notre stricte adhésion au protocole royal. Ce n'est pas une chose que j'aime contourner.

— Oh. Heu, Lucas est au courant aussi. Anna se confie souvent à moi, oubliant qu'il est en arrière-plan. Il est très discret. Si tu ne veux pas qu'il dise quoi que ce soit, je lui ferai savoir que c'est un secret.

Maintenant, je sais comment Oscar a su à propos de mon chaperon, hier soir. Tout le monde est probablement au courant. Je serre les dents.

— Ça n'a plus d'importance, maintenant.

Quelque chose se rebelle en moi. Si je dois épouser Peter, s'il n'y a pas d'autre solution viable, je ne veux pas qu'il ait ma virginité. Je veux la donner durant une soirée superbe, une grande aventure. Pourquoi devrait-il tout avoir ?

Bien sûr, il y a le problème du médecin royal m'examinant avant la cérémonie de mariage. Je pourrais peut-être le payer. Non, ça ne marcherait pas. Je lui ai trop souvent donné des coups de pied dans les noix, alors qu'il essayait de me faire une piqûre, pour être restée dans ses bonnes grâces. Et, évidemment, Peter s'en rendrait compte. Il se montrerait peut-être compréhensif, au vu de l'alliance financière. Le fait de consolider les exploitations dont il pourrait profiter personnellement pourrait aplanir beaucoup de choses. Personne ne sait mieux que moi à quel point il est motivé par l'argent.

Mes parents passeraient-ils outre en faveur de mon alliance avec Peter, où risquerais-je ma place de reine pour une dernière aventure ? Je ne suis peut-être plus aussi impulsive que je l'étais autrefois. Regardez-moi, en train d'anticiper les choses. Pff. J'aimerais ne même pas avoir à réfléchir à ce genre de choses.

— Je suis désolée, dit Alice. Je n'arrête pas de mettre les pieds dans le plat avec ces sujets sensibles. À partir de maintenant, il n'y aura plus que du bon temps. Nous allons faire du shopping, boire des mélanges fruités et nous pavaner dans le casino comme si nous appartenions à ce monde.

— Nous appartenons à ce monde, idiote.

Elle sourit.

— Alors il est temps de nous habiller pour ce rôle. Dans la ville du glamour.

— Tu es déjà glamour.

— Merci ! C'est ma robe de fête.

Elle passe sa main le long de sa robe rose à pois.

— Mais Lucas m'a donné sa carte de crédit pour que je fasse des folies.

Je ris.

— Ça m'a l'air amusant.

J'adore faire des folies.

~

Oscar

C'est l'heure de la fête, mon moment préféré. Nous sommes dans le penthouse de Charles Blanc, un appartement dans un hôtel reconverti non loin du casino. Cet endroit est très chic et moderne, entièrement dans des tons blancs – sol en marbre blanc, murs blancs, hauts plafonds blancs. La pièce à vivre principale, un grand espace ouvert où tout le monde est rassemblé, est composée de canapés dispersés dans la salle et de chaises blanches avec des coussins bleu foncé. Des tableaux d'art moderne offrent une autre touche de couleur dans les niches des murs, et une cheminée à double face est disposée au centre de la pièce. Deux des côtés de la pièce sont couverts de fenêtres sur tout le mur et offrent une vue de la ville et de la mer. J'aime beaucoup, même si je serais plus heureux si nous étions avec notre hôte, l'investisseur clef que nous espérons récupérer pour le potentiel casino de Villroy.

Je rejoins Lucas et Adrian, occupés à admirer la ville.

— Où est ton autre moitié ? demandé-je à Lucas.

Il hausse un sourcil.

— Elle est l'autre moitié de Polly, en ce moment. Après le dîner, elles sont allées au Bar Américain pour pouvoir profiter de l'atmosphère des bars clandestins des années 1920. Elle appelle ça l'enterrement de vie de jeune fille en trois nuits de Polly.

Mon estomac se noue. J'ai entendu Polly parler de son mariage à venir plus tôt dans la journée. Je ne savais pas qu'elle avait un fiancé, seulement qu'elle devait se marier bientôt, et le pire, c'est que lorsque j'ai croisé son regard, je n'ai rien vu de sa lumière habituelle. Elle semblait morte à l'intérieur. Je ne veux pas interférer, mais comment pourrais-je rester sans rien faire alors qu'elle est coincée dans un mariage qui ressemble plus à une transaction commerciale ? Elle semblait si résignée, pas du tout comme la Polly fougueuse que je connais.

Même si je n'ai aucune envie de me marier de sitôt, je sais que ce peut être une bonne chose, avec le bon partenaire. Mes parents étaient très proches, et j'ai vu à quel point mes frères sont heureux avec leurs partenaires. Même ma sœur Emma, la plus convenable des princesses, s'est libérée de son mariage arrangé sans amour. Maintenant, elle est heureuse en mariage avec le plus improbable des hommes, la légende du rock Jackson Walker. Le choix de la personne que vous épousez *est important*. Et je sais que Polly a dit qu'elle connaissait son devoir, mais elle n'a peut-être pas assez souvent vu l'amour à l'œuvre pour savoir ce qu'elle rate. Peut-être que le fait d'être entourée par ma famille lui ouvrira les yeux. Je l'espère. Je ne supporte pas de l'imaginer avoir l'air morte à l'intérieur, faisant son devoir pour le restant de ses jours.

— Alice n'approuve pas le mariage à venir de Polly, romantique comme elle est, continue Lucas. Mais je lui ai dit que les mariages organisés pour des alliances avantageuses étaient la manière dont les choses se passaient dans beaucoup de monarchies. Même nos parents ont suggéré des mariages arrangés pour nous.

— Seuls Gabriel et Emma les ont acceptés, et aucun d'eux n'est allé au bout.

Gabriel, en tant qu'héritier, a été soumis à des normes plus élevées. Je suppose que c'est pareil pour Polly, puisqu'elle est l'héritière.

— On ne peut rien y faire, dit Lucas en me regardant droit dans les yeux. Comme je l'ai expliqué à Alice.

Je détourne les yeux et bois une gorgée de mon scotch. Cela ne devrait pas me déranger à ce point. C'est simplement que Polly est jeune et pleine de vie. Elle semblait si heureuse durant le dîner, à parler et rire avec Alice et Lucas. Je me suis surpris à l'observer à nouveau un peu trop, et je me suis forcé à me concentrer sur les affaires avec Adrian. Malgré tout, je ne peux m'empêcher de penser à son fiancé. Et s'il ne l'appréciait pas et qu'il tentait d'atténuer sa lumière ?

Tout le monde devrait avoir son mot à dire quant à la personne qu'il épouse. Je ne sais pas pourquoi je fais une telle fixation sur elle. Ce doit être parce qu'elle est un fruit défendu. Je ne peux concevoir d'autres raisons pour expliquer mes réactions si intenses face à elle. Même quand elle n'est pas dans la pièce, le simple fait de penser à elle ou d'entendre son nom m'agite à ce point.

— Les choses sont-elles turbulentes, au bar ? demande Lucas à Adrian. Je vais peut-être devoir y passer.

— C'est assez sobre, répond Adrian. Du jazz et du piano. La plupart des bars ne deviennent turbulents qu'assez tard dans la nuit.

Lucas hoche la tête.

— J'ai envoyé Louis avec elle, et il y a le garde de Polly.

Louis est l'un de nos agents de sécurité les plus costauds. Nous avons un autre garde, Michael, qui est ici avec nous, immobile en arrière-plan. Lucas sort son téléphone.

— Je vais juste prendre de leurs nouvelles.

Adrian me regarde en roulant des yeux. Je secoue la tête. Pathétique. Lucas ne peut même pas profiter d'un bon verre sans contacter sa femme. C'est lui qui est mené à coups de cravache.

— Où est Charles ? demandé-je à Adrian.

Je n'ai plus revu notre hôte depuis que nous sommes arrivés ici, il y a une demi-heure.

— Il est en rendez-vous privé à l'étage, répond Adrian avec un sourire narquois.

C'est là que se trouvent les chambres.

— Il ne pouvait pas attendre la fin de la fête ?

Adrian hausse les épaules. Je jette un œil aux invités se mêlant dans la pièce. La plupart discutent en anglais, une langue couramment utilisée parmi les gens mondialement riches et célèbres. Je pourrais jurer que ce type, là-bas, est l'un des acteurs ayant joué James Bond. Je reconnais quelques actrices aussi, mais elles ne retiennent pas mon intérêt. Je ne suis pas là pour ça.

Une heure plus tard, je commence à être agacé. Charles est enfin revenu, mais nous ne lui avons parlé que quelques minutes avant qu'il aille discuter avec quelqu'un d'autre. Je comprends. Il se mêle à ses invités très riches, importants pour le casino, mais nous devons parler affaires.

— Arrête de faire la tête, me dit Adrian entre ses dents. On ne parlera pas affaires ce soir.

— On l'a à peine vu.

Lucas bondit soudain.

— Où va-t-il ainsi ? demandé-je à Adrian.

Mais j'ai bientôt la réponse à ma question. Lucas est en train de guider Alice dans la pièce. Elle porte une robe noire à manches courtes et à franges sortie tout droit des années 1920, et a un nœud noir dans les cheveux. Louis, notre garde, se tient aux côtés d'Alice ; le garde de Polly se trouve derrière le groupe. Lina, l'une des domestiques du palais, vêtue d'une robe noire sans manches, n'arrête pas de jeter des coups d'œil discrets à Louis, le reluquant. Puis *elle* apparaît de derrière eux, et tout l'air est aspiré hors de la pièce.

Elle est éblouissante. Polly a quitté la chemise et sa jupe modestes qu'elle portait pour le dîner. Maintenant, elle porte une robe s'arrêtant à mi-cuisses, avec des franges argentées, des bretelles spaghettis fines que je pourrais arracher rien qu'en tirant un peu dessus, et un décolleté plongeant. Sa peau est brillante et crémeuse, lisse, parfaite. Ses jambes sont longues, ses pieds couverts de hauts talons argentés avec un bracelet sexy autour de la cheville. Mes yeux remontent le long de son corps tout en courbes. Ses cheveux noirs bouclés sont relevés en une queue de cheval, exposant la ligne élégante de son cou. Mon cœur cogne plus fort, le sang affluant dans mes veines, mes doigts me picotant tant j'ai envie de la toucher.

Elle ne ressemble pas à une princesse vierge.

Elle est sublime, sexy, et j'ai tellement envie d'elle que je peux à peine réfléchir. Je suis à ses côtés avant même d'avoir pris conscience d'avoir traversé la pièce.

— Comment était le bar ?

Elle est rayonnante, et j'éprouve un coup au cœur en la voyant si exaltée.

— Merveilleux !

Alice s'appuie sur mon bras, un peu chancelante et clairement saoule.

— Polly se montre très vilaine, ce soir. Elle n'est pas censée montrer ses épaules en public.

Polly pouffe de rire.

— Ni mon dos.

Elle se retourne pour montrer son dos exposé, la robe serrée contre ses jolies fesses. Elle pivote à nouveau, les franges fouettant autour d'elle.

— Ni mes genoux.

Elle se penche pour poser les mains sur ses genoux, me donnant une vue imprenable de son décolleté. Ma bouche devient sèche. Elle se redresse et lève les mains en l'air.

— Ta-da ! J'espère que vous êtes tous très choqués.

J'émets un petit rire.

— Combien de verre as-tu bu ?

Elle me donne une tape sur le nez.

— Exactement la quantité qu'il fallait, Prince Oscar, dit-elle, avant de se tourner vers mon frère. Bonjour, Prince Adrian. Tu es superbe dans ce veston.

Coucou, je porte un veston, moi aussi. Est-ce qu'elle est intéressée par Adrian ?

Adrian lui adresse un petit sourire.

— Merci. Tu es mignonne quand tu es saoule.

— Je ne suis pas saoule du tout, réplique-t-elle, avant de se pencher tout près d'Alice. N'est-ce pas, Alice ?

— Tout à fait ! s'exclame bruyamment Alice. Tu n'es pas saoule, mais tu es effectivement complètement mignonne.

Louis prend Lucas à part pour une conversation à voix basse. Il y a peut-être un problème, si la sécurité a besoin de faire un briefing. Que s'est-il passé dans ce bar ?

Je jette un œil à Lina, qui regarde timidement le sol, la tête inclinée vers Lucas et Louis et clairement en train d'écouter.

— Alors, qu'y a-t-il d'autre au programme pour l'enterrement de vie de jeune fille ? demandé-je à Alice.

Elle lève un doigt en l'air.

— Premièrement, très important. Un chapeau en forme de pénis.

— Chut ! réplique Polly dans un murmure sonore. Tu n'es pas censée dire pénis à voix haute. C'est un membre, tu dois le garder en mémoire.

Elles éclatent de rire.

— Ça rime, articule Alice. Membre, mémoire. Humour de la Régence !

— Humour de bite ! s'exclame Polly. C'est quoi, la Régence ?

Ma mâchoire s'ouvre en grand. Polly n'a jamais prononcé la moindre grossièreté depuis que je l'ai rencontrée. Cela la rend plus abordable.

Je lui prends la main et dépose un baiser sur les jointures de ses doigts, l'un de mes nombreux gestes charmeurs. Je me montre vilain, moi aussi, ce soir.

Choquée, elle écarquille ses yeux bruns.

J'ai presque envie de rire.

— La Régence est l'époque historique préférée d'Alice en tant qu'écrivain.

— Oh, dit-elle, les yeux fixés sur sa main dans la mienne. Pourquoi fais-tu ça ?

— Parce que j'apprécie les blagues de bites.

Elle fronce son joli nez.

— Tu parles d'une manière très inappropriée à une femme de mon rang.

— Je suis au même rang que toi, n'est-ce pas ?

Elle incline la tête de côté.

— C'est vrai.

Elle sourit, soulève ma main et étudie l'intérieur de mon poignet.

— Regardez ça. Du sang bleu, exactement comme moi.

— Moi aussi ! dit Alice en levant son poignet. Lucas l'injecte en moi dès qu'il en a l'occasion. Sans préservatif, alors, je pense...

— Alice ! aboie Lucas.

Elle se retourne et sourit.

— Lucas, je parlais justement de toi.

Polly m'adresse un regard amusé et murmure.

— Inapproprié.

Lucas passe un bras autour des épaules d'Alice.

— Oui, nous avons tous entendu. As-tu envie de manger quelque chose ?

— Je n'ai pas faim. Tu ne te souviens pas qu'on a déjà dîné ?

Il lui adresse un sourire indulgent.

— Et pourquoi pas du chocolat ?

— Oh, oui ! J'ai toujours de la place pour du chocolat.

Il la guide à travers la pièce, en direction de la table chargée de desserts.

— J'imagine qu'il ne reste plus que nous, me dit Polly.

Je regarde autour de nous. Adrian est à l'autre bout de la pièce, en train de parler à des gens qu'il semble bien connaître. Louis est en train de s'éloigner avec Lina. J'imagine qu'il n'est plus en service, puisque nous avons deux gardes avec nous, ici. Je me tourne à nouveau vers elle.

— J'imagine.

— J'aimerais prendre un verre, dit-elle avec un signe de tête.

Et vous savez quoi ? Je ne peux l'empêcher de passer un bon moment, même si elle finit par le regretter demain matin. Combien de fois une princesse vierge constamment affublée d'un chaperon peut-elle aller à une fête ? Son garde reste à une certaine distance derrière elle, montant la garde, mais lui laissant une certaine liberté d'action.

J'incline la tête pour lui indiquer de me suivre, et nous nous dirigeons vers le bar juste à côté de la cuisine.

— Que veux-tu boire ? demandé-je alors que nous faisons la queue derrière un couple d'actrices.

— Voyons voir, j'ai déjà bu deux martinis, au shaker, pas à la cuillère, en l'honneur de Bond, alors maintenant je vais prendre…

Elle tape du doigt contre ses lèvres roses.

— Qu'est-ce que tu bois, toi ?

Je remue le verre toujours dans ma main.

— Du scotch.

— Je n'ai jamais essayé. Je peux ?

Je lui tends le verre. Elle boit une gorgée et la recrache presque.

— Beurk ! Ça a un goût infect ! On dirait le sirop pour la toux que Marge me fourrait dans la bouche quand j'étais petite.

Je réfrène un sourire.

— OK, peut-être pas du scotch, alors. De quoi as-tu envie ?

Elle passe ses mains le long de ses flancs et se tortille un peu.

— De choses fabuleuses.

J'étouffe un rire. Je ne répondrai pas à ça, ni de manière littérale ni en flirtant.

— Et pourquoi pas du vin ? Du Chablis ? Du Chardonnay ?

— Ton accent français est très bon.

Elle se met à parler français, supposant que ma prononciation des noms de vins est suffisante pour la comprendre. Heureusement, c'est le cas. Je suis bilingue, comme toute ma famille. Elle me parle de son chaperon, Marge, et comme elle se sent coupable d'être si heureuse ici à Monte-Carlo, alors que Marge est à Villroy à se sentir si mal.

Je lui réponds en français :

— Elle est là où elle devrait être, et il n'y a rien de mal à ce que tu t'amuses en attendant. Tu es une adulte, et un chaperon est de trop. C'est dommage qu'elle ne prenne pas un congé de temps en temps pour s'amuser un peu, elle aussi. Comme ça, tu pourrais t'amuser de ton côté sans te sentir coupable.

— Oui ! C'est exactement pour ça que j'ai payé Lina pour prendre du bon temps. Je veux dire, pour qu'elle prenne du bon temps, et moi aussi. On peut s'amuser toutes les deux. Elle en pince pour Louis. Personnellement, je trouve que son cou est trop épais.

Mes lèvres frémissent et je laisse passer une autre ouverture vers le flirt. *L'épaisseur peut être une bonne chose, au bon endroit.* Vous voyez, je peux me montrer amical sans dépasser les limites.

— Tu as payé Lina ?

Elle pousse un soupir et s'avance vers le barman.

— Je prendrais votre spécialité.

Il se tourne vers moi, l'air interrogateur.

— Un verre de Chablis, s'il vous plaît, dis-je, avant de me tourner vers Polly. Pourquoi est-ce que tu paies Lina ? Elle touche déjà un salaire.

— Elle touche un salaire *de votre part*. J'ai besoin qu'elle soit payée par moi. Marge a menacé… – elle prend son verre – merci !

Nous nous éloignons et repartons vers la foule d'invités.

— Menacé de quoi ?

— De faire s'abattre la colère de mon royaume si Lina me laissait sans chaperon.

Elle lève son verre.

— Mais devine qui est responsable du royaume ?

— Toi ?

Elle fronce les sourcils.

— Presque. Après mon mariage.

Elle prend une longue gorgée de vin.

— Oscar, je n'ai pas envie de parler de mon royaume, que ce soit en français ou en anglais. Surtout pas en français. C'est la langue de chez moi, et cela ne fait que me rappeler la corde autour de mon cou avec ce stupide Peter.

Je me retiens de faire remarquer que c'est elle qui a commencé à parler en français, parce que je déteste l'idée qu'elle ait l'impression d'avoir une corde autour du cou. C'est un esprit libre et elle devrait être autorisée à vivre selon ses propres termes. Je repasse en anglais.

— Qu'est-ce qui ne va pas avec Peter ?

Elle termine son vin en une longue gorgée, avant de lever le verre.

— Je pense que je vais en prendre un autre.

Je la regarde demander un autre verre. Si elle veut se saouler, ça ne me dérange pas. J'assurerai sa sécurité. Elle a besoin de cette pause loin de toute la pression placée sur elle.

Lorsqu'elle a récupéré son verre, je la guide vers un coin tranquille de la pièce. Elle s'appuie contre le mur avec un soupir.

— Alice a une imagination si cochonne.

Je me tiens en face d'elle, m'assurant de garder mes distances.

— J'ai entendu dire que ses histoires étaient assez osées. Tu les as lues ?

— Non, mais je compte le faire. Même si c'est peut-être une mauvaise idée, parce que…

Elle lève les yeux au plafond, plongée dans ses pensées, avant de croiser à nouveau mon regard.

— Mes attentes. Je ne dois pas en avoir de trop élevées.

Elle fait un geste vif de la main.

— J'imagine que tu as entendu parler de toute l'histoire à propos de ma virginité.

Je me rapproche.

— Ne parle pas si fort.

— Pourquoi ? demande-t-elle bruyamment. Tout le monde le sait ! Anna a ouvert sa bouche et Lucas aussi.

Elle pointe un doigt vers mon visage et ajoute :

— Je sais que c'est comme ça que tu as su.

— Ça n'a pas d'importance, dis-je à voix basse en espérant qu'elle suivra mon exemple.

— Bien sûr que si ! réplique-t-elle, les yeux écarquillés et vitreux. Je veux que ça arrive selon mes termes. Ma virginité, mon aventure. Peut-être ce soir !

Je me mets à murmurer, tentant désespérément de la faire se calmer. Je suis sûr que les gens l'ont reconnue, et cela n'apportera rien de bon à sa réputation.

— Comment est ce vin ? Tu en sens encore le goût, ou tu es trop saoule pour ça ?

Elle incline son verre, plongeant la langue dedans pour goûter. Mon Dieu, tout ce qu'elle fait me tente. Je détourne les yeux avec difficulté. Je vais devoir demander à Alice de ramener Polly à sa chambre si elle devient trop incontrôlable.

Elle sirote son vin, puis fait claquer ses lèvres.

— Ça a le goût du vin.

Elle termine son verre et me le tend comme si j'étais son majordome personnel.

Maintenant, j'ai un verre dans chaque main, et quand elle se plaque soudain contre moi, je suis pris dans son étreinte. Un accès de chaleur m'envahit. Elle est si délicieuse, agréable, *parfaite*. C'est un problème.

Elle lève les yeux sur moi, les bras enroulés autour de ma taille.

— Nous sommes des aimants. Je l'ai su dès qu'on s'est rencontrés.

— Des aimants ? répété-je, troublé.

Elle rit.

— Oui. C'est le magnétisme qui me donne envie de me presser contre toi.

Elle se met sur la pointe des pieds et me murmure à l'oreille :

— Je peux te dire un secret ?

J'étouffe un grognement, mais ne m'écarte pas. C'est trop agréable. Et puis, elle ne se souviendra probablement de rien de tout ça demain matin.

Elle murmure si près que mon oreille vibre :

— Alice m'a dit que tu me faisais de l'œil. Ça veut dire que tu sens l'aimant, toi aussi ?

— L'attirance, eh oui. C'est mutuel.

Elle pousse un soupir satisfait, et j'ajoute :

— Non pas qu'on puisse faire quoi que ce soit à ce sujet.

Elle me serre très fort, pressant sa joue contre mon torse. J'apprécie beaucoup trop ça.

— J'en suis contente. Autrement, ce câlin serait si embarrassant.

Elle lève les yeux vers moi et ajoute :

— Rends-moi mon étreinte.

— J'ai les mains pleines.

J'essaie de reculer, mais elle bouge avec moi.

— Laisse-moi poser ces verres.

Elle affiche une mine boudeuse, mais s'exécute, me regardant avec attention. Je m'avance vers une petite table, pose les verres et me retourne vers elle. Elle ouvre les bras pour moi, un grand sourire idiot sur le visage, attendant de m'étreindre à nouveau. J'aurais ri de son enthousiasme, si je n'avais pas été si excité. C'est mal, à tant de niveaux – elle est saoule, elle est presque fiancée, elle est vierge. Ce n'est pas une femme avec qui je peux batifoler de manière désinvolte.

Je lui prends la main et la fais asseoir au bout d'un long canapé. Je m'assois à côté d'elle, et elle glisse immédiatement ses doigts sur ma nuque, me caressant les cheveux. Je n'y suis pas insensible.

— Ils sont doux, dit-elle.

J'enlève sa main de mon cou, l'étreignant délicatement avant de reposer sa main sur le canapé.

— Est-ce que tu as déjà autant bu dans ta vie ?

— Oh, je n'ai jamais la gueule de bois. Je suis très prudente. Deux verres et c'est tout.

— J'en ai compté quatre.

Elle lève deux doigts.

— Deux martinis.

Elle les baisse et les lève à nouveau.

— Deux verres de vin.

— Ça fait quatre.

Elle sourit.

— Juste deux de chaque, répond-elle, avant de se pencher contre mon bras. Tu sais ce qu'Alice a dit d'autre ?

Je pousse un soupir vif.

— Je ne veux pas savoir.

— Elle a dit que la sensation de la bouche d'un homme sur vous était magique.

Je sursaute, le désir me submergeant, le sang affluant à mes veines.

— C'est encore mieux que son vibromasseur, continue-t-elle, et il est à trois niveaux. Je n'ai jamais eu l'occasion d'essayer non plus.

Elle me regarde avec espoir et ajoute :

— Ni l'un ni l'autre. Juste mes doigts qui tournent et tournent.

Je suis dur comme de la pierre. J'arrache mon regard du sien et vois que la minuscule bretelle de sa robe a glissé sur son épaule. Comment une simple épaule lisse peut-elle être aussi sexy ?

— Je n'ai pas entendu ça, marmonné-je.

La Vierge Polly qui dit des trucs cochons. Non. Je n'ai rien entendu.

— Est-ce que ta bouche est magique ? murmure-t-elle.

Au moins, elle murmure.

— Il se fait tard. Nous devrions demander à Alice de te ramener à l'hôtel.

— Ne t'avise pas de me renvoyer chez moi ! s'exclame-t-elle en se redressant, raide comme un piquet. Je te suis supérieure. Je suis une princesse.

Je réfrène un rire.

— Je suis un prince. Tu ne m'es pas supérieure.

— Je serai bientôt reine !

Cela aurait probablement plus d'effet si elle n'avait pas bafouillé sur le mot *bientôt*.

J'incline la tête pour parler tout près de son oreille.

— En ce moment, tu es une princesse vierge bourrée et en manque, et malheureusement, je suis le plus raisonnable, de nous deux.

Elle renifle d'un air mécontent.

— Je vais trouver un autre aimant, réplique-t-elle en pointant du doigt dans la pièce. Cet homme me fait les yeux doux, lui aussi.

Je passe un bras autour d'elle et la fais lever du canapé.

— Allons dans un endroit un peu plus privé.

Ses yeux s'illuminent.

— Enfin, tu as reçu mon message subtil.

— Oui, j'ai compris.

Après avoir parlé brièvement à Adrian, je fais signe à Polly de me suivre à l'étage.

À mi-chemin, elle annonce :

— Vaughn, j'ai besoin d'un peu d'espace pour des raisons intimes.

Je me retourne et son garde m'observe. J'essaie de prendre

un visage innocent. J'éprouve peut-être du désir, mais je ne tenterai rien.

— S'il te plaît, dit doucement Polly.

Il incline la tête et retourne à son poste près de l'escalier.

Elle me pousse dans le dos, m'encourageant à monter.

— Dépêche-toi, avant que Vaughn ne change d'avis.

6

Polly

Mon cœur cogne dans ma poitrine et ma tête *nage* dans le martini, le vin et le parfum sexy d'Oscar. Cette soirée s'améliore de seconde en seconde. D'abord, je me suis éclatée avec Alice et Lina durant notre soirée filles délurée spéciale années 1920, aussi appelée mon enterrement de vie de jeune fille, et maintenant j'ai l'occasion de faire quelque chose de coquin. Je suis seule avec Oscar ! C'est sans précédent ! Je n'ai jamais demandé de temps seul à seule avec un homme. Je n'ai jamais été tentée. C'est Alice qui m'a poussée à le faire. Elle m'a juré qu'il n'y avait rien de mieux qu'un homme vous faisant un cunnilingus. Et devinez quoi ? Ce n'est pas du sexe. En tout cas, pas le genre de sexe qu'un médecin royal remarquerait. J'en suis à peu près sûre. Lina était entièrement d'accord avec l'analyse d'Alice et m'a confié que rendre la pareille était aussi très sexy. Cela a attiré l'attention de Louis et ils ont tous les deux échangé des regards pleins de désir durant tout le reste du temps que nous avons passé au bar. Ils sont probablement occupés à se rendre la pareille en ce moment. Je n'ai pratiquement pensé à rien d'autre depuis lors. Pour moi, je veux dire, pas Lina. Et je crois Alice. Elle était complètement sérieuse quand elle m'a confié ça, et ses joues étaient écarlates. Un signe révélateur d'honnêteté.

Oscar s'est montré très attentionné, ce soir, et de qui je me moque, il sent les prouesses sexuelles à plein nez. S'il devait y avoir un candidat idéal pour une faveur sexuelle, ce serait lui. Et puis, il est chaleureux et amical, et il parle français. Idéal fois trois ou quatre ! Tant de choses idéales chez lui ! Je ne savais pas comment demander à Oscar de m'aider, c'est pourquoi j'ai évoqué les observations d'Alice. Je suis si contente qu'elle en ait trop dit. Maintenant, je vais pouvoir vivre une aventure, et c'est le genre d'aventure qui n'a aucune conséquence grave. Une victoire pour toutes les vierges du monde !

Nous arrivons dans le couloir de l'étage. Les lumières sont allumées et j'aperçois deux pièces aux portes fermées.

— Quelle chambre ? demandé-je.

Il secoue la tête, un sourire jouant sur ses lèvres.

— Tu as de la chance d'être avec moi. Viens.

Il incline la tête vers le bout du couloir.

— J'ai de la chance.

Je l'entends rire doucement alors que je le suis vers une porte entrouverte, qu'il pousse. Je ne sais pas trop pourquoi il rit. Il n'est peut-être pas doué pour recevoir les compliments, et ils le font rire de manière embarrassée. Oh ! Voilà une autre volée d'escaliers. Je le suis. Ses fesses sont jolies dans son pantalon noir. Je n'ai pas pu le voir très bien quand son veston le couvrait. Eh ! Nous sommes sur une terrasse sur le toit. Seuls quelques couples sont présents, assis sur des chaises longues, à se détendre en admirant la vue.

Il se dirige vers une table ronde avec un parasol et retourne deux chaises rembourrées pour que nous nous trouvions face à la mer. Je m'assois et il s'assoit à côté de moi.

— Ce n'est pas très intime, ici, murmuré-je. Il y a d'autres couples.

Je jette un œil derrière nous et ajoute :

— Et le parasol est baissé, il est trop mince pour nous dissimuler à la vue.

Il incline la tête. M. Cool, sur le point d'avoir une non-relation sexuelle en public. Il a peut-être une solution furtive en tête. Par exemple, s'il s'agenouille devant moi et que je relève juste un peu ma robe. Je rougis rien que d'y penser. Attendez, il sait qu'il est censé me faire un cunnilingus, n'est-ce pas ? J'ai peut-être été trop subtile. Je voulais dire que je voulais spécifiquement que ce soit *lui* qui le fasse, pas n'importe quel homme me faisant de l'œil. C'était complètement du bluff. Oscar est mon aimant depuis des jours. Depuis deux jours, en fait. Depuis que nous nous sommes rencontrés.

Je lui jette un œil. Il arbore un petit sourire entendu sur le visage.

Oui, il sait. Nous allons pouvoir passer directement aux choses sérieuses.

Je relève ma robe, presque jusqu'à ma culotte toute blanche.

— Va pour du public, dis-je pour ajouter à mon expression détendue et désinvolte.

Ma respiration se fait un peu plus forte. Je fixe la mer, vibrant presque d'impatience.

Sa voix devenant plus grave, il explique :

— Nous sommes ici parce qu'il y a moins de monde sur la terrasse pour entendre la Princesse Polly Lyon parler de cunnilingus et d'aventures de vierge. Maintenant, tu peux dire tout ce que tu veux à ce sujet sans que ça te revienne en pleine face plus tard. Tu portes peut-être une robe à franges, mais je suis prêt à parier que les gens savent qui tu es.

Je m'affaisse sur la chaise.

— Alors on ne va pas…

— Non.

Argh. C'est teeellement décevant. C'est presque comme si j'avais largué mon chaperon pour un autre. J'aurais pu jurer qu'il était le genre de type prêt à tout. Anna n'avait-elle pas dit qu'il était un fêtard qui aimait jouer ? Mince. Elle voulait peut-être dire jouer au football, du genre soccer normal. C'est bien ma veine.

Mais il sent si bon. Je lui jette un regard, et il semble si détendu et sexuellement assuré. Je parie qu'il est doué pour les cunnilingus, et qu'il me le cache à dessein.

Je me renfrogne.

— Pour commencer, je doute que qui que ce soit me reconnaisse sans mon voile et avec les épaules dénudées.

— Tu dois aussi porter un voile ? demande-t-il doucement.

J'ignore la note de compassion dans sa voix.

— Deuxièmement, je ne suis pas officiellement fiancée tant que les six semaines obligatoires à se courtiser ne seront pas passées, alors si c'est ce qui te retient de pratiquer le non-sexe avec moi, tu n'as pas à t'en faire.

Il se frotte la nuque.

— Anna dit que tu viens de recevoir un diplôme d'administration.

— Et ?

— Tu dois être intéressée par les affaires. Que crois-tu qu'on pourrait faire pour que notre casino se démarque de ce que les gens ont ici, à Monte-Carlo ?

Je cligne plusieurs fois des yeux.

— Tu veux mon opinion sur les affaires ?

— Oui. C'est mieux que de parler de non-sexe avec toi. Et, d'ailleurs, ça compte quand même comme du sexe. Ne laisse personne te faire croire le contraire.

Je me penche près de lui, m'étant attendue à autre chose. J'apprécie qu'il m'ait posé une question sur ses affaires, mais j'ai encore cette sensation en moi, cette attirance qui ne veut pas me lâcher.

Il me pince le menton, ses yeux bleu vert rivés aux miens.

— Polly.

Mes lèvres s'entrouvrent. Je suis si rarement touchée. La princesse intouchable érigée en parangon de vertu.

— Oui ?

— J'essaie vraiment d'être le plus raisonnable de nous deux, là. Peut-on parler d'autre chose, s'il te plaît ?

— D'accord, murmuré-je.

Il laisse tomber sa main.

— Donc, je pense que ce qu'ils apportent ici, à Monte-Carlo, c'est le glamour du vieux monde. Alors, si nous faisions l'inverse et rendions notre casino ultramoderne, équipé des dernières technologies, des derniers jeux, tout en ayant toujours les classiques. On pourrait même proposer du poker en ligne, qui attirerait les joueurs de très loin, en les incitant peut-être à venir en personne avec un programme de récompenses.

Ma gorge se serre. Il y a quelque chose de si agréable à parler affaires.

— J'ai un diplôme en administration et un en économie, et tu es la première personne en dehors d'une salle de classe à me demander mon opinion sur ce genre de sujets.

Il frotte sa mâchoire piquante.

— Tu es intelligente.

Je me redresse, les épaules bien droites.

— C'est vrai.

— Alors qu'est-ce que tu en penses ?

— Je pense, et garde bien à l'esprit que je suis légèrement éméchée en ce moment, mais je pense que tu devrais y aller en mode hipster Brooklyn. Faire que ce soit cool, décontracté, amusant. Mais aussi traditionnel.

— Tu es déjà allée à Brooklyn ?

— Non, mais j'ai lu des choses dessus. Je trouve cet endroit fascinant. Il y a eu une résurgence d'arts et d'artisanat traditionnels. Comme les cornichons gourmets artisanaux, par exemple.

Il rit.

— Des cornichons.

— Oui, souris-je, mais écoute-moi un instant. La force de Villroy est dans sa fierté en sa longue histoire, alors, pourquoi ne pas faire en sorte que cela en fasse partie aussi ? Peut-être avec un décor ou de la nourriture sur le thème des Vikings. Une touche historique avec une ambiance cool et décontractée. Je parie qu'Alice pourrait vous aider avec tous les trucs historiques. Je ne fais que balancer des trucs comme ça.

J'enfonce mon doigt dans son torse, surprise de sentir à quel point il est dur.

— Tu devrais me redemander demain, quand ma tête ne sera plus aussi embrouillée.

J'enfonce à nouveau mon doigt.

— Pourquoi ton torse est-il aussi dur ?

Il sourit.

— Tu t'attendais à ce qu'il soit comment ? Mou ?

Je regarde face à moi, réalisant à cet instant pourquoi je suis surprise. Parce que je n'ai touché que très peu d'hommes dans ma vie, et qu'ils n'étaient pas aussi en forme physiquement que lui. Bien sûr qu'il l'est, c'est un athlète. J'ai connu trois baisers avec des hommes mous, et pas une fois je n'ai ressenti de passion. Ça me déprime à mort.

Il me bouscule légèrement l'épaule.

— Tu sais quoi ? J'aime encore plus ton idée pour le casino.

Je lève vivement les yeux vers lui.

— Vraiment ?

Il hoche la tête.

— J'ai des cousins à Brooklyn. Je devrais peut-être leur rendre visite, pour examiner les lieux. Je ne les ai jamais rencontrés, mais j'ai entendu parler d'eux par ma sœur, Silvia. Elle vit aux États-Unis.

— Comment se fait-il que tu ne les aies jamais rencontrés ?

Il me raconte alors le genre d'histoire qui me touche au plus profond de mon âme. Son oncle, l'héritier du trône de Villroy, est tombé amoureux d'une roturière, une femme de Brooklyn. Ses parents ont refusé qu'il se marie. Il a été forcé d'abdiquer le trône pour épouser celle qu'il aimait. Il a emménagé avec elle à Brooklyn et a été exilé de Villroy pour toujours. Toute sa famille s'est retrouvée isolée, aucun de ses fils ne pouvant profiter de la richesse ou des privilèges qui auraient dû leur revenir de droit. C'est un récit édifiant, qui me fait réaliser que j'ai été stupide de jouer avec le feu, ce soir.

— Merci d'avoir été le plus raisonnable, ce soir, dis-je sombrement. Je suis dans une position similaire à celle de ton oncle, sauf que je ne cherche pas l'amour. Je ne cherche que ce qui me revient de droit. Si je n'épouse pas l'homme qui a été choisi pour moi, je perdrai mon héritage. Comme ton oncle.

L'amertume pointe dans ma voix alors que j'ajoute :

— Et je préférerais m'exiler plutôt que de regarder mon cousin prendre ma place en tant que roi.

Il fronce les sourcils.

— Ton cousin deviendrait roi si tu n'épousais pas cet homme ? Pourquoi ?

— Parce que mon cousin est un homme. Un homme de dix-huit ans immature, sans expérience et mal préparé, mais apparemment, c'est toujours mieux qu'une femme.

Il se raidit.

— Ton royaume ne réalise-t-il pas que le monde a changé ? Les femmes sont dirigeantes dans beaucoup d'endroits.

— Nos traditions sont ce qui rend notre royaume fort, dis-je machinalement.

Il me dévisage un long moment.

— C'est pour ça que tu t'es échappée aux États-Unis sous une fausse identité, l'année dernière ? Pour repousser ton mariage avec cet homme ?

— Oui. Clairement, je ne peux pas rester à l'écart pour toujours. Il est temps. Mon père veut se retirer en tant que roi. Sa maladie de Parkinson empire.

Il me regarde avec intensité.

— C'est mal, dit-il d'un ton vif, et je déteste l'idée que tu sois dans cette position.

Quelque chose se brise en moi, tout l'air s'échappant de mes poumons. Mes yeux sont brûlants. Je suis face à un homme qui pense que j'ai le droit de diriger, qui me demande mon opinion sur des sujets professionnels et qui la prend au sérieux. Il est tellement plus qu'un fêtard. Il est merveilleux.

— Merci, parvins-je à articuler, avant de détourner la tête.

J'essaie de les retenir, mais une larme s'échappe malgré tout.

— Tu pleures ?

— N… non.

— OK.

Il passe alors un bras autour de mes épaules, m'attirant contre lui. Je ferme les yeux et presse ma joue contre son torse chaud et dur. Pour la première fois de toute ma vie, je me sens soutenue. Et le plus triste, c'est que je ne peux me souvenir de la dernière fois où on m'a étreinte comme ça. Cela me fait me sentir toute molle à l'intérieur.

— Je ne suis pas la princesse que je suis censée être, dis-je à son torse. Je ne l'ai jamais été.

Son bras se resserre autour de moi.

— Tu es très bien comme tu es. Ne les laisse *pas* t'enlever ça.

Je lève la tête.

— M'enlever quoi ?

— Ta lumière. Tu irradies la joie de vivre. Accroche-toi à ça quoi qu'il arrive. C'est rare.

Je me blottis plus près de lui parce que j'ai l'impression que, peut-être, il me trouve spéciale. Toute ma vie, je me suis sentie comme le rouage d'une machine bien plus puissante que moi. Je voudrais ne jamais perdre ce sentiment. Je ferme les yeux et m'en imprègne pour aussi longtemps qu'il me le permettra, ce qui s'avère être un très long moment. Je suis presque endormie quand j'entends une voix grave dire :

— Vous voilà !

Oscar s'anime immédiatement, se redressant et ôtant son bras de mes épaules.

— Eh, Lucas, on était simplement en train d'admirer la vue.

Je ressens aussitôt le manque. Je n'éprouverai peut-être plus jamais ça.

Oscar

Mes frères et Alice ont interrompu mon moment sur le toit avec Polly, et je suis plus irrité que je ne le devrais. C'est juste que j'ai pu donner du réconfort à Polly et que c'était agréable. Personne ne se tourne jamais vers moi pour être réconforté. Je suis le type avec qui vous faites la fête ou avec qui vous plaisantez, pas celui vers qui vous vous tournez dans les moments de détresse.

— Ça ne s'annonce pas bon pour l'investissement de

Charles, dit Lucas. Il est lié à un autre casino, en ce moment, qui doit ouvrir ici et dans lequel il va investir.

— Merde, dis-je. Pas étonnant qu'on ait à peine pu lui parler ce soir.

— On va quand même le rencontrer demain, dit Adrian. Il aura peut-être des pistes à nous donner pour d'autres investisseurs, et j'ai envie d'entendre tous les conseils qu'il pourra nous donner pour gérer un casino.

— Bien sûr, dis-je platement, même si je ne vois pas l'intérêt.

Nous voulons quelqu'un qu'on connaît, pas juste une personne qui a du pognon.

— Je pourrais investir, intervient Polly.

Alice agite un doigt dans sa direction.

— Polly, ne fais pas d'investissement en étant ivre.

— Je suis relativement sobre, maintenant, dit Polly.

— Oh, je plane encore complètement, répond Alice. Sûrement parce que j'ai mangé ces sucreries au chocolat. Elles ressemblaient à de petites bouteilles d'alcool avec de la boisson à l'intérieur.

Lucas dépose un baiser sur sa tête.

— Il y avait très peu d'alcool dedans, ma chérie.

Je me tourne vers Polly.

— Tu as de l'argent personnel ? Tu aurais besoin d'obtenir l'accord de quelqu'un chez toi ?

Sachant à quel point elle est surveillée de près, j'imagine que son argent est surveillé d'encore plus près.

Elle presse les lèvres l'une contre l'autre.

— Je ne recevrai l'accès complet à mes fonds qu'après mon mariage.

— Et alors, ton mari aura son mot à dire, remarqué-je.

Elle lève un doigt en l'air.

— Ne me considérez pas encore hors-jeu. Laissez-moi y réfléchir et trouver un moyen. Je voudrais venir à votre rendez-vous de demain pour voir ce que Charles a à dire à propos de l'entreprise du casino.

Je me tourne vers Adrian d'un air interrogateur. Il connaît Charles mieux qu'aucun d'entre nous.

— Bien sûr, cela ne le dérangera pas qu'il y ait une personne de plus au rendez-vous, dit Adrian.

Polly sourit, mais elle semble inquiète. Elle essaie probablement de décider si investir est vraiment une possibilité pour elle. Elle veut mettre son sens des affaires à profit, mais à nouveau, son royaume arriéré la retient. Une part de moi a envie de la secourir de tout ça, de juste la tirer de là pour la laisser vivre librement, mais je sais que ce n'est pas ce qu'elle veut. Elle veut ce qui lui revient de droit, être reine. Je serais comme elle si j'étais l'héritier d'un royaume. J'aimerais juste pouvoir en faire plus.

— Vous voulez aller en boîte ? nous demande Adrian.

— Oui ! répondent Polly et Alice à l'unisson, avant de lancer : ça porte malheur !

Elles se donnent un coup sur le bras et lâchent toutes les deux :

— Aïe !

J'émets un petit rire.

— Allons-y.

Nous nous dirigeons au rez-de-chaussée pour dire au revoir à Charles et le trouvons discutant avec un groupe de belles femmes, les bras passés autour de la taille de deux d'entre elles. C'est un homme d'environ trente ans avec des cheveux bruns aux reflets blonds et un sourire trop blanc. Je parie qu'il bénéficiera d'un peu d'action après la fête, en plus de l'action qu'il a déjà eue à l'étage.

— On s'en va, dit Adrian. Merci beaucoup, on se voit demain.

— Bien sûr, répond Charles avec un fort accent français.

Il s'écarte des femmes et s'approche de Polly.

— Où est-ce que vous vous cachiez, toute la soirée ? Je dois connaître votre nom.

Polly lui sourit poliment.

— Je suis Polly, ravie de vous rencontrer. Je serai au rendez-vous, demain.

Il lui prend la main et l'embrasse. C'est mon geste. Cela semble si artificiel quand c'est lui qui le fait.

— Vous me semblez si familière. Êtes-vous un membre de

la royauté, comme vos amis ? Il y a une grâce si régalienne chez vous.

— Oui, dit-elle.

Il lâche sa main et s'avance dans son espace personnel, ce qu'on ne devrait pas faire avec un membre de la royauté. Crétin.

— D'où venez-vous ?

Elle le regarde droit dans les yeux tout en s'inclinant en arrière.

— Les îles Beaumont.

— Beaumont ? dit-il, avant de passer au français. Un lieu de vacances populaire. Vous êtes la princesse avec le voile et les vêtements modestes.

Il fait un geste vers ses cheveux et demande :

— Que s'est-il passé ? L'air de Monte-Carlo vous a libérée.

Il sourit, arborant ses dents trop blanches. Mes propres dents sont en train de grincer.

— Quelque chose comme ça, répond Polly en hochant la tête. J'adore cet endroit. Il y a tant d'énergie et d'excitation dans l'air.

— Vous êtes si pleine de vie, dit-il, faisant un geste autour de son corps, tout proche, mais ne la touchant pas.

Je résiste difficilement à l'envie d'écarter sa main d'une tape.

— Vous êtes entourée d'une aura si pétillante.

Aura. Je t'en prie. Il y a effectivement quelque chose de lumineux chez elle, cependant. J'imagine que je ne suis pas le seul à l'avoir remarqué.

— Bonne nuit, dis-je.

Polly recule d'un pas.

— Oui. Merci encore. Bonne nuit.

— Bonne nuit, ma belle, dit-il d'une voix rauque et suggestive.

Elle se retourne et s'éloigne. Nous la suivons tous.

— Tu vis ça souvent ? lui demandé-je. Te faire draguer par un type que tu viens de rencontrer ?

Elle prend un air surpris.

— Non, en fait. Je veux dire, quelques fois, à la fac, mais Marge est un répulsif très efficace.

Je grimace.

— Il a dépassé les limites. Tu lui as dit que tu serais à un rendez-vous d'affaires et il s'est montré horriblement dragueur avec toi. Il aurait dû se montrer professionnel.

— Merci pour ton analyse de la situation, dit-elle d'un ton espiègle.

Je me raidis. J'essayais juste de l'aider.

Nous atteignons l'ascenseur, et je reste en arrière avec mes frères, laissant les femmes monter en premier.

— Tu as l'air jaloux, me dit Adrian entre ses dents. Détends-toi.

Je lui adresse un regard sombre. *Jaloux*. Je n'ai jamais été jaloux de toute ma vie. Charles a dépassé les bornes. Et puis, il n'a aucune chance avec Polly. Elle est pratiquement fiancée.

Je monte dans l'ascenseur et jette un œil à Polly. Elle enroule sa queue de cheval autour de son doigt, créant une boucle en tire-bouchon. Si je tirais dessus, elle rebondirait sûrement. Son garde est dans le coin derrière elle.

J'enfonce les mains dans mes poches et regarde droit devant moi. Je peux encore la voir dans ma vision périphérique – cheveux noirs, peau crémeuse, robe minuscule. Et si elle demandait à Charles de lui faire un cunnilingus ? Pourquoi me suis-je montré aussi raisonnable ? J'aurais dû accepter sa proposition. On peut faire beaucoup de choses mis à part le vrai... non. Je dois la protéger des hommes lubriques, moi y compris.

Je lui jette un regard en coin et nos yeux se croisent durant un instant électrifiant. L'attirance est une chose vivante entre nous. Son regard est presque... déçu, puis elle bat des cils et détourne les yeux.

Je déglutis avec difficulté. Je dois faire ce qu'il faut, même si toutes les cellules de mon corps m'attirent vers elle.

— Nous devrions nous marier ce soir, comme à Vegas ! annonce Alice.

— Vraiment ? demande Lucas avec un large sourire.

Alice affiche une expression rayonnante.

— Oui ! Marions-nous !

— Tu es saoule ? demande-t-il gentiment.

Elle lève un doigt en l'air et pince un minuscule espace entre son index et son pouce.

— Juste un peu, mais j'ai vraiment envie de t'épouser.

Lucas déglutit.

— Alice, ma chérie, je n'aimerais rien de plus que t'épouser, mais on ne peut pas se marier comme à Vegas à Monte-Carlo. Ils n'ont pas ce genre de chose ici, légalement parlant.

— Oh, dit-elle, ses épaules s'affaissant.

J'échange un regard amusé avec Adrian. C'est bizarre d'être témoin d'une demande en mariage dans l'espace restreint d'un ascenseur.

Les portes s'ouvrent et nous sortons dans le lobby en marbre blanc.

— Mieux vaut ne pas se marier comme ça, dit Lucas. Tu veux que tes parents soient à ton mariage, n'est-ce pas ?

— Oui, admet Alice. Cela me semblait juste tellement romantique de nous laisser emporter par l'instant à Monte-Carlo, mais tu as raison. Un mariage précipité ne serait pas aussi romantique qu'un mariage avec tous ceux que nous aimons.

Lucas passe devant elle avant de s'arrêter au milieu du lobby, levant la paume pour nous indiquer d'attendre.

Nous nous arrêtons tous pour le regarder.

Il fait un geste du doigt à Alice et elle se précipite en avant. Il lui prend la main et parle d'une voix claire, qui porte aussi bien que s'il se confessait à l'attention du monde entier.

— J'attendais ton signal, et tu viens de me le donner. Je t'aime. Il n'y aura jamais personne d'autre pour moi. Tu es ma bien-aimée, ma vie, tu es tout. Douce Alice, je passerai tous les jours du reste de ma vie à rendre ta réalité meilleure que la fiction.

C'est très approprié, pour une auteure de romance.

— Mon doux Lucas, dit-elle dans un soupir.

Puis il nous surprend tous en tombant à genoux et en sortant une petite boîte en velours de l'intérieur de la poche de sa veste.

Alice plaque une main sur sa bouche.

— Lucas !

Elle abaisse la main et demande :

— Tu transportais cette bague avec toi depuis tout ce temps ?

— J'attendais, dit-il d'une voix rauque. Je n'ai jamais autant voulu quelque chose de toute ma vie.

Il ouvre la boîte et lui offre une bague en platine assortie d'un diamant rond.

— Alice Segal, me feras-tu l'immense honneur d'être ma femme ?

— Oui ! s'écrie-t-elle.

Il glisse la bague à son doigt, se redresse et la prend dans ses bras pour un baiser passionné.

Je détourne les yeux. Adrian sourit. Tout comme notre garde, ainsi que les deux gardiens du bâtiment. Le garde de Polly reste impassible. Et Polly… ma poitrine se serre. Elle a les bras serrés autour de sa poitrine et les lèvres pincées. Elle essuie une larme avec son poing comme si c'était une nuisance. Elle n'aura jamais ce qu'ont Lucas et Alice, n'aura jamais cette possibilité. J'ai mal pour elle, ce qui est étrange. Ce n'est pas comme si j'avais jamais été amoureux, mais au moins je sais que c'est possible.

Je me retourne vers Lucas et Alice, espérant qu'ils ont arrêté de s'embrasser.

Lucas tient le visage d'Alice entre ses mains.

— Je t'aime.

— Je t'aime aussi ! s'écrie-t-elle. Tellement. C'est fou comme je t'aime.

Elle pleure, puis elle l'embrasse partout sur son visage.

Ils s'étreignent, se murmurant l'un à l'autre tout en se serrant l'un contre l'autre.

J'ai une boule dans la gorge, la gorge serrée et les yeux me picotant. Pour la première fois de ma vie, je vois l'intérêt de s'engager avec quelqu'un. C'est un moment intense auquel assister.

Lucas se tourne vers nous avec un sourire, les yeux larmoyants.

— Je pense qu'on va retourner à l'hôtel, maintenant.

— Félicitations, dit Polly en se précipitant vers Alice.

Adrian et moi les félicitons à notre tour avec un peu de retard.

Nous sortons tous, Lucas et Alice en tête, engagés dans une conversation intime à voix basse.

— Je vais aller me coucher aussi, dit Polly avec un sourire tendu. Je suis plus fatiguée que je le croyais. Bonne nuit.

Elle se précipite alors pour rejoindre Alice et Lucas.

— Oublions la boîte, dans ce cas, me dit Adrian. Veux-tu participer à une partie sur une table en terrasse ?

C'est la table de poker aux enjeux élevés. Adrian est assez sûr d'être vainqueur à ce jeu. Je ne veux pas prendre le risque maintenant que je veux faire un investissement.

Je secoue la tête.

— Non merci. Je vais retourner à l'hôtel.

— Allez, dit-il. Une seule mise. Il est tôt.

Il a raison. Il n'est même pas encore minuit, et je suis un oiseau de nuit.

— OK. Une mise.

Ce n'est pas comme si j'allais traîner avec Polly. Nous avons eu notre moment sur le toit de la terrasse, et il n'y a aucun intérêt à passer plus de temps avec elle alors qu'elle est destinée à un autre.

Le garde de Polly accompagne Lucas, Alice et Polly dans l'hôtel. Adrian et moi nous dirigeons vers le casino, notre garde sur les talons.

Une fois dans le casino, nous sommes immédiatement accueillis par des femmes qu'Adrian connaît. Deux jeunes femmes séduisantes cherchant à s'amuser un peu. Je ne peux même pas flirter en retour, parce que tout ce que je vois, c'est le visage dévasté de Polly après la demande en mariage de Lucas.

Je m'excuse et laisse Adrian avec les deux femmes. Je me reconnais à peine, à quitter la fête en avance.

Cette soirée a été vraiment étrange.

7

Polly

Je mets la touche finale à mon projet d'entreprise écrit à la main et me laisse aller contre le dossier de la chaise de bureau dans ma chambre d'hôtel, souriant toute seule. J'ai déjeuné en travaillant, pour être prête pour le rendez-vous avec Charles. J'ai clairement envie de m'associer au casino de Villroy. J'aime tout dans cette idée – le revenu potentiel, l'énergie et l'excitation du casino en lui-même, tout ce qu'il y a d'émouvant à construire quelque chose en partant de zéro. Quand aurai-je à nouveau ce genre d'opportunité professionnelle ?

J'ai vu certaines des exploitations royales chez moi, et j'ai une bonne idée des capitaux nécessaires pour construire et faire fonctionner une station balnéaire animée. Un casino avec un restaurant est assez comparable, à une échelle plus petite. Si je peux obtenir les fonds nécessaires – et c'est un grand si –, ce serait un fantastique investissement et une couverture pour les exploitations chez moi, qui sont toujours affectées par la menace des ouragans et la saison où les touristes se font rares. Villroy n'a pas de saison des ouragans. En plus, il n'y a pas de casinos à Beaumont – les jeux d'argent sont illégaux, là-bas –

c'est donc une façon de se diversifier. Et c'est le royaume d'Anna. Je la soutiendrais en investissant. Mais je ne serais pas une partenaire silencieuse. Je veux avoir mon mot à dire, un tiers des parts avec Oscar et Adrian. J'espère pouvoir les convaincre de me prendre à bord. Adrian connaît le monde des paris. Je ne suis pas sûre de ce qu'Oscar amène sur la table, mais il est intelligent et je l'apprécie.

Je plie les papiers en deux et les range dans mon sac à main. Je suis seule dans la chambre, mis à part Vaughn, qui attend de l'autre côté de la porte. Lina est sortie déjeuner avec Louis. Ils ont passé la nuit ensemble. Elle m'a tout raconté ce matin quand Lina, Alice et moi avons exploré Monaco. Lina était rayonnante et nous a confessé être déjà à moitié amoureuse de lui. Elle dit que c'est un gentil géant qui lui donne le sentiment d'être en sécurité. J'ai à peine pu plaquer un sourire sur mon visage pour elle. J'admets envier sa liberté d'apprécier quelqu'un selon ses propres termes. Le fait que la proposition de mariage aimante de Lucas à Alice, la nuit dernière, m'ait fait pleurer n'a pas arrangé les choses.

Si seulement je pouvais trouver des fonds, tous mes problèmes seraient résolus. Je pourrais repayer la dette de mes parents, éliminant Peter de mon futur pour de bon, et je pourrais prendre part à une entreprise vraiment cool, qui finirait par m'apporter des profits que je pourrais donner à mon royaume. Je pourrais choisir mon propre mari, obtenir le trône selon mes propres termes. Je m'arrête avant de trop m'emballer. Les nouvelles occasions signifient de nouvelles possibilités pour un futur différent, mais je dois être prudente – réfléchie et stratégique – en suivant cette nouvelle piste.

Je quitte la chambre et adresse un hochement de tête à Vaughn, qui me suit alors que je descends l'escalier. Le bureau de Charles est au premier étage du casino, juste à côté, et je dois retrouver Oscar, Adrian et Lucas dans l'atrium avant que nous nous y rendions.

Lorsque j'aperçois les frères, tous les trois possédant les mêmes cheveux brun foncé et la même carrure, je suis frappée de voir à quel point ils semblent proches. Ils ne se tiennent pas très près l'un de l'autre, mais ils sont en train d'échanger des plaisanteries de manière détendue – un sourire facile pour Lucas, une légère inclinaison de la tête pour Adrian, et Oscar qui éclate de rire. Ils s'amusent d'une manière que j'ai tellement envie de connaître.

Oscar se retourne et me remarque en premier. Puis il sourit rien que pour moi, un sourire sublime et sexy qui fait étinceler ses yeux bleu vert. Je traverse la pièce en flottant presque, me prélassant dans la chaleur de ce sourire.

— *Bonjour Oscar*, dis-je en français en le rejoignant.

— Tu es repassé au français ? demande-t-il en anglais.

Je cligne des yeux. D'habitude, je ne parle jamais en français quand je suis loin de chez moi.

— Désolée. Je ne sais pas d'où c'est venu.

Il étire les lèvres juste assez pour faire apparaître une légère fossette sur sa joue mal rasée. Je ne l'avais pas remarquée jusqu'alors.

— Nous avons parlé en français à la fête d'hier soir. Ton esprit y est peut-être revenu.

— Oui. Ça doit être ça.

Mais je suis troublée. Le français est ma première langue, et je le parle instinctivement quand je suis ivre ou quand je suis en détresse, et je ne suis ni l'un ni l'autre à cet instant.

— Comment te sens-tu après hier soir ? demande-t-il à voix basse.

Je souris.

— Pas de gueule de bois, si c'est ce que tu veux savoir. J'ai bu beaucoup d'eau en revenant dans ma chambre pour éviter la déshydratation.

Adrian et Lucas me saluent, et je leur dis bonjour avec un peu de retard.

— Allons-y, dit Adrian, avant d'ouvrir la voie.

Nous le suivons à travers une porte réservée aux employés, puis traversons un long couloir avec une série de bureaux aux portes ouvertes. Je suis motivée à l'idée d'entendre ce que Charles a à dire. Je me fiche des autres investisseurs potentiels qu'il va peut-être nous proposer. Je veux entendre ses connaissances à propos de l'entreprise du casino.

Quand nous entrons dans son bureau, Charles contourne

son bureau pour nous accueillir et serrer la main des hommes. Il se tourne vers moi et me tend sa main, paume vers le haut. Il veut me faire un baise-main.

Je tourne la main pour prendre la sienne et la serrer fermement.

— Bonjour. Ravie de vous revoir, Charles.

— Moi de même, murmure-t-il. Je vous en prie, asseyons-nous à la table.

Il nous indique une table ronde dans le coin de la pièce.

Je me dirige vers elle et Charles tire une chaise pour moi, avant de la replacer lorsque je suis assise.

— Merci.

— Avec plaisir, dit-il d'une voix chaleureuse dans mon oreille.

C'est un dragueur. Je m'en fiche. Je suis ici pour affaires.

Oscar

J'ai envie de cogner ce type. Charles bave pratiquement sur Polly, et je n'ai pas manqué le moment où il lui a reluqué les fesses, quand il a tiré une chaise pour elle. Elle porte une robe blanche à manches courtes, évasée et qui couvre à peine ses fesses. Je comprends, elle est affreusement sexy, mais qu'il montre un peu de respect. C'est un rendez-vous d'affaires.

Une fois que tout le monde est assis, Charles nous propose de l'eau dans un pichet sur la table, que nous déclinons poliment. Après avoir bavardé un peu, Charles croise les doigts et pose les mains sur la table.

— En quoi puis-je vous aider ? demande-t-il.

— Pour commencer, se lance Adrian, j'aimerais savoir si tu as des pistes pour des investisseurs potentiels.

Polly se redresse sur sa chaise. Je sais qu'elle veut participer, mais je ne pense pas qu'on puisse compter sur elle pour obtenir un accès à son argent.

Charles incline la tête.

— Je ferai passer le mot et je verrais qui je peux trouver.

— J'aimerais connaître les marges de profit pour un casino, dit Lucas. Ainsi que les frais de lancement et d'exploitation.

— Une nouvelle construction pour un petit casino sera de l'ordre de dix millions d'euros, dit Charles. Ce n'est pas un projet à prendre à la légère.

Adrian échange un regard avec moi. Le chiffre n'est pas une surprise, juste une confirmation. Et c'est plus que ce que nous avons tous les deux combinés. En outre, il y a les frais d'exploitation. Il nous faut plus de capitaux de la part d'un investisseur. Lucas refuse de s'endetter plus en faisant un emprunt. Le casino est hors de portée pour le moment. Nous ne pouvons qu'espérer être orientés vers un investisseur par la suite. À moins que je vende ma vigne en Italie. Je ne veux pas le faire. C'est la première chose que j'aie achetée avec l'argent que j'ai gagné à l'époque où je jouais au football, ce que je ne pourrais plus jamais faire. J'espérais pouvoir un jour construire une maison ici, pour moi et ma future famille. C'est ce que mon père voulait pour moi, et je me souviens encore comme il était fier que je possède mes propres terres, mon « royaume personnel », comme il l'a dit. Maintenant, elle vaut bien plus que ce que je l'ai payé. Adrian connaît mon attachement à cet endroit, et ne me demanderait jamais de vendre.

— Un casino populaire pourrait rapporter près d'un million d'euros par jour, continue Charles. Tout cela dépend d'un tas de choses – le nombre et le type de clients, le genre de jeux que vous proposez, les enjeux.

Polly se penche en avant.

— Supposons que le casino a les jeux qui rapportent le plus pour la maison – des machines à sous, des tables de baccarat, de black-jack, de roulette – et une clientèle régulière de flambeurs.

Elle se tourne vers Adrian avec un sourire :

— Le poker peut favoriser les joueurs, comme tu le sais.

Il sourit.

Charles commence à lancer des chiffres comme s'il essayait de l'impressionner avec tous ses pourcentages et ses euros. Ma tête commence à tourner à cause de tous ces calculs, mais Polly le suit sans problème. Ça ressemble presque à une bataille de maths qui les amuse tous les deux énormément.

Je jette un œil à Adrian, qui écoute avec une attention soutenue. C'est le spécialiste des chiffres. Je compte être le spécialiste du marketing.

Polly a les joues rouges et parle d'un ton animé. Elle est dans son élément et elle adore ça.

Ils se taisent et l'intensité baisse d'un coup dans la pièce.

Polly est exaltée. Charles la regarde comme un bonbon qu'il est impatient de dévorer. Dommage ! Elle est prête à épouser un type qui sera utile à son royaume. Cette pensée me laisse un goût amer dans la bouche.

Lucas pose quelques questions supplémentaires à propos de la manière de faire fonctionner le casino, s'inquiétant surtout de la façon de gérer l'argent rentrant et sortant chaque jour. Finalement, il se lève et remercie Charles pour le temps qu'il nous a accordé.

Charles lui rend la politesse d'un air absent tout en sortant une carte professionnelle de sa poche. Puis il se retourne et la tend à Polly.

— Appelle-moi si tu as la moindre question, ou pour tout autre raison.

— Merci, dit-elle d'un air rayonnant tout en glissant la carte dans son sac à main.

Je serre les dents, ravalant une réplique acerbe. Charles nous a été utile et pourrait être encore plus utile plus tard. Je ne peux pas lui passer un savon.

Nous partons et revenons dans l'atrium, nous rassemblant dans un coin tranquille.

— C'est un projet intéressant, dit Lucas, mais je pense que nous allons devoir le faire passer au second plan. Attendre un peu que le spa ait fait rentrer de l'argent. Ensuite, on pourra faire un emprunt. C'était une chose de faire investir Charles, une personne qu'Adrian connaît, mais maintenant, on parle de se voir recommander quelqu'un qu'on ne connaît pas.

— Une recommandation pourrait fonctionner, dit Adrian. Si Charles lui fait confiance, nous pourrions aussi. Je le connais depuis des années, et la famille royale de Monaco lui fait confiance.

Lucas secoue la tête.

— La confiance par association ? Trop dangereux. Désolé.

— Pensez à moi, dit Polly. Je serai votre investisseur. Je suis tellement enthousiasmée par tout ça. J'ai un projet d'entreprise.

Elle sort une liasse de papiers épaisse pliée en deux de son sac à main.

— Regardez ce que j'ai à proposer. Je peux l'affiner en fonction de ce qu'a dit Charles. J'aimerais être votre associée à tous les deux pour un tiers des parts.

Elle nous pointe du doigt, Adrian et moi.

— Je devrais dépendre de vous deux pour prendre certaines décisions sans moi, vu que je serai repartie à Beaumont, mais j'aimerais être consultée sur les décisions majeures. Qu'en pensez-vous ? Est-ce que vous voulez bien l'envisager ? Je pourrais tout passer en revue pour vous. Toutes mes idées.

— Est-ce que tu as cette somme ? demande Lucas sans ambages.

— Oui, répond Polly. Je veux dire, pas encore, mais je peux l'obtenir.

Lucas se frotte la barbe.

— Je t'aime bien, Polly, et tu es liée à Anna, ce qui permettrait de garder les choses dans la famille. Si tu veux participer, je suis d'accord.

Adrian me regarde en haussant un sourcil.

Je hoche la tête.

— Polly, allons au restaurant, trouvons-nous un coin tranquille, et tu pourras nous parler de tes idées.

Polly m'adresse un sourire rayonnant et ma respiration se bloque dans ma gorge. Elle devrait toujours être aussi heureuse. C'est si beau à voir.

Une heure plus tard, je suis anéanti. Elle n'est pas seulement chaleureuse et drôle. Elle est aussi très intelligente, audacieuse et assurée. Son projet de faire concorder le casino avec le spa de jour, de proposer des avantages et des récompenses maintenant les clients à la fois au spa et dans le casino est brillant. Ses idées pour mélanger le décor traditionnel avec une ambiance à la mode amusante sont brillantes. *Elle* est brillante.

Je la veux et je ne peux l'avoir, et maintenant elle va devenir mon associée – ce qui la rendra intouchable à un tout autre niveau.

Et je suis anéanti.

~

Polly

Je retourne dans ma chambre auréolée de gloire. Les frères sont d'accord. Je suis plus qu'enthousiaste à l'idée de construire ce casino en partant de zéro. Je sais que c'était une décision impulsive, vu que je n'ai pas encore l'argent, mais je ne pouvais pas laisser passer cette occasion. Heureusement que la réflexion stratégique est ma spécialité. J'avais besoin de fonds pour me débarrasser de Peter, de toute façon ; maintenant, j'ai juste besoin de voir plus grand, pour accomplir mes deux objectifs. Je pourrais mettre en gage mes derniers bijoux. Mes parents seraient furieux s'ils savaient ce que j'ai déjà mis en gage pour mon aventure aux États-Unis. Ils sont la propriété du gouvernement américain, maintenant. Si je lâche plus de mes bijoux dans la nature, cela risque de finir par être remarqué. C'est vraiment de mauvais ton de les abandonner. Les bijoux appartiennent à ma famille, transmis de génération en génération. Je suis censée les transmettre à mes enfants un jour. OK, pas les bijoux.

Je fais les cent pas dans ma chambre. Je dois passer au niveau supérieur. Pff. Du temps. J'ai besoin de temps.

Malheureusement, c'est la seule chose que je ne peux contourner.

C'est alors que je remarque que mon téléphone clignote, annonçant un message. Je l'écoute, et il s'agit du réceptionniste à l'accueil, qui me demande de l'appeler. Lorsque je m'exécute, le réceptionniste m'annonce :

— Charles Blanc aimerait vous rencontrer autour d'un dîner. Appelez-le si vous êtes disponible ce soir. Il dit que vous avez son numéro.

— Merci, dis-je, avant de raccrocher.

Une rencontre autour d'un dîner ? Est-ce un rendez-vous ou un dîner d'affaires ? Si c'est pour les affaires, je suis intéressée. Il a peut-être une idée pour le financement. Attendez, comment a-t-il su où je résidais ? Quelqu'un a peut-être remarqué le groupe royal ici. Il a probablement des yeux partout en ville, et cet hôtel est situé juste à côté du casino.

Je sors sa carte professionnelle de mon sac à main et l'appelle.

— Bonjour, Charles. De quoi s'agit-il ?

— Bonjour, ma belle. J'ai une proposition professionnelle pour toi. Es-tu libre ce soir pour le dîner ?

— Oui.

Je note l'heure et l'endroit qu'il m'indique. C'est un restaurant dans un casino.

— Est-ce que c'est à propos du financement du casino de Villroy ?

— En fait, c'est exactement ça, dit-il d'une voix onctueuse.

— Devrais-je demander à Adrian et Oscar de se joindre à nous ?

— J'aimerais te parler en privé.

— Pourquoi ?

— Tout te sera révélé ce soir.

Et il raccroche.

Je presse les lèvres l'une contre l'autre. De quoi pourrait-il avoir besoin de me parler en privé ? La seule chose à laquelle je puisse penser, c'est qu'il veut parler business et plaisir. Ce n'est pas une perspective très engageante. Vaughn sera avec moi pour ma protection, au cas où Charles tenterait quoi que ce soit d'inapproprié. Je vais simplement écouter ce qu'il a à à proposer. J'ai besoin de quelque chose, n'importe quoi, pour me tirer de cette impasse impossible avec Peter et faire en sorte d'en faire ressortir quelque chose de bon.

Mon téléphone personnel sonne, me faisant sursauter, et je décroche. Mes parents.

Je réponds d'une voix enjouée, malgré mes pensées troublées.

— Bonjour.

La voix de ma mère s'élève du téléphone, parlant rapidement en français.

— Marge nous a dit qu'elle était malade. Nous sommes si inquiets pour elle. A-t-elle vu un docteur ?

Une vague de culpabilité me frappe. Je n'ai pas pris de nouvelles de Marge, aujourd'hui.

— Oui, dis-je en français, et ce n'est rien de sérieux. Juste un rhume.

— J'espère que tu ne l'as pas attrapé.

— Non, je vais bien.

— Fais en sorte qu'elle puisse boire beaucoup de thé au miel et au citron.

— Oui, bien sûr.

— Est-ce que tu profites bien de ton séjour au palais avec Anna ?

Je fais les cent pas, la culpabilité me donnant un trop-plein d'énergie. Mais comment pourrais-je lui dire la vérité ? Dire que je suis dans un casino sans chaperon, à boire et à jouer à des jeux d'argent, me mènerait à un retour immédiat à la maison.

— C'est formidable. Je suis si contente de pouvoir être présente pour elle et le bébé. Je serai dans la salle d'accouchement avec elle.

— Oh ! N'ont-ils pas de docteur pour ça ?

— Si, mais Anna et moi sommes aussi proches que des sœurs. Je serai son coach.

— Polly, l'accouchement est une chose très difficile, très douloureuse et très *personnelle*. Tu as mis vingt-quatre heures à arriver. Je pensais que j'allais mourir.

C'est une histoire qu'elle m'a racontée très, très souvent, surtout quand j'étais petite et que je lui donnais du fil à retordre. Elle me réprimandait tout le temps en disant « Tu n'obéis pas ! Et après que j'ai failli mourir en te donnant naissance !

— Oui, eh bien, tu n'es pas morte, et je suis là, et contente de l'être.

— Les tremblements de ton père empirent. Il est pressé que tu te maries et que tu prennes ta place de reine avec Peter.

Je me raidis.

— Bien sûr, Marge me l'a dit. Puis-je parler à Papa ?

— Il dort. Il n'est plus tout jeune, Polly.

Il ne l'a jamais été. Il était veuf et s'est remarié avec ma mère. Il m'a eue quand il avait cinquante ans. Sa première femme ne pouvait pas avoir d'enfants et s'est noyée dans un accident de bateau. Il y a eu des rumeurs selon lesquelles il s'agissait d'un acte criminel, mais je n'y crois pas. Mon père a toujours parlé d'elle avec tendresse, même si c'était une déception qu'elle n'engendre pas d'héritier.

— Il a déjà survécu à son père et son grand-père, continue ma mère. Les gènes, de ce côté de la famille, ne sont pas doués pour la longévité. Il est temps que tu fasses ton devoir.

— Oui, je sais.

— Vraiment ? demande-t-elle sévèrement.

— Oui, dis-je entre mes dents.

— J'espère qu'Anna accouchera bientôt. Nous avons besoin que tu rentres à la maison aussitôt après.

J'ai besoin de plus de temps pour trouver un plan.

— Je lui ai promis d'être présente pour le baptême dans la chapelle du palais. C'est très important, elle sera l'héritière d'un royaume. Anna ne me pardonnerait jamais si je manquais ça.

Je n'ai aucune idée de quand le baptême est prévu, je dois simplement m'assurer de ne pas être poussée à la maison trop tôt.

— Ils vont l'organiser si tôt après la naissance ?

— Anna tient à ses habitudes américaines. Elle choisit fréquemment la voie non conventionnelle.

Je me corrige immédiatement, avant qu'elle m'ordonne de rentrer immédiatement à la maison pour m'être alliée avec une reine non conventionnelle :

— Dans les limites du raisonnable. Elle s'est très bien adaptée au protocole royal et aux attentes qui pèsent sur elle. Elle est un brillant exemple de ce que devrait être une reine, exactement comme toi.

— Merci, Polly, répond-elle, et je peux entendre le sourire dans sa voix. C'est la première fois que tu me le dis. J'ai fait de gros efforts pour être un exemple pour toi. Je n'étais simplement pas sûre que cela ait pris.

C'est un faux compliment, mais je l'ignore. Je suis bien consciente que mes parents me trouvent difficile.

— Je ferais mieux d'aller voir Marge et de faire en sorte qu'elle ait tout ce dont elle a besoin. Embrasse Papa pour moi.

Je lui dis au revoir et je raccroche. Elle ne m'a pas accordé plus de temps, mais elle ne m'en a pas refusé non plus. Un bon signe.

J'appelle Marge pour prendre de ses nouvelles, même si je suis sûre qu'elle va très bien.

— Comment te sens-tu ? Mieux ou pire ?

— Je me sens mal, répond-elle d'une voix nasillarde, mais c'est juste un rhume. La fièvre est descendue. Comment s'en sort Lina à ma place ?

— Très bien. Je n'aurais pu demander meilleure compagnie.

Elle pousse un soupir mécontent.

— Même si elle n'est pas meilleure que toi, bien sûr.

— Laisse-moi parler à cette jeune femme.

Je grimace. Mince. Je n'ai pas revu Lina depuis ce matin. J'imagine qu'elle reste proche de Louis.

— Elle est dans la salle de bains.

— Je vais attendre.

— Elle prend une douche après avoir nagé dans l'océan. Elle est pleine de sable et de crème solaire. Elle a aussi pris un affreux coup de soleil. J'imagine qu'elle va prendre beaucoup de temps après la douche, pour s'assurer d'appliquer de la Biafine.

— As-tu nagé également ? Nous n'avons pas apporté ton maillot de bain. Qu'as-tu porté ?

Elle semble accusatrice. Je suis censée rester couverte par modestie, et mon maillot de bain est un une-pièce avec des manches courtes et une longue jupe. Cela ressemble plus à une robe froissée qu'à un véritable maillot de bain. Elle pense probablement que j'ai porté un scandaleux maillot de bain une-pièce ordinaire, ou bien, Dieu nous en garde, un bikini.

— Je ne suis pas allée nager. J'ai simplement trempé mes doigts de pied dans l'eau.

— As-tu porté un chapeau et un voile de circonstance ?

— Le vent les a emportés.

C'est l'excuse qu'elle s'attend à entendre de ma part.

Elle émet un grognement, puis se met à tousser.

— Demande à Lina de m'appeler dès qu'elle le pourra.

— Nous sommes assez occupées à explorer la nature, ici, mais je ferai passer le message.

— Si elle a un coup de soleil, elle ne devrait pas explorer la nature.

— Je la garderai sous un parasol.

— Tu devrais en utiliser un aussi. Le soleil va te donner des rides et des taches de rousseur.

Je réprime un soupir.

— Excellente idée. Porte-toi bien !

— Je me porterais mieux si je pouvais t'avoir sous les yeux.

Je presse les lèvres l'une contre l'autre, marmonne un au revoir et raccroche. Je sais qu'elle fait simplement son travail, et qu'au fond, elle tient à moi, tout comme je tiens à elle, mais elle me rappelle aussi toutes les restrictions placées sur moi. Je dois me libérer. De Peter, de toutes les règles. Je dois devenir celle qui fait les règles.

Le dîner avec Charles est très plaisant. Il a réservé une pièce privée au fond d'un restaurant élégant avec de la nourriture française fabuleuse, et je dois admettre que c'est agréable de parler dans ma langue natale avec quelqu'un qui la comprend. Il connaît Beaumont, y étant venu plusieurs fois en vacances, et il a beaucoup aimé. C'est un bel endroit, avec des plages de sable blanc, de l'eau bleue transparente et des stations balnéaires conçues avec goût.

Une fois que les assiettes ont été débarrassées, Charles commande un brandy. Je sirote mon eau pétillante, désirant garder l'esprit clair pour notre conversation.

Finalement, il passe aux choses sérieuses quand son brandy arrive.

— Nous avons un ami commun à Beaumont.

— Qui ?

— Peter Boucher.

Mon estomac se serre. Il est ami avec Peter ? C'est mon futur fiancé. Connaît-il la vérité au sujet de ma famille ?

— Je sais qu'il te fait du chantage pour te forcer à l'épouser, continue-t-il tranquillement, et je sais pourquoi.

Mon cœur cogne dans ma poitrine. Je n'arrive pas à y croire. Personne ne sait.

Je finis par retrouver l'usage de ma voix, mais elle paraît voilée.

— Pourquoi Peter te l'aurait-il raconté ?

— J'ai résidé plusieurs fois dans l'une de ses stations balnéaires et il connaît mes liens avec la famille royale d'ici. Nous sommes devenus amis. Clairement, il est assez imbu de lui-même pour m'avoir énoncé franchement la situation.

Je me fige. Charles veut probablement me faire du chantage, lui aussi, rien que pour garder toute cette histoire sous silence.

— Qu'est-ce que tu veux ?

Son sourire onctueux me donne des frissons.

— Je veux simplement t'aider. Si tu repaies la dette de tes parents, l'emprise de Peter sur toi disparaîtra.

— Et tu vas m'aider à la repayer ?

Ce ne peut pas être aussi simple que ça. Je le sais, mais j'ai besoin de l'entendre en venir au fait.

Il se penche en avant et baisse la voix, même si nous

sommes seuls dans la pièce arrière du restaurant. Vaughn est posté devant l'entrée de la salle.

— As-tu déjà songé comme ta virginité a de la valeur ?

J'émets un hoquet de surprise.

— Écoute-moi une minute. Nous pourrions mettre ta virginité aux enchères, en toute discrétion, ici, dans une suite d'hôtel. Les personnes très riches recherchent des choses fugaces, uniques, inatteignables. Tu es les trois. Tu ne trouveras jamais ailleurs un tel rassemblement de personnes riches au même endroit. Une heure de ton temps pour gagner ta liberté.

De la bile me remonte dans la gorge.

— Tu me dégoûtes. Jamais je ne vendrai mon corps.

Il se laisse aller contre le dossier de sa chaise.

— C'est une réaction compréhensible face à une idée si inhabituelle, mais tu te trouves dans une situation inhabituellement difficile, n'est-ce pas ?

Je jette ma serviette sur la table.

— Nous avons terminé.

— Tu aimerais peut-être entendre ce que Peter projette de faire avec ton palais lorsqu'il sera roi.

Je le dévisage.

— Faire avec lui ? Qu'est-ce que tu veux dire ?

Il sort son téléphone et pianote dessus quelques secondes.

— Peter veut transformer ton palais en une attraction touristique, comme un circuit de manège.

Il me montre l'écran de son téléphone et ajoute :

— Voilà la preuve.

Je lis un e-mail provenant de Peter avec une horreur grandissante. Il pose des questions à propos des châteaux européens utilisés dans l'industrie touristique et se demande combien cela coûterait d'en transformer une partie en manège. Il conclut en disant qu'il n'y a aucun parc à thème à Beaumont et que cela rendrait l'île plus attrayante pour les familles. Je me souviens soudain d'une fois où Peter m'a posé des questions à propos de mon séjour à Villroy, voulant en savoir plus à propos de leur expérience en tant que destination de mariage ainsi qu'à propos de leur suite royale pour lune de miel. C'est surréaliste. Il veut transformer le palais qui appartient à la famille Lyon depuis des siècles en circuit de manège ? C'est un blasphème.

J'ai la tête qui tourne rien qu'à imaginer toutes les implications. Peter ne doit jamais devenir roi. L'épouser ne résoudra rien. Cela ne fera qu'empirer les choses. Je dois le rembourser et le mettre hors-jeu aussi vite que possible.

— Personne ne le saura jamais, dit doucement Charles. Un petit sacrifice pour le bien de ton royaume.

Je frissonne, la chair de poule recouvrant ma peau. Le devoir envers le royaume passe avant nous-mêmes. C'est enraciné en moi. Mais c'est trop. Toutes les cellules de mon corps me hurlent non !

Il sourit, la voix douce, et je suis figée d'horreur.

— J'essaie simplement de t'aider à te tirer de son emprise. Tu as besoin d'argent, et je peux te promettre un vrai pactole, déposé sur ton compte immédiatement après la finalisation de la transaction. Demain soir. Je prendrai un petit pourcentage pour tout organiser.

Je croise son regard, et ses yeux brillent d'avidité, exactement comme ceux de Peter. Il cherche à obtenir son propre pactole, ce qui veut dire qu'il s'attend à ce qu'on me verse beaucoup d'argent. J'ai la nausée rien que d'y penser. J'avais envisagé l'idée d'abandonner ma virginité dans une grande aventure pour que Peter n'ait rien, mais je n'ai jamais pris cette idée suffisamment au sérieux pour aller jusqu'au bout. J'ai même osé aborder le sujet avec Oscar, hier soir, alors que j'étais ivre, mais il s'est montré raisonnable et a pris soin de moi. Je lui en ai été reconnaissante après avoir dessaoulé.

— Retournons dans mon bureau pour régler les détails, dit-il.

Je déglutis.

— J'ai besoin de plus de temps pour y réfléchir.

Il m'adresse un sourire indulgent.

— L'offre expire ce soir à minuit, Princesse. Après ça, je révélerai ce que je sais.

— Alors maintenant tu me fais du chantage aussi ?

Il lève les paumes en l'air.

— Je suis le seul à proposer de t'aider.

Je me lève.

— Je n'ai pas besoin de ce genre d'aide.

Je me retourne et quitte le restaurant en vitesse, mais j'entends toujours ses déclarations funestes.

— Jusqu'à minuit, ma belle.

8

———————

Polly

J'adresse un signe de tête à Vaughn, qui m'attend, le visage aussi impassible que d'habitude.

— J'ai juste besoin d'un moment, parvins-je à articuler d'une voix pas tout à fait ferme.

Je fais quelques pas pour m'éloigner de l'entrée du restaurant.

Il ne réagit pas. Son seul travail est de rester vigilant au cas où je me trouverais physiquement en danger.

Je tente de prendre une profonde inspiration, mais n'y arrive pas. Ma respiration est bien trop rapide. Mes ongles s'enfoncent dans mes paumes. Il faut que je me calme suffisamment pour réfléchir. Je parviens à prendre une profonde inspiration et continue de marcher vers l'atrium d'un pas vif. Je m'arrête brusquement en apercevant Oscar, qui se dirige vers moi.

— Salut ! couiné-je.

Continue de marcher et ne t'arrête pas avant d'avoir sous les yeux la vue rassurante de la mer. C'est la seule chose qui pourrait me calmer, au point où j'en suis, mis à part un sédatif.

Oscar s'arrête devant moi, me bloquant le passage.

— Qu'est-ce qui ne va pas ? demande-t-il en fronçant les sourcils.

— J'étais simplement en train de me balader, et d'explorer le casino.

Il plisse les yeux.

— Pourquoi est-ce que je ne te crois pas ?

Je lève une main, paume vers le haut.

— Je ne sais pas. Je suis nouvelle ici, et il y a beaucoup de pièces et de couloirs à explorer.

— Polly, nous allons devenir des partenaires professionnels. Je ne peux pas travailler avec toi si tu me mens. Qu'est-ce qui ne va pas ?

Je déglutis avec difficulté. Puis je réalise qu'il a parlé en français, comme s'il savait comment m'atteindre. Malheureusement, ça a marché. Je ne veux pas compromettre ma place avec lui ou Adrian.

— Je suis désolée. Ça me semble un peu bizarre de te confier ça, alors j'ai juste dit la première chose qui est venue à l'esprit.

— Me confier quoi ?

Je ne veux pas mentir, mais je ne peux me résoudre à lui dire la vérité. Il ne comprendrait pas la situation désespérée dans laquelle je me trouve, et je dois faire en sorte que tout cela reste secret. Je lui confie une partie de la vérité, parce que j'ai besoin de fuir d'ici rapidement avant de craquer.

— Je viens de dîner avec Charles.

Une vague d'adrénaline me submerge, l'énergie envahissant mes jambes. Je dois m'échapper. N'importe où sauf ici.

Il crispe les mâchoires.

— Je venais lui dire de te lâcher un peu. Tu es pratiquement fiancée… attends. Tu es allée dîner avec lui ? Tu vas épouser quelqu'un d'autre dès que tu rentreras chez toi.

Ma gorge se serre. Je ne peux plus épouser Peter, et mes options craignent vraiment.

— J'ai le droit de dîner avec des gens.

— Pas avec lui, réplique-t-il.

Je le contourne et me dirige vers la sortie du casino. Je suis à deux doigts de pleurer et je ne peux pas lui faire face maintenant.

Il me rattrape dehors.

— C'est le genre de type à avoir des aventures sans lendemain. Même durant la fête, il est monté à l'étage pour un peu d'action, et en a eu à nouveau après la fête. C'est probablement un accro au sexe, et tu es… eh bien, tu es…

Je me fige.

— Quoi ?

Il étire les lèvres en un petit sourire qui fait ressortir la fossette qui se cache sur sa mâchoire mal rasée.

— Tu es toi.

La façon dont il dit ça donne vraiment l'impression que c'est une bonne chose. Je déglutis pour ravaler la boule qui s'est formée dans ma gorge.

— Oui, eh bien, je suis moi que j'aie dîné avec lui ou pas. S'il te plaît, laisse tomber. Je n'ai pas besoin d'un autre chaperon.

Je change de direction et me dirige vers la porte de mon hôtel. J'ai besoin d'être seule un moment, le temps de me reprendre. Il marche au même rythme que moi.

Je me tourne vers lui.

— Je n'ai pas bien dormi hier soir, alors je vais retourner dans ma chambre pour faire une sieste.

— Non, je ne crois pas.

— Si, c'est ce que je vais faire.

— Non. Tu es pleine d'énergie, et la dernière chose que tu ferais, alors que tu profites d'un séjour unique sans chaperon, serait de faire la sieste.

Je ne sais pas quoi répondre à ça. Je suis un peu abasourdie qu'il me connaisse si bien après seulement quelques jours en ma compagnie.

Je me dirige vers l'ascenseur. Oscar et Vaughn me suivent. Un couple d'âge moyen est aussi près de nous.

Les portes de l'ascenseur se ferment et je regarde droit devant moi. Je ne sais pas comment me débarrasser d'Oscar, mais maintenant qu'il se trouve si près, je ne suis pas sûre d'en avoir encore envie. Il est tout ce que Charles n'est pas –

un homme bien, honorable et honnête. Il veille sur moi de manière protectrice. Et il sent si bon. Mon attirance pour lui me submerge.

Concentre-toi. Quelles sont les intentions d'Oscar ? Est-ce qu'il va me suivre dans ma chambre et me sermonner sur les dangers de dîner avec un accro au sexe ? Charles est bien plus dangereux que ça. C'est une vraie raclure, mais encore une fois, Peter aussi. Peter pourrait-il être derrière toute cette idée d'enchères pour ma virginité ? Il veut peut-être me discréditer, rendre impossible pour moi de prendre ma place de reine, parce que je n'aurais pas passé l'étape de l'examen. Non, il voudrait que je sois reine, vu que c'est sa seule manière d'être roi. Ce doit être l'idée de Charles, qui cherche à bénéficier de mon malheur. C'est un opportuniste.

Oscar se penche près de mon oreille.

— Invite-moi à entrer.

Une vague de chaleur me traverse, malgré la tournure horrible qu'ont pris les événements. Oscar me semble sûr.

Je lève les yeux vers lui et il m'adresse un sourire tendu.

— Je veux te parler en privé, loin de ton entourage.

Il parle de Vaughn.

— De quoi ?

— Du casino, et de ta place dans tout ça.

Je ne le crois pas. Il veut me faire la morale.

— Alors, appelons Adrian.

— Adrian est sur une série de victoires. Le bâtiment pourrait s'écrouler sur lui qu'il ne bougerait pas.

Je regarde droit devant moi. Je dois réfléchir clairement, mais c'est impossible. J'étais déjà déstabilisée par mon rendez-vous avec Charles, et maintenant mes sens sont submergés par le parfum sexy d'Oscar et sa proximité. Je suis brûlante et toute rouge. Ce n'est vraiment pas le moment pour moi d'éprouver du désir. Quelle ironie !

— Juste pour parler affaires, dis-je lorsque les portes de l'ascenseur s'ouvrent. Pas de sermon.

— Sermon, raille-t-il. Pour qui me prends-tu, un chaperon collet monté ?

Je lui adresse un regard en coin.

— Tu y ressemblais beaucoup, tout à l'heure.

Il sourit.

— Je voulais simplement m'assurer que tu saches à quoi tu avais affaire concernant Charles.

Plus que tu ne le sauras jamais. Être un accro au sexe est le dernier des péchés de Charles.

Quelques minutes plus tard, je le laisse entrer dans ma chambre. Vaughn reste dans le couloir.

Oscar allume la télé.

— Veux-tu regarder la télévision ? demandé-je.

Il se dirige vers moi et parle à voix basse dans mon oreille :

— Je veux avoir une conversation en privé. Je sais comment me débrouiller en présence du personnel. J'ai dû préserver mon intimité toute ma vie.

— J'aimerais tant que ce soit aussi simple pour moi.

Il pose la télécommande sur la commode, avant de se rendre du côté opposé de la pièce et de s'asseoir sur le bureau.

— Assieds-toi, dit-il en indiquant la chaise de bureau.

J'obéis. Puis je réalise que je dois lever les yeux pour le regarder, et je me sens trop petite, ici, piégée, presque dans une position inférieure. Je me lève, écarte la chaise et m'assois à côté de lui sur le bureau.

Je me sens nerveuse, soudain. Je ne peux même pas le regarder, mais tout en moi est soudain exagérément conscient de sa présence – la ligne sombre de ses jambes dans son pantalon sur mesure, ses grandes mains posées sur ses cuisses et la chaleur qui émane de lui, son parfum sexy. Je suis tellement *sur les nerfs.* Il m'a réconfortée hier soir, et pourtant je suis si tendue que j'ai l'impression que s'il disait « bouh ! » je ferais un bond d'un mètre. Ce doit être parce que je garde tellement de secrets.

— Polly.

Je croise son regard bleu vert et le trouve aiguisé, m'étudiant. Je me racle la gorge.

— De quoi voulais-tu me parler, exactement ?

— Si nous devons devenir des associés, tu dois être honnête avec moi.

— Je sais. Je suis désolée. Je couvre instinctivement mes traces quand je suis prise par surprise.

Il plisse les yeux.

— J'ai l'impression que c'était un peu plus qu'un dîner. Couvrir tes traces ? Te faire prendre ? Que fais-tu exactement, avec Charles ?

Je garde la bouche close. Je dois être honnête, mais je ne peux tout simplement pas lui confier la tournure affreuse des événements.

— Ça n'a rien à voir avec toi.

— Es-tu en train de mener un accord parallèle avec lui pour l'entreprise ? demande-t-il sèchement.

— Non ! Ce n'est pas du tout ça.

— Alors, quoi ?

Je détourne la tête.

— Je ne peux pas te le dire, d'accord ? Mais je ne fais rien en catimini concernant des affaires.

Sa main chaude prend ma mâchoire en coupe, me faisant me tourner à nouveau vers lui, et il me regarde avec intensité.

— Tu ne dîneras plus avec Charles, ou ne feras plus rien d'autre avec lui, c'est compris ? Je n'aime pas la façon dont il te traite.

Ma lèvre inférieure tremble.

— Pol ?

Je me dégage et me lève, croisant étroitement les bras autour de ma poitrine. Je ne veux vraiment pas craquer devant lui.

— Tu devrais partir.

Il se lève devant moi.

— Dis-moi ce qu'il s'est passé avec Charles, fait-il à voix basse.

— Je ne peux pas, dis-je d'une voix étranglée. C'est trop honteux. Ma famille.

Je traverse la pièce sans regarder où je vais, la poitrine serrée et les yeux brûlants.

Sa voix est juste derrière moi.

— Si tu ne me le dis pas, je vais le retrouver et le lui demander. Je le cognerai jusqu'à ce qu'il me le dise, s'il le faut.

Je me retourne.

— Oscar, ne fais pas ça.

Des larmes coulent malgré tous mes efforts pour les retenir.

Il m'attire dans ses bras, et j'enfouis mon visage contre son torse chaud. Pendant tout ce temps, j'ai conservé toutes ces horreurs en moi, et je ne peux plus continuer plus longtemps. C'est trop.

— Peter est une ordure, dis-je contre son torse. Charles est une ordure, et je suis prise entre les deux. Ils me font du chantage, et pire encore.

Il repousse mes cheveux de mon visage.

— Commence par le début, par la première ordure.

Je ne sais pourquoi, c'est plus facile en étant blottie contre son torse, sans le regarder. Je lui raconte tout, de la dette de mes parents au chantage de Peter, jusqu'à ses plans pour mon palais et l'idée diabolique de Charles. Je lui explique aussi le fonctionnement traditionnel de mon royaume, y compris toutes les restrictions patriarcales mises en place pour que je puisse être reine. Il ne pose aucune question, et quand j'ai terminé cette histoire sordide, il demeure complètement silencieux.

Je risque un regard vers lui et ne trouve aucun jugement dans ses yeux. Un muscle agite sa mâchoire, comme s'il était en colère pour moi. Un élan d'affection me submerge et je le serre très fort pour cette réaction merveilleuse.

Il me rend mon étreinte.

— Laisse-moi m'assurer d'avoir bien tout compris, finit-il par dire. Tu as accepté de te fiancer à un homme dont tu sais qu'il est une ordure pour pouvoir sauver ta famille et ton royaume.

— Oui. C'est le rôle d'une reine. Mon devoir envers mon royaume passe avant moi.

Il prend ma mâchoire en coupe et incline ma tête vers lui.

— Tu es tout ce qu'une reine devrait être, mais tu ne te

sacrifieras pas pour obtenir la place qui te revient de droit. Et je vais m'assurer que Charles ne dit pas un seul mot de tout ça à personne. Oublie cette histoire d'enchères pour ta virginité, parce que cela n'arrivera jamais.

Il presse étroitement ses lèvres l'une contre l'autre.

— Je trouverai un autre moyen de payer la dette de tes parents. Tu n'épouseras *pas* Peter.

Je m'écroule presque de soulagement, parce qu'il semble si sûr de lui, mais le doute m'envahit alors.

— Comment ? Où trouveras-tu l'argent ?

Ce n'est pas une petite somme.

Il caresse ma joue de son pouce.

— Laisse-moi juste un peu de temps. Peux-tu me faire confiance ?

— Je vais manquer de temps, dis-je doucement. Mon père va renoncer à son rôle de roi très bientôt.

Ses lèvres s'étirent en un petit sourire.

— Les princes ont été inventés pour venir au secours des princesses.

Un rire s'échappe de ma gorge.

— Je préférerais me sauver toute seule.

— Laisse-moi t'aider. Tu n'es pas obligée de tout faire toute seule.

Des larmes me piquent les yeux. J'étais réticente à partager ce poids, ne voulant pas exposer ma famille. Je ne sais pas comment il pense pouvoir me sortir de ce guêpier, mais je n'ai trouvé aucune bonne solution, et je suis assez désespérée pour lui accorder cet acte de foi.

Je le serre étroitement contre moi.

— Je te fais confiance.

— Bien, dit-il, sa voix résonnant dans son torse.

Nous restons ainsi un petit moment, à nous étreindre. Peu à peu, je deviens conscience de la chaleur qui irradie entre nous, de la sensation de son corps dur pressé contre le mien.

Je lève la tête et nos regards se rivent l'un à l'autre dans un instant électrique. Ma respiration se fait irrégulière devant l'expression de désir brut dans ses yeux. Son regard se pose sur ma bouche et mes lèvres s'entrouvrent, ma respiration devenant plus forte.

Ses lèvres rejoignent les miennes en un baiser ardent qui provoque des décharges dans tout mon corps. Mon estomac se serre, du sang afflue dans mes veines. Je n'aurais jamais cru qu'un baiser pouvait provoquer ce genre de sensations – électrifiant. Ses doigts glissent sur mon cou, se recourbant derrière ma mâchoire, contre la peau sensible sous mon oreille. Je semble incapable de m'arrêter de l'embrasser, j'en veux encore et encore et encore. Il prend le contrôle, approfondissant le baiser. Je deviens humide entre mes jambes, une douleur sourde, qui m'est étrangère, s'établissant dans mon ventre. C'est à cela que ressemble la passion – l'urgence, la chaleur, le besoin. Je ne me suis jamais sentie ainsi de toute ma vie.

Il rompt le baiser et m'écarte brusquement de lui. J'ai la tête qui tourne un instant, tout en moi étant douloureux et me picotant.

Je tends la main vers lui et il s'écarte, se passant les deux mains dans les cheveux.

— Merde, murmure-t-il.

Je pose les doigts sur mes lèvres, qui me picotent encore.

— Ce n'est jamais arrivé, dit-il d'une voix rauque.

— Pourquoi ?

— Parce que tu es toi, la reine. La princesse vierge.

Il regarde frénétiquement autour de lui, comme s'il avait oublié quelque chose ici, puis il palpe ses poches et se précipite vers la porte.

Il s'arrête et se retourne.

— Reste loin de Charles.

— D'accord, dis-je d'une voix douce. Tu veux bien m'embrasser à nouveau, s'il te plaît ? J'en ai plus envie que de respirer.

Il émet un grognement et fait un pas en arrière.

— Oscar.

Il me regarde un long moment, étudiant les traits de mon visage. Je peux voir l'indécision dans ses yeux. Il a envie de rester, mais il est tiraillé. Je pense qu'il me protège de lui. Cela ne me fait que le vouloir encore plus.

Il secoue la tête, se retourne et passe la porte.

Je la fixe pendant une minute entière. Pas étonnant que je n'aie jamais été tentée par un homme jusqu'alors. Je n'ai jamais ressenti de passion. C'est incroyablement intense. Maintenant encore, je me sens brûlante et douloureuse, les membres lourds. J'ai envie de sentir son poids contre moi, j'ai envie de sentir ma peau contre sa peau. Ce sont des choses que je n'ai jamais voulues de toute ma vie.

Il a accepté ma situation honteuse, horrible, sans me juger. C'est phénoménal. J'aime vraiment, vraiment beaucoup cet homme. Je ne suis pas sûre de quoi faire avec ça, mais mon instinct me dit de rester proche de lui. À moins qu'il ne s'agisse de mon désir enragé. Quoi qu'il en soit, je n'en ai pas terminé avec Oscar.

9

Oscar

J'ai merdé. Je n'aurais pas dû l'embrasser. À quoi est-ce que je pensais ? Elle doit se marier rapidement *et* nous allons être associés. J'ai envie de l'aider, pas de ruiner sa réputation. Elle doit devenir reine, revendiquer ce qui lui revient de droit selon les exigences dépassées dont elle est prisonnière – une princesse vierge qui doit le rester jusqu'au mariage.

J'ai perdu l'esprit. C'est la seule explication.

Seigneur. Ce baiser. D'une chaleur ardente, d'un besoin urgent et primitif. Je dois arrêter d'y penser, je dois arrêter de me rejouer sa question « Tu veux bien m'embrasser à nouveau, s'il te plaît ? J'en ai plus besoin que de respirer. »

Ce n'est jamais arrivé. Je n'en parlerai à personne. Elle n'en parlera à personne. Par conséquent, ce baiser n'existe pas.

Je l'ai évitée au dîner en optant pour le service d'étage, et maintenant je suis à la table des gros parieurs sur la terrasse avec Adrian, à jouer au Ultimate Texas Hold' Em Poker. J'ai un jeu gagnant, et si je pouvais seulement rester concentré, je pourrais gagner gros. J'ai besoin d'argent rapidement pour payer Charles. J'ai déjà appelé pour lui dire qu'il pouvait oublier Polly. Il n'a pas protesté, se contentant de dire « Je suis impatient d'entendre ta contre-proposition. » Clairement, il ne se soucie que d'obtenir sa part. Il m'a dit qu'il serait dans son bureau ce soir pour le rendez-vous que j'ai demandé.

Je jette un œil autour de la table, tentant de déchiffrer les expressions. Le regard d'Adrian est fixé sur la table, son expression impassible. Il y a un magnat du pétrole d'âge moyen portant un chapeau de cow-boy et à l'air joyeux (probablement ivre) et un cheik du pétrole saoudien à l'air sombre (il a peut-être un bon jeu). Ils se sont probablement retrouvés tous les deux ici pour affaires. Il y a aussi trois Italiens vêtus de costumes de designer. Ils sont silencieux, à cet instant, après avoir beaucoup discuté de manière joviale (ils ont probablement un mauvais jeu).

Peu de temps plus tard, je passe à l'action et remporte le pot. Tous les hommes poussent des grognements. Le croupier me tend une plaque rectangulaire en or sur laquelle est tamponnée la valeur. Adrian sourit. Il essaie d'améliorer mon jeu. Il a presque une mémoire photographique, ce qui aide beaucoup, aux cartes.

— Restez un peu, me dit le cow-boy. Donnez-nous une chance de regagner un peu de notre argent.

— Une autre fois.

J'encaisse et me dirige droit vers le bureau de Charles, au rez-de-chaussée. La porte est entrouverte, j'entre donc directement. Il est assis derrière son bureau et regarde au plafond, une expression de ravissement sur le visage. J'aperçois un talon haut qui dépasse du coin de son bureau.

Charles croise mon regard, un léger sourire narquois sur le visage. Quel abruti ! Il savait que je passerais ce soir. Et il a laissé la porte ouverte. Je sors et j'attends.

Cinq minutes plus tard, une grande rousse à la poitrine énorme passe devant moi.

— Tu peux entrer, Oscar, lance Charles.

Je suis certain que ce type est un accro au sexe en plus d'être un connard, et je ne veux pas qu'il s'approche de Polly.

Je m'avance vers son bureau. Chaque chose en son temps, parce que je n'ai pas confiance en ce type.

— Tu as annulé les enchères, comme nous en avons parlé ?

Il pousse un soupir.

— C'est bien trop tard pour ça. Cent personnes se sont inscrites, avec assez d'argent pour acheter un petit pays. Ils pourraient même racheter le tien.

Je me hérisse. Villroy connaît peut-être des difficultés économiques en ce moment, mais elle est en plein essor et sera bientôt une grande puissance économique.

— C'est illégal. Tu ne peux pas mettre une femme aux enchères, et elle n'a jamais donné son accord.

— Elle le fera. Je lui ai donné jusqu'à minuit, et elle est assez désespérée.

Mes mains se ferment en poings, la fureur grandissant en moi. J'ai envie de le frapper jusqu'à le rendre inconscient, malgré mon projet de le payer.

— Je ferai une offre pour elle, moi aussi, dit-il avec un grand sourire. C'est rare de voir une si belle paire de fesses.

Je l'attrape par le col de sa veste et le secoue.

— La ferme ! C'est terminé.

— J'ai appelé la sécurité, dit-il. Il y a un bouton sous mon bureau.

Je le lâche et en reviens à mon plan initial.

— Tu auras ta part. Annule les enchères. Elle n'y sera pas.

Je sors de ma poche la liasse de billets obtenue après mes victoires et la jette sur son bureau. Cinquante mille euros.

— Et tu la boucles à propos de Polly.

Il jette un œil à l'argent.

— C'est loin d'être suffisant, dit-il, avant de lever la main, paume en l'air. Je ne peux pas décevoir autant de clients du casino.

J'entends des pas dans le couloir. La sécurité. Je ne peux risquer de faire une mauvaise publicité à ma famille, si je me retrouve jeté dehors par la sécurité. À cet instant, je sais ce que j'ai à faire. Je sais ce que vaut ma vigne en Italie, et je sais que je peux la vendre rapidement.

— Cent mille euros, craché-je.

Il rit.

— Un million.

— Un demi-million, et je ne vais pas voir la police.

— Marché conclu.

Ses yeux bleus sont brillants. Le salopard. Je suis content que nous n'ayons pas à faire affaire avec lui. Cela aurait été une énorme erreur.

Je me retourne au moment où les agents de sécurité se précipitent dans la pièce.

— Désolé, lance Charles d'un ton joyeux. Je dois avoir pressé le bouton par accident. Il y avait une femme sous le bureau.

Les hommes se retirent avec des sourires narquois.

— Je te recontacterai, lui dis-je avant de passer la porte.

J'ai beaucoup à faire pour organiser tout ça. Et je ne dirai rien à Polly jusqu'à ce que ce soit fait, parce que je ne veux pas qu'elle s'inquiète plus que nécessaire à propos de tout ça. Pour une fois, quelqu'un a besoin de moi, et je ne la laisserai pas tomber.

~

Polly

Je n'ai pas vu Oscar, aujourd'hui. Adrian dit qu'il est allé voir sa vigne, qui n'est pas loin d'ici. Il a aussi fait passer le message selon lequel Oscar « s'en est occupé ». Adrian m'a regardé avec curiosité, mais je n'ai donné aucune explication. Oscar s'est occupé du problème avec Charles. Il a réussi, pour moi. C'est un immense soulagement. J'aimerais pouvoir me détendre, mais le chantage de Peter me pend toujours au-dessus de la tête.

Je suis au lit, il est tard, et je n'arrive pas à dormir. Mon esprit est un enchevêtrement de pensées, alors que j'essaie de trouver comment battre Peter. Je sais qu'Oscar m'a dit de le laisser s'occuper de tout, mais je n'ai jamais été du genre passif. J'ai besoin d'agir.

On frappe à ma porte. Je me fige, le cœur cognant dans ma poitrine. Je suis seule ici, et la mise aux enchères de ma virginité était censée avoir lieu ce soir. OK, calme-toi. Vaughn est posté dehors. Je suis en sécurité. À moins qu'une foule d'hommes en colère à qui on a refusé leur conquête de vierge soient descendus silencieusement et aient neutralisé mon unique garde.

J'attrape ma robe de chambre et l'enroule autour de ma chemise de nuit avant de jeter un œil par l'œilleton. Oscar. Tout en moi se détend.

J'ouvre la porte.

— Salut.

Il m'adresse un sourire chaleureux.

— Invite-moi à entrer.

Je fais un pas en arrière, le laissant passer.

Il regarde ma longue robe de chambre et mes pieds nus, avant de croiser mon regard.

— C'est terminé. Je t'ai sauvée.

Je souris malgré moi. Je pense qu'il apprécie d'être un héros venu à la rescousse, et je suis surprise de m'apercevoir comme j'aime ça, moi aussi. Je me suis toujours occupée de tout moi-même.

— Merci, Oscar. Je te suis tellement reconnaissante.

— De rien.

— Tu penses que Charles va se taire ? Il en sait beaucoup trop.

Il se passe une main dans les cheveux.

— Mon instinct me dit qu'il ne se soucie que de l'argent. Il ne veut pas travailler trop dur pour ça.

— J'espère que tu as raison.

Il me regarde dans les yeux de cette manière scrutatrice, tentant de lire dans mon âme. J'attends qu'il se penche pour m'embrasser, mais il se contente de m'observer. Une sensation de chaleur miroitante m'attire en avant. Je ne peux pas m'en empêcher. J'enroule mes bras autour de son cou et dépose un baiser sur ses lèvres. Ses mains restent le long de son corps.

Je l'embrasse à nouveau, osant passer ma langue sur sa lèvre inférieure, et sa bouche se referme sur la mienne, sa langue harponnant ma bouche. Des étincelles éclatent sur ma peau. Ses bras se referment autour de moi, me pressant tout contre lui. Mon corps vibre, ma tête me tourne d'un pur désir. Je suis balayée par une passion qui me consume.

Il rompt le baiser et retire mes bras de son cou pour faire un pas en arrière.

— Non.

— Non ?

Il se passe une main dans les cheveux, la voix rauque.

— Je t'ai sauvée pour que tu puisses rester qui tu es. Tu es une reine. C'est ce que tu es destinée à être.

— Je me fiche de ça, en ce moment. Tout ce que je veux, c'est être proche de toi.

Il recule.

— Je vais obtenir beaucoup d'argent bientôt. Quand ce sera le cas, une partie servira à payer la dette de tes parents, une autre pour payer Charles, et le reste financera le casino de Villroy. Je vais faire de toi une partenaire à part entière, avec Adrian et moi.

Ma mâchoire s'ouvre en grand.

— Qu'est-ce que tu as fait ? Tu as vendu une terre ancestrale ? Certains des bijoux de ta famille ?

Je sais qu'il n'avait pas ce genre d'argent personnellement.

— Le prince du milieu n'a pas de terre ancestrale ou de bijoux de famille, raille-t-il.

Ma gorge se serre d'émotion. Je n'arrive pas à croire à ce qu'il a fait pour moi.

— Oscar, merci, vraiment, mais tu ne peux pas simplement me *donner* une partie de l'entreprise du casino. Je n'ai pas mérité ma place.

Il m'adresse un regard tendre.

— Je choisis de créer un partenariat avec toi parce que je veux travailler avec toi. J'aime ton enthousiasme pour le projet, tes idées, et ce que tu amènes sur la table. Et tu en as besoin pour que ta famille soit mise en sécurité à l'avenir.

C'est exactement ce que je pensais que l'investissement ferait pour ma famille, mais je n'ai jamais pensé qu'il me le donnerait ainsi.

— Je ne peux pas accepter.

— Il le faut, ou ce sera une insulte envers le prince qui t'a sauvée.

Il place une main sur son torse de manière théâtrale et continue :

— Une insulte à mon honneur. Je devrais peut-être te provoquer en duel.

Je ris un peu.

— Oh, Oscar.

J'incline la tête, touchée par sa foi en moi et sa générosité. Je me fais la promesse de lui rendre cette générosité au centuple, quoi qu'il en coûte.

— Merci.

— Avec plaisir.

Il réduit la distance entre nous et lisse mes cheveux en arrière, ses doigts effleurant le côté de mon cou et me faisant frissonner. J'ai envie de l'étreindre, mais d'abord, je dois savoir quelque chose de très important.

— S'il te plaît, dis-moi où tu as obtenu cet argent. Si tu l'avais depuis le début, tu n'avais pas besoin d'un autre investisseur pour le casino.

Il me pince le menton.

— J'ai encaissé de l'argent pour te sauver. Ne t'en fais pas, tout est légal et honnête.

— Adrian va penser que tu es fou de faire de moi une associée, murmuré-je, encore sidérée par son geste noble.

Ses yeux se posent sur mes lèvres.

— Je le suis peut-être.

Mes genoux vacillent, une douleur sourde dans mon ventre me faisant osciller vers lui.

Il recule, son regard brûlant rivé au mien, avant de se retourner pour se diriger vers la porte.

Dès qu'il l'a refermée derrière lui, je m'écroule sur le lit. Je suis déçue et reconnaissante et frustrée tout à la fois.

Mais plus que tout, je suis reconnaissante.

~

Oscar

. . .

Adrian hausse les sourcils par-dessus ses yeux noisette.

— Tu as fait quoi ? demande-t-il pour la deuxième fois.

— J'ai vendu ma vigne.

Je me laisse tomber sur le canapé de sa suite d'hôtel. Il est tard, mais je suis sur les nerfs après l'énorme volonté qu'il m'a fallu pour quitter Polly sans l'avoir touché (ou presque) ce soir.

— C'était un accord oral. Il va me falloir un peu de temps pour rédiger la paperasse et pour que tout soit clair, mais je suis sûr que tout se passera bien. La vigne voisine me fait des offres depuis des années. Donc maintenant, on est parés pour le casino.

Il se passe une main dans les cheveux.

— Oscar, c'est ton patrimoine. Tu disais que c'était pour ta future famille. Et ce doit être la dernière chose qu'il te reste de tes années de footballeur.

Je hausse une épaule.

— Mes années de footballeur sont terminées, et je ne suis pas près de me marier. Je me ferai probablement encore plus d'argent avec le casino, et j'achèterai un autre terrain.

Il s'assoit à côté de moi sur le canapé, les sourcils froncés.

— Tu as fait tout ça pour une femme qui va bientôt partir épouser un autre homme.

Je laisse échapper un soupir. Elle ne sera pas forcée d'épouser Peter, une fois que j'aurais remboursé la dette de ses parents, mais il est vrai qu'elle doit se marier bientôt pour régner en tant que reine. C'est ainsi que les choses fonctionnent dans son royaume traditionnel.

Il ne comprend pas parce que je n'ai jamais agi ainsi. Personne n'a jamais eu besoin que je le fasse.

— Je l'ai fait pour la tirer d'une mauvaise situation, qu'elle veut garder secrète. Et je l'ai aussi fait pour nous. Maintenant, nous pouvons contribuer à quelque chose par nous-mêmes. Je n'ai jamais cru que j'aurais une occasion de prendre part à l'héritage de notre famille. Maintenant, nous allons pouvoir le faire tous les deux.

Il secoue la tête.

— Crois-moi, je comprends. Je suis le plus jeune de sept enfants. Même ma jumelle m'a battue d'une minute à la naissance. Mais, Oscar, ce que tu as fait est vraiment énorme.

— Elle avait besoin de moi.

C'est la vérité pure et simple, et je suis fier d'avoir pu l'aider.

— Tu es amoureux d'elle, m'accuse-t-il en pointant du doigt vers moi.

Je me raidis.

— Non, c'est faux.

Le suis-je ? Je ne veux pas l'être. La dernière chose dont j'ai envie, c'est d'abandonner ma place à Villroy pour l'épouser et m'installer dans un royaume arriéré. Je la trouve peut-être attirante, mais je n'en suis pas là.

— Si ! Dès l'instant où tu l'as rencontrée, tu es devenu fou d'elle. Lucas et moi l'avons vu tous les deux.

Je tire sur le col de ma chemise, ayant soudain trop chaud.

— Fou de désir, peut-être. Il y aura d'autres femmes.

Il pose les coudes sur ses genoux, reste silencieux un moment, avant de dire :

— Je ne veux rien de plus que diriger ce casino avec toi.

— Et avec elle.

Il m'adresse un regard en coin.

— C'est bien ce que je disais. Tu aurais pu vendre ta vigne, et nous aurions pu être associés tous les deux. Maintenant, nous avons une tierce personne qui… oublie ça.

— Dis-le.

Il se redresse.

— Elle est en partie propriétaire du casino, dont elle tirera profit à perpétuité sans avoir apporté aucun fond. Demande-toi pourquoi, Oscar. Que crois-tu pouvoir tirer de ça ?

— Tu ne comprends pas. Je n'ai pas fait ça pour moi.

— D'accord, alors explique-moi.

— Elle va y contribuer. Elle a de très bonnes idées pour le casino.

Et je veux qu'elle obtienne tout ce dont elle rêve. Elle est tout aussi excitée par l'idée du casino que moi. Et peut-être que, égoïstement, j'ai envie de conserver un lien avec elle, même si c'est juste professionnel. Je garde ça pour moi.

Adrian m'adresse un regard dur.

— De très bonnes idées et pas d'argent, pourtant elle est en partie propriétaire. Tu viens de lui *offrir* ça.

Je crispe la mâchoire.

— J'ai fait ce qu'il fallait. Elle a souffert toute sa vie sous des règles rigides et dépassées, rien que pour pouvoir prendre la place qui lui revient de droit. C'est une reine.

Il pousse un brusque soupir.

— D'accord.

— Elle était dans une mauvaise situation. J'ai arrangé les choses pour maintenant et pour l'avenir.

Il me regarde droit dans les yeux.

— Prépare-toi à être déçu.

— Je ne serai pas déçu. Tout ce que je veux, c'est la voir prendre sa place de reine.

— Tu la veux, elle. C'est tellement évident.

Je ne le nierai pas, mais je refuse aussi de ruiner ses chances d'être celle qu'elle est destinée à être. Elle est destinée à prendre son envol, et elle ne peut pas faire ça avec moi à Villroy.

Je me lève.

— Je veux le casino, et maintenant je l'ai.

10

———

Polly

Nous sommes vendredi, en fin d'après-midi, et je suis de retour au palais de Villroy. Je suis allée voir Anna dès mon retour et elle va très bien. Le docteur pense qu'il faudra encore attendre une semaine ou deux avant la naissance du bébé. Elle espère avoir plus de temps que ça, parce que l'inauguration du spa de jour est dans deux semaines. Je suis de retour dans ma chambre, à admirer la mer, inhabituellement détendue et heureuse. Bientôt, je pourrais me débarrasser du poids des menaces de Peter, et en bonus, je vais pouvoir prendre part à une entreprise qui m'intéresse beaucoup. Je pourrais même repousser la nécessité du mariage un peu plus longtemps, m'acheter un peu de temps, je ne sais comment. Je n'ai pas encore tout planifié, mais le nuage s'est dissipé, et je peux réfléchir plus clairement maintenant que j'ai partagé mon affreux secret avec Oscar.

J'ai même un peu de liberté. Marge reste dans sa chambre pour ne pas répandre ses germes, et Vaughn a décidé que le danger était minime pour moi ici, avec les gardes du palais, il s'est donc éloigné. Bien sûr, si je devais quitter les murs du palais, Vaughn et un chaperon s'attacheraient aussitôt à moi, mais je suis satisfaite de rester ici.

On frappe à la porte.

— Entrez, lancé-je.

La porte s'ouvre et ma domestique, Lina, apparaît, s'inclinant en une profonde révérence.

— Votre Majesté, la reine Anna aimerait que vous vous joigniez à un dîner de famille dans la salle à manger officielle, dans une heure. Des verres sont servis dans le salon, si vous en voulez un.

— Merci.

— Madame, puis-je vous parler d'un sujet privé ?

— Bien sûr !

Elle ferme la porte derrière elle et s'approche de moi.

— Madame, merci encore de m'avoir incluse dans votre séjour.

Je souris. Elle m'a déjà remerciée durant le vol de retour, et pendant qu'elle m'aidait à défaire mes valises.

— Tu t'es révélée une excellente compagne de voyage.

Elle plonge la main dans sa poche et en sort quelques billets.

— Je me sens mal à l'aise de prendre votre argent. J'ai gagné bien plus que je ne pourrais jamais vous rembourser durant ce séjour, et vous n'avez pas à vous inquiéter de me voir raconter à quiconque ce que nous avons fait là-bas.

Je place les mains derrière le dos pour qu'elle ne puisse me tendre l'argent.

— Non, nous avions un accord. C'est à toi. Tu pourrais le dépenser pour acheter de la lingerie sexy pour Louis.

Elle rougit.

— Je n'aurais jamais eu l'occasion de le connaître si nous n'avions pas quitté le palais. Il a son travail et j'ai le mien. Nos routes se sont rarement croisées jusqu'alors, mais maintenant... – son expression devient rayonnante – je suis amoureuse.

Ma gorge se serre. Elle semble si heureuse.

— C'est merveilleux.

— Ça l'est, répond-elle en hochant la tête. Il compte

m'épouser dès qu'il aura pu économiser suffisamment pour acheter un cottage sur l'île.

Un cottage. J'ai un palais, et pourtant, je ne sais comment, elle semble la plus privilégiée de nous deux.

Je lui étreins brièvement le bras.

— Dans ce cas, tu dois utiliser cet argent pour ta robe de mariage. Ce sera mon cadeau de mariage pour vous deux.

— Merci, madame. Dieu vous bénisse.

Elle esquisse une autre révérence et sort de la pièce.

Mes épaules s'affaissent et je ressens un vide dans la poitrine. C'est absurde, de désirer une chose que je ne peux avoir. Je ne suis pas une femme libre, qui peut se marier par amour. Je suis née dans une famille royale, et je ne devrais pas souhaiter autre chose.

Je laisse échapper un soupir et redresse les épaules. Je vais aller au salon et voir qui est là pour boire un verre. Je ne porte pas mon voile, mais je suis revenue à ma garde-robe modeste habituelle, sachant que Marge aurait immédiatement des soupçons si je portais l'une de mes tenues plus révélatrices achetées à Monte-Carlo. Je porte une chemise blanche avec une jupe couleur lavande et des chaussures beiges. C'est une belle tenue, mais ennuyeuse. J'éprouve l'envie étrange de jeter toute ma garde-robe à la mer pour repartir de zéro.

Lorsque j'entre dans le salon, Adrian est assis sur le canapé en cuir bordeaux, les yeux baissés sur son téléphone. Une petite tasse d'espresso est posée sur la table devant lui.

— Bonjour, dis-je, m'efforçant de prendre un ton décontracté.

J'ai senti son regard posé sur moi durant le vol de retour, et j'ai craint qu'il ne soit pas satisfait de la façon dont Oscar a fait de moi leur associée.

— Salut, dit-il en se levant en me voyant approcher. Tu veux un verre ?

Je regarde autour de moi. Il n'y a aucun domestique en vue.

— C'est toi qui vas le faire ?

— Je peux demander tout ce que tu veux. Ou je peux aussi te verser du scotch ou du brandy.

— Je n'ai besoin de rien pour l'instant, merci.

Il fait un geste pour m'inviter à m'asseoir sur le canapé. Je m'exécute, croisant les jambes et plaçant les mains sur mes genoux.

Il s'assoit à côté de moi.

— Alors, j'ai entendu dire que tu étais dans la barque avec nous pour le casino.

Une chaleur remonte le long de mon cou. J'espère qu'Oscar n'en a pas trop révélé quant aux circonstances ayant mené à ce geste qu'il a fait pour moi.

— C'était généreux de la part d'Oscar, et je suis très heureuse de prendre part à ce projet.

Il m'étudie avec intensité.

— Cette vigne n'était utilisée par personne, de toute façon.

Je lève vivement les yeux vers lui.

— Une vigne ?

Je me souviens qu'Oscar est allé voir sa vigne. Adrian presse les lèvres l'une contre l'autre.

— Il ne t'a rien dit ?

— Il m'a simplement dit qu'il avait encaissé de l'argent. Je lui ai demandé s'il s'agissait d'une terre ancestrale et il m'a dit que non.

— Ce n'était pas ancestral. Il l'a achetée avec l'argent qu'il a gagné en jouant au football professionnel, et il avait l'intention de construire une maison là-bas, un jour, pour sa famille. C'était tout ce qu'il lui restait de l'époque où il jouait au football, et elle avait beaucoup de valeur sentimentale. Le football est une passion qu'il partageait avec notre père.

Il m'observe avec attention et ajoute :

— Voilà à quel point il voulait que tu fasses partie de l'équipe.

Le football est perdu pour toujours, pour lui. Lina m'a dit qu'Oscar avait été forcé de prendre sa retraite à cause d'une blessure. Je suis écœurée. Je ne savais pas que le football était son lien spécial avec son père décédé. Mon Dieu. Il a abandonné la dernière chose qui lui restait de ce qui a dû être un âge d'or dans sa vie, *pour moi.* Je déglutis avec difficulté, mon cœur battant dans mes oreilles. C'était héroïque de sa part, incroyablement héroïque, et je n'arrive pas à croire qu'il ait autant sacrifié pour moi. Et il n'a rien demandé en retour. C'est la chose la plus altruiste et incroyable que quiconque ait jamais faite pour moi. Je ne sais pas comment je pourrais jamais le remercier.

— Pourquoi ferait-il ça ? demandé-je d'une voix étranglée, des larmes me piquant les yeux.

Il incline la tête.

— Pourquoi penses-tu qu'il ferait ça ?

Je regarde droit devant moi.

— Je ne sais pas, murmuré-je, mais une part de moi le sait.

Il m'a protégée de Peter et de Charles, il a préservé ce qui me revient de droit, et il m'a fait prendre part au projet économique qui aidera ma famille par la suite. Pourquoi un homme ferait-il quelque chose d'aussi héroïque ? Il doit tenir à moi. Mais il a dit qu'il voulait que j'endosse le rôle de reine qui me revient, un futur qui ne l'inclut pas. Qu'est-ce que ça signifie ? Que dois-je faire ?

À cet instant, la porte s'ouvre brusquement, le bavardage rieur d'Anna et Alice brisant la tension de l'instant.

— Je suis sûre que tu le découvriras, dit Adrian à voix basse.

Je reste assise là, hébétée alors que je réalise que j'ai peut-être une chose que je n'aurais jamais pensé avoir – une vraie connexion avec un homme merveilleux – et que je n'ai aucune idée de ce que je dois faire.

Gabriel, Lucas et Oscar entrent dans la pièce un petit moment plus tard. Mon regard se rive sur Oscar, qui sourit et plaisante avec Lucas. Même Gabriel sourit légèrement devant les taquineries de ses frères.

Oscar est mon héros.

Je suis debout avant même de m'être rendu compte de ce que je fais, et je traverse la pièce dans sa direction. Anna m'appelle, mais c'est un son lointain, et toute ma concentration est portée vers cet homme incroyable, dont le physique bien trop beau correspond à son cœur bien trop bon. Il est sublime, à l'intérieur et à l'extérieur, et je suis stupéfaite.

Je m'arrête devant lui, mon cœur cognant dans ma poitrine.

— Oscar.

Il arrête de sourire et m'attire de côté, loin des autres.

— Qu'est-ce qui ne va pas ?

— Tu as fait quelque chose pour moi, quelque chose de si incroyable que j'ai peine à le croire. Tu as vendu ton patrimoine, la terre destinée à ton futur.

Il regarde par-dessus mon épaule, l'air sombre.

— Il n'était pas censé te le dire.

— Je suis si touchée, si reconnaissante.

— Tu m'as déjà remercié, marmonne-t-il. Ce n'était rien.

— Ce n'était *pas* rien ! Personne n'a jamais fait quelque chose d'aussi incroyable pour moi de toute ma vie.

Il tire légèrement sur mes cheveux.

— Oui, eh bien, tu vis de manière assez confinée.

— *Arrête* de minimiser ton geste héroïque ! Je le chérirai pour toujours.

Il se penche vers mon oreille.

— Alors maintenant, à toi d'être une héroïne et de devenir la meilleure reine que Beaumont a jamais vue.

Il me dirige vers le groupe, une main fermement posée au bas de mon dos.

— Je le ferai en ton honneur, lui promets-je, incapable de détourner les yeux de lui.

— Oh, on parle en français ? demande Anna. *Bonjour, ma famille !*

Je cligne des yeux. Je n'avais pas réalisé qu'Oscar et moi parlions français. Suis-je passée à ma langue maternelle parce que je suis extrêmement émue, ou l'a-t-il fait en premier, sachant qu'il m'atteindrait mieux ainsi ?

Anna continue de bavarder en français, massacrant la langue. Gabriel et Lucas grimacent. Alice a juste l'air confuse.

Oscar croise mon regard, m'adressant un sourire piteux tout en continuant en français :

— Je savais que tu me comprendrais mieux comme ça.

Mes yeux deviennent brûlants. Cet homme. Il me comprend. J'ai envie de passer mes bras autour de lui et de le serrer fort, mais je ne peux pas. Pas devant tout le monde. Et puis, le protocole royal me l'interdit ; mon royaume me l'interdit.

Pour la première fois de toute ma vie, j'ai rencontré un homme assez attirant pour risquer un royaume.

Et j'ai envie de céder à la tentation.

Mon pouls bondit au moindre son alors que je me faufile à travers le palais en direction de la chambre d'Oscar, dans l'aile ouest. Nous sommes au milieu de la nuit et j'ai attendu d'être sûre que tout le monde dort. Non, il ne m'a pas invitée. Anna m'a dit quelle chambre était la sienne quand je lui ai posé la question. Elle espère que nous nous mettions ensemble. Oscar est de lignée royale, mais il n'est pas avantageux pour mon royaume, et il est retenu ici par le casino. Je ne suis pas assez folle pour espérer un futur, mais il y a toujours le présent. J'ai découvert la passion et une profondeur d'émotions que je n'aurais jamais cru connaître. Je ne peux laisser cela me glisser entre les doigts.

Je frappe à sa porte, espérant que cela n'alertera personne de ma présence.

— Oscar, murmuré-je.

Je frappe à nouveau. J'aurais dû lui demander son numéro pour pouvoir lui envoyer un message ou l'appeler. Mais je n'étais pas sûre qu'il me laisserait entrer, c'est donc la raison pour laquelle je me suis contentée de venir sans prévenir. Il a gardé ses distances avec moi durant le dîner et après, dans le salon, s'assurant que nous ne soyons jamais seuls tous les deux. Et chaque fois que nos regards se croisaient, l'intensité me coupait le souffle.

La porte finit par s'ouvrir, laissant apparaître un Oscar torse nu, et ma bouche s'assèche. Son torse est large et légèrement parsemé de poils noirs, ciselé de muscles des pectoraux aux abdominaux, les hanches étroites dans un bas de pyjama gris et ample. Mes doigts me chatouillent tant j'ai envie de toucher.

Il maintient la porte à demi ouverte.

— Comment m'as-tu trouvé ?

— J'ai demandé à Anna quelle chambre était la tienne. Invite-moi à entrer.

Il m'a demandé de l'inviter à entrer, à l'hôtel, et ça a marché, alors…

Son regard scrute mes traits.

— C'est mal ? murmuré-je.

Il m'attire à lui et referme doucement la porte, qu'il verrouille derrière moi. Mon cœur bat la chamade contre mes côtes. J'attends, espérant désespérément qu'il me touche.

— Ne me demande pas si c'est mal, dit-il d'une voix rauque, avant de m'attirer dans ses bras.

Je passe les bras autour de son cou et l'embrasse. Il prend ma nuque en coupe dans sa main chaude, tandis que l'autre glisse le long de mon dos, la chaleur filtrant à travers ma robe de chambre en soie. Je suis au paradis. Rien ne pourrait être meilleur que ce baiser passionné. Ses mains glissent plus bas, serrant mes fesses et me pressant contre lui. Une chaleur s'accumule entre mes jambes. *Oui. Encore.* Mes hanches se balancent d'elles-mêmes alors que sa bouche s'empare de la mienne.

Il se déplace, déposant des baisers brûlants le long de ma mâchoire, fourrant son nez dans mon cou. Ses mains se glissent sous ma robe de chambre, remontent le long de mes côtes avant de prendre mes seins en coupe, ses pouces frottant contre mes tétons. Je gémis, les genoux vacillants, une vague de désir brute m'envahissant.

— Je n'aurais jamais cru que ce puisse être comme ça, dis-je, à bout de souffle.

Il croise mon regard, les yeux brûlants, avant de presser ses lèvres contre les miennes en un tendre baiser qui me fait presque m'écrouler. Mes membres sont lourds, mes doigts s'accrochent à ses épaules. Il défait ma robe de chambre, l'ôte de mes épaules et penche la tête, déposant des baisers ardents le long de ma gorge vers le haut de ma poitrine. Il s'arrête le temps de faire glisser la bretelle de ma chemise de nuit en soie de mon épaule, tirant sur le tissu et le laissant tomber autour de ma taille.

— Pol, dit-il d'une voix rauque. Tu es si sexy.

Il prend mes seins en coupe, puis les embrasse. Des baisers brûlants, bouche grande ouverte, qui se rapprochent toujours plus de mon téton, qui se crispe en un bouton dur. Sa bouche se referme dessus et il l'aspire avec force.

— Oh !

Mes doigts s'enroulent dans ses cheveux épais alors qu'il continue à sucer, me stupéfiant par ce plaisir intense.

— Ne t'arrête pas.

Je peux la sentir grandir en moi, une pression intense, une pulsation exigeante.

Ses doigts pincent et font rouler mon autre téton et je gémis bruyamment, avant de plaquer une main sur ma bouche. Il change de côté, suçant mon autre sein, et ma respiration se fait courte et haletante. Je ressens une pulsation entre mes jambes, que je n'ai jamais ressentie jusqu'alors ; une simple caresse et je suis certaine que je franchirai la ligne.

Il lève la tête, déposant des baisers légers le long de ma mâchoire, avant de me murmurer à l'oreille :

— Je veux te faire te sentir bien.

— Oui. C'est déjà le cas. C'est ce que je veux aussi.

Il soulève ma chemise de nuit, me dévorant du regard avant de tomber à genoux et de déposer un baiser sur ma culotte blanche humide. Ma respiration se fait saccadée à ce contact intime. Il referme les pouces sur les côtés de ma culotte et la fait descendre à mes pieds, avant de se remettre debout. J'ôte mes chaussons et tends la main vers l'élastique de son pantalon de pyjama, mais il repousse mes mains.

— Juste toi, dit-il avant de me prendre la main pour me guider à son lit.

— Pourquoi ?

— Parce que je veux rester ton héros, pas la raison pour laquelle tu as perdu ta place dans ton royaume.

Il écarte les couvertures du passage et grimpe dans le lit, relevant un oreiller contre la tête de lit et s'y adossant.

— Viens par ici, dit-il en donnant une tape sur le matelas, écartant les jambes pour me faire de la place.

Je grimpe sur le lit, m'agenouille entre ses jambes et l'embrasse. Sa bouche est avide sur la mienne, l'intensité grimpant en flèche alors que ses mains se promènent partout sur moi.

Il arrache sa bouche de la mienne, la respiration forte.

— Retourne-toi. Assieds-toi entre mes jambes.

Je suis perplexe, mais je fais ce qu'il demande. La chaleur de son torse me brûle le dos. Peau contre peu, comme je l'ai tant voulu. C'est si décadent.

Ses bras s'enroulent autour de ma taille par-derrière.

— Dis-moi jusqu'où tu es allée avec tes anciens petits amis.

Je ferme les yeux très fort, embarrassée.

Je sens son souffle sur mon oreille.

— Pas de petit ami, d'accord. Je n'aurais probablement pas dû te faire grimper dans mon lit toute nue si tôt.

Je tourne la tête pour qu'il puisse lire la sincérité dans mes yeux.

— J'ai envie d'être ici.

— Je suis le premier homme que tu embrasses ?

— Non, j'ai déjà embrassé trois hommes, mais il n'y avait aucune passion, pas comme avec toi, et je n'ai jamais été tentée d'aller plus loin. Je n'ai jamais été touchée plus bas que le cou.

Il grimace.

— Pol, peut-être que…

— Non.

Je regarde devant moi et me réinstalle dans ses bras, me blottissant contre lui. Oh, waouh. Quelque chose de dur me rentre dans la hanche. Il émet un grognement et déplace légèrement ma hanche en avant.

— Fais ce que tu veux, annoncé-je. Je suis sûr que j'aimerais aussi.

— Tu as déjà eu un orgasme ? demande-t-il, les mots brûlant contre mon oreille.

— Oui. Toute seule.

— On va commencer par ça.

Je suis sur le point de dire « Un bon début, et ensuite on continuera », mais de grandes mains se glissent entre mes cuisses et je me retrouve sans voix. Il écarte largement mes jambes, les soulevant pour qu'elles soient posées sur les siennes.

— Contente-toi de te détendre contre moi, dit-il, sa voix grondant près de mon oreille. Tu apprécieras plus si tu lâches prise. Baisse les yeux et regarde mes doigts opérer leur magie.

Je baisse les yeux sur moi-même, entièrement exposée. C'est allumé. Je regarde droit devant moi.

— Tu regardes ?

— Complètement.

Je baisse les yeux. Oh Seigneur. Un long doigt me donne une caresse électrique et je sursaute.

— Chut, détends-toi, dit-il en replaçant ma tête contre son torse. Tu sais ce que j'entends par lâcher-prise ?

Sa main remonte pour caresser mes seins, tirant et faisant rouler mes tétons, dressant une ligne directe de pulsation dans mon sexe. Mon dos s'arque. Ses doigts se referment fermement sur mes tétons, me laissant sous le choc d'un plaisir intense. Il relâche son étreinte, sa main se refermant entre mes jambes et se pressant contre moi. J'ai envie de me balancer contre sa main, mais je suis incapable de bouger.

— Pol, dit-il.

Il semble avoir besoin d'une réponse, alors je parviens à articuler :

— Me laisser aller signifie jouir.

— Non. Ça signifie me laisser prendre le contrôle. Te contenter de te détendre entièrement entre mes bras. M'abandonner ton corps.

— Et tu en prendras bien soin ?

Il émet un petit rire, avant de me mordre le lobe de l'oreille et de tirer légèrement dessus.

— Oui, je promets de prendre bien soin de toi.

— D'accord, dis-je doucement. Je te fais confiance, Oscar.

Il prend ma mâchoire en coupe, me tournant vers lui, et m'embrasse.

— Merci. C'est un vrai cadeau, pour moi.

Je souris.

— Oh. Je voulais justement te donner quelque chose.

Son pouce effleure ma lèvre inférieure, avant de me faire me retourner pour que je me détende entre ses bras. Et c'est ce que je fais. Sa main chaude plonge entre mes jambes, ses doigts dessinant des cercles lents et aguicheurs. Ma respiration est saccadée. C'est complètement différent, d'être touchée par quelqu'un d'autre. Je ne sais pas ce qu'il va faire, et j'attends avec impatience. Je ferme les yeux, laissant le plaisir me submerger et fondant contre lui.

— Oui, ma belle, murmure-t-il.

Un sourire étire mes lèvres à son compliment. J'ai entendu si peu de compliments dans ma vie. J'ai envie de lui donner du plaisir, et il a envie de me donner du plaisir. C'est la perfection. Je flotte dans un nuage de plaisir, entourée de sa chaleur et de son odeur sexy. Le glissement du plaisir lent à l'intensité brutale est si graduel que je m'en rends à peine compte, jusqu'à ce que soudain, je sois proche de la délivrance, le cœur battant et les hanches s'arquant en avant.

Il se replie, m'aguichant à nouveau avec de douces caresses et des cercles lents qui me font perdre la tête.

Mes doigts s'agrippent aux draps.

— Abandonne, ordonne-t-il en soulevant mes mains des draps. Ou on recommencera à zéro.

Oh mon Dieu. Cet homme est diabolique. Je suis si près.

Il mordille le côté de mon cou et j'émets un hoquet. Ses mains parcourent mon corps, partout sauf là où j'ai le plus besoin de lui. Je prends sa main dans l'intention de la replacer là où est sa place, mais je réalise alors que ce n'est pas une reddition. Au lieu de ça, j'embrasse sa paume et me détends contre lui.

— Ma belle, fredonne-t-il dans mon oreille, ses doigts plongeant entre mes jambes.

Je gémis doucement alors qu'il me mène brutalement vers le bord du précipice, avant de reculer. Je lève les hanches encore et encore, en cherchant plus, désirant désespérément la délivrance tout juste hors de ma portée. Il maintient mes hanches en place de sa main libre, ses doigts me caressant fermement. Je frémis, ma respiration se faisant haletante et tout se crispant étroitement en moi. Il joue avec moi, faisant traîner les choses, me faisant frémir et hoqueter et gémir. Puis ma vision se trouble, le monde se réduisant à ses caresses me consumant d'un plaisir ardent. Je gémis de manière incohérente. Sa voix grave parle dans ma langue maternelle, me disant de capituler. L'orgasme me heurte de plein fouet, une explosion de plaisir qui me bouleverse et arrache un cri de ma gorge.

Il rend ses caresses plus délicates et murmure :

— Très bien.

Je suis euphorique. C'était un orgasme fantastique, bien meilleur que ce que j'ai connu par moi-même, et j'en veux plus.

Je me retourne et l'embrasse.

— Merci. C'était à la hauteur de mes propres efforts.

— À la hauteur ? répète-t-il, incrédule. Tu as hurlé.

Je me force à prendre un visage impassible.

— J'ai eu des années d'entraînement.

Il plisse les yeux et mon pouls accélère. Je me lèche les lèvres, ne sachant trop comment lui demander de me faire un cunnilingus, puis je me lance :

— Ce n'était pas vraiment *magique*, cependant. Alice dit… ah !

Il m'a soulevée et m'a étendue sur le dos sur le matelas en un geste vif. Il est agenouillé entre mes jambes, les yeux fixés sur mon sexe alors qu'il m'écarte les jambes. Ma respiration se bloque dans ma gorge.

— À la hauteur, marmonne-t-il, avant de baisser la tête et de me donner un long coup de langue.

— Oh !

C'était bien plus intense que ce à quoi je m'attendais.

Puis il lève mes jambes sur ses épaules, m'écartant plus largement, et plonge avec sa bouche avide. Tout mon corps s'arque sur le lit. Sa main se referme sur ma hanche, me maintenant en place, et l'intensité atteint un tout nouveau niveau. Elle me balaie, alors que sa bouche me dévore. Puis ses doigts passent à l'action, me retraçant, me caressant, dessinant des cercles autour de ma fente. Oh Seigneur. C'est trop. J'enroule mes doigts dans ses cheveux, lui lance un regard, entre mes jambes, et tout mon corps sursaute, avant de frémir lorsque mon orgasme me frappe brutalement. Le plaisir irradie dans tout mon corps et le long de mes jambes. Une vague de plaisir comme je n'ai jamais ressentie de toute ma vie.

Je laisse tomber mes bras à côté de moi et ferme les yeux.

— Oscar, oh mon Dieu.

— Encore, ordonne-t-il.

J'ouvre vivement les yeux et croise son regard étincelant d'une lueur diabolique.

— Tu te fiches de moi ?

— Je dois te montrer à quel point c'est mieux avec moi que seule.

— C'est clairement meilleur ! Je plaisantais…

— Pas moi.

Il reprend ses tortures sensuelles, me traitant avec délicatesse par de doux baisers et des coups de langue aguicheurs. Je m'abandonne au plaisir, flottant à nouveau dans une brume sensuelle. Le temps cesse d'exister. Il n'y a rien d'autre que la chaleur, le plaisir et les sursauts occasionnels lorsqu'il devient plus agressif, avant de m'apaiser à nouveau. Il possède mon corps, en joue avec expertise, et j'adore ça.

Puis sa bouche se referme sur moi, suçant brutalement. Feu. Je suis en feu. Je jouis violemment, me cabrant sous lui. Il me maintient immobile avec ses grandes mains, me guidant à travers les vagues successives de plaisir qui me coupent le souffle, jusqu'à ce que je m'écroule et que je fonde sur le matelas.

Je suis incapable de parler, je peux à peine reprendre mon souffle. Une pulsation palpite entre mes jambes. À cause de lui, c'est *fichu* avec n'importe quel autre homme. J'aurais toujours envie de lui, de ça.

Il remonte le long de mon corps et repousse mes cheveux en sueur de mon visage. Son regard est tendre, puis il sourit, et cela s'infiltre en moi pour s'enrouler autour de mon cœur.

— Oscar.

C'est tout ce que je parviens à dire à cause de la boule qui s'est formée dans ma gorge.

Il prend mon visage dans sa main.

— Tu es magnifique.

J'enroule les bras autour de lui et le serre très fort.

— C'est toi. Tu es magnifique.

Il embrasse le point sensible derrière mon oreille, son début de barbe frottant délicieusement contre ma peau.

— Je suis si excité. Tu devrais sûrement partir, pour préserver ton mot en V.

Je peux sentir son érection à travers son pantalon de pyjama, pressée contre moi.

— Non, je veux te rendre la pareille. Tu sais, avec ma bouche.

Il se déplace pour croiser mon regard, m'adressant son lent sourire sexy.

— Ah oui ? Je vais t'apprendre.

Il glisse les doigts dans ma bouche et je suce, sentant le goût de moi-même, une sensation étrangement érotique.

— Oui, j'aime ça, croasse-t-il.

Je repousse ses épaules et il roule sur le dos sur le matelas, à côté de moi.

Pressée de lui donner le genre de plaisir qu'il m'a donné, je baisse son pantalon de pyjama. Il lève les hanches et m'aide à le déshabiller. Son érection est épaisse et beaucoup plus grosse que je l'imaginais. J'hésite, la fixant. Mon esprit imagine soudain cette chose en moi, et cela me semble impossible.

Il presse ses doigts sous mon menton, me faisant lever les yeux vers lui.

— Tu n'es pas obligée.

J'ai un plan, et je vais m'y tenir.

— Je veux te donner autant de plaisir que tu m'en as donné.

Il marmonne des instructions rapides, m'avertissant de faire attention à mes dents, avant de lâcher :

— Vas-y.

Je m'exécute donc, passant ma langue le long de son

membre et autour du gland, le goûtant. Ça ne faisait pas partie des instructions, mais je suis en exploration. Sa main s'enroule dans mes cheveux, les maintenant fermement. Je referme ma bouche à la base de son sexe et le prends aussi loin que possible. Il émet un grognement long et grave qui me met en confiance. Je continue à un rythme régulier, levant les yeux pour voir son expression.

Son regard est rivé sur le mien, une expression tendue sur le visage. Quelques instants plus tard, ses yeux se révulsent, avant de se fermer.

Sa respiration s'accélère, son torse se soulevant et retombant. Je suis ébahie par le pouvoir que je détiens sur lui. Il semble complètement subjugué, complètement à ma merci.

Quelques minutes plus tard, ses hanches bondissent en avant, ses poings se resserrant dans mes cheveux et tirant dessus.

— Pol, dit-il, presque comme un avertissement.

Je lève la tête.

— Capitule, ordonné-je.

Il émet un son étranglé, tend la main et se termine avant que j'aie eu le temps de faire quoi que ce soit de plus. Je regarde, fascinée, alors qu'il jouit en frémissant. Puis je souris. Aussi inexpérimenté que je puisse être, je l'ai amené jusque-là assez vite.

— Je suis douée pour ça, dis-je.

Il émet un grognement avant de se nettoyer.

— Je pense que j'étais censée avaler ça, n'est-ce pas ?

— Pol, dit-il d'une voix rauque, avant de m'attirer sur lui.

Je tire sur les couvertures et les place sur nous, me sentant somnolente dans la chaleur de notre cocon.

J'aimerais pouvoir rester ici pour toujours.

11

Oscar

Je sais que je joue avec le feu, mais je ne peux rester loin de Polly. Elle a passé ces deux dernières semaines dans mon lit, se faufilant dans ma chambre toutes les nuits et retournant dans son lit tôt dans la matinée, avant que quiconque puisse s'apercevoir de rien. Elle est encore vierge, techniquement. Je ne ruinerai pas ses chances de devenir reine. Mais elle est passionnée, et je ne peux m'empêcher de penser qu'elle a des sentiments pour moi. C'est dans ses yeux, sa voix, ses caresses. Elle me serre contre elle. Beaucoup. Honnêtement, ces deux semaines ont été les plus heureuses de toute ma vie, et je ne vois tout simplement pas comment quelque chose d'aussi agréable pourrait jamais être mal. Ça me tue de songer à la laisser partir, à la regarder épouser un autre homme, ce qui est toujours une possibilité.

Malheureusement, il y a un problème avec les limites de propriété de ma vigne, et nous attendons qu'un géomètre passe et remplisse un document. Je n'ai toujours pas les fonds nécessaires pour rembourser la dette de ses parents, et Charles n'arrête pas de m'appeler pour exiger sa part, menaçant de tout révéler. Polly et moi allons bientôt être à court de temps. Quand Anna aura eu le bébé, Polly devra rentrer chez elle.

C'est le premier samedi du mois d'août, dans la chaleur de l'après-midi, et nous sommes tous à l'inauguration du Spa île de Volupté, la nouvelle destination à Villroy pour se relaxer. La presse est présente, ainsi qu'une grande foule, pour la plupart des femmes attirées ici par mon beau-frère rock-star, Jackson Walker, qui joue ses dernières chansons avec sa femme, ma sœur Emma. Nous avons déjà énoncé les discours et fait les séances photo. Maintenant, nous nous mêlons à la foule et profitons de la musique.

Je garde Polly dans mon champ de vision, même si nous maintenons nos distances ici, dans cet événement public. Nous ne voulons pas que la presse ou son chaperon remarquent quoi que ce soit. Elle reste près d'Anna, qui accueille avec enthousiasme ses amis américains, ses clients les plus riches qui sont ici pour essayer tous les services que le spa a à offrir. Anna semble sur le point d'accoucher à n'importe quel moment, et Gabriel ne la quitte pas d'une semelle, déterminé à la faire accoucher dans un hôpital à Paris, avec le docteur à qui il a demandé de superviser l'événement.

Polly est rayonnante. Je veux dire, elle est toujours rayonnante de vitalité et d'énergie, mais il y a une lueur différente chez elle, maintenant, et elle a une posture plus détendue. Je ne peux m'empêcher de penser que c'est grâce au temps que nous passons ensemble. Ou peut-être que je vois juste ce que j'ai envie de voir.

Je suis amoureux d'elle. Je ne peux plus le nier. Cela a été instantané, l'amour au premier regard, et cela n'a fait que se renforcer à mesure que je passais du temps avec elle. C'est la chose la plus stupide que j'aie jamais faite de ma vie, tomber amoureux d'une princesse destinée à devenir reine avec un autre homme. Pourtant, cela ne m'a jamais paru être un choix. Elle est apparue, et c'était fini. J'ai complètement craqué. J'étais fichu. Il n'y aura jamais plus une femme comme elle, pour moi.

J'ai envie de l'épouser, mais la menace de Peter est toujours présente entre nous. Il pourrait ruiner sa famille si elle ne va pas jusqu'au bout. Une part de moi a envie de l'épouser et de la garder en sécurité ici, à Villroy, mais je ne peux pas lui demander d'abandonner sa couronne pour moi. Et je ne veux pas abandonner mon propre héritage non plus. Je construis quelque chose d'important, ici avec Adrian. Le casino est notre contribution au royaume. Sans moi, il n'aura aucun héritage non plus. Je ne sais pas quoi faire. Tout ce que je sais, c'est que Polly ne peut pas épouser Peter.

Je me rends compte que quelqu'un me dévisage, et je croise le regard de Marge, le chaperon de Polly, qui se remet de sa maladie. Elle fronce les sourcils. J'évite son regard et me tourne vers Lucas, Adrian et Alice, qui, je le réalise soudain, ne sont plus à mes côtés. Je regarde autour de moi et les remarque, debout au bord du terrain où le casino sera placé. Je me dirige vers eux à travers la foule, un garde sur les talons.

— Eh, Oscar, lance Lucas. Tu as fini de rêver éveillé ?

Il est de bonne humeur après avoir rencontré les parents d'Alice en Oregon et avoir obtenu leur bénédiction pour le mariage. Il aura lieu dans la chapelle du palais au printemps.

— La ferme, dis-je, mais sans vraiment m'énerver.

J'étais *effectivement* en train de rêver éveillé. Ou plutôt en train de faire une fixation sur Polly et sur ce que je devrais faire la concernant.

— Laisse-le tranquille, dit Adrian. Il a reçu un coup de cravache électrique, ça a grillé tous ses neurones.

Ils pouffent de rire. Je m'en fiche. J'aime une femme qui n'est pas à moi, et je ne peux penser à rien d'autre.

— Qu'est-ce que j'ai manqué ? demande Alice.

Je n'ai parlé à personne de mes nuits avec Polly, mais mes frères savent que j'ai accepté de vendre ma vigne pour faire d'elle une associée dans le casino. Ils ne sont pas stupides. Je suis sûr que c'est écrit en gros sur mon visage chaque fois qu'elle entre dans la pièce. Le casino ne sera dans la poche que quand les fonds rentreront, mais nous faisons tout de même des recherches, décidant de ce que nous voulons exactement avant de contacter quelques architectes pour qu'ils nous proposent des concepts. Je suis sûr que mes fonds vont rentrer. Je ne suis simplement pas sûr qu'ils arriveront à temps pour aider Polly. Je ne peux la laisser rentrer chez elle et être forcée de se marier. Elle doit rester ici jusqu'à ce que je puisse tout arranger.

Lucas murmure quelque chose à Alice, la mettant au courant.

Alice affiche un large sourire et se rapproche de moi pour me murmurer :

— Quel geste noble et adorable, Oscar ! C'est très romantique.

Elle est auteure de romance, alors c'est sa spécialité.

J'émets un grognement. Je n'essayais pas d'être romantique lorsque j'ai vendu ma vigne. Je portais secours à Polly, et je ne regrette pas de l'avoir fait. J'aimerais juste que nous puissions avoir le genre d'amour que je vois tout autour de moi – Lucas et Alice, Gabriel et Anna, Emma et Jackson. Mon frère, Phillip aussi avec sa fiancée, Ruby, où qu'ils voyagent en ce moment. Même mes parents, dont le mariage était arrangé, ont fini par tomber amoureux. Il y a peut-être de l'amour entre Polly et moi. Mais ce n'est pas le genre d'amour que j'aurais la possibilité de garder.

— Polly a-t-elle annulé ce truc avec cet homme, chez elle ? continue Alice.

Je crispe la mâchoire.

— Elle va le faire. Bientôt.

— Oh, très bien. Elle semblait si résignée.

Seulement de l'extérieur. À l'intérieur, elle bouillonnait. Elle a gardé ça secret, dans un effort pour protéger sa famille. Dieu merci, elle s'est confiée à moi.

— Est-ce que toi et Polly…

Alice s'interrompt, la question planant dans l'air.

Je me tourne machinalement vers Polly. Pourquoi est-ce si difficile ? J'ai envie d'être avec elle. Je devrais avoir le droit d'être avec elle. Je peux la garder en sécurité, ici au palais, à Villroy, tant que j'attends d'avoir l'argent nécessaire pour me débarrasser de Peter et de Charles.

Je me dirige vers Polly, mes longues jambes réduisant la distance entre nous.

— Oscar ? demande-t-elle à l'instant où je m'arrête devant elle.

Elle jette un œil à son chaperon, Marge, avant de reposer les yeux sur moi. Je me fiche de son chaperon. Je ne me soucie que d'elle.

— Tu dois rester ici.

— *Arrête*, articule-t-elle en silence.

— C'est la seule chose logique à faire.

Je suis fatigué de rester sans rien faire en espérant que les choses s'arrangent.

Marge intervient d'un ton implacable :

— Je ne suis pas sûre de comprendre pourquoi vous pensez avoir votre mot à dire là-dedans, Prince Oscar, mais la Princesse Mary connaît son devoir.

Mary. Elle préfère Polly. Même ceux qui sont le plus proches d'elle ne respectent pas ses souhaits.

— Nous devons rentrer à la maison après la naissance du bébé. Elle doit être courtisée brièvement avant les fiançailles officielles avec Peter. C'est un homme d'affaires qui apportera la prospérité à Beaumont en tant que roi.

Polly pince les lèvres.

— C'est une alliance, sans grande différence avec ce qui se fait dans beaucoup d'autres monarchies.

Je dévisage Polly, un sentiment de malaise me parcourant. Joue-t-elle un rôle à l'attention de Marge, ou s'est-elle résignée à son destin, ne croyant pas que je pourrais intervenir à temps ?

— Polly ! s'écrie Gabriel en arrivant vers nous en courant, l'air sombre. Le moment est venu.

Polly écarquille les yeux.

— Tu parles du bébé ?

— Oui, le bébé, répond sèchement Gabriel. Allons-y.

Je regarde Polly s'empresser de rejoindre Gabriel et Anna, qui a une main posée sur son énorme ventre et s'efforce de respirer profondément. Il semblerait que notre temps soit écoulé.

Polly

C'est une fille ! Une adorable petite fille en bonne santé. Anna semble fatiguée, mais heureuse, les joues d'un rose lumineux. Mes yeux s'emplissent de larmes alors que je m'écarte du lit d'hôpital pour laisser la place à Gabriel, qui tient le bébé emmailloté, endormi, maintenant, après une crise de hurlement pendant que le docteur l'examinait. Il tend le bébé à Anna, qui la place au creux de son bras et lui sourit. Il caresse les cheveux d'Anna, lui murmurant des paroles avant d'embrasser le bébé sur la tempe, puis de l'embrasser, elle.

J'essuie une larme. C'était une épreuve *intense*. Quinze heures de travail, avec Gabriel qui alternait entre donner sévèrement des ordres au docteur et aux infirmières (et à moi) et faire les cent pas dans la pièce dans une angoisse bouillonnante et silencieuse de douleur par empathie. Je suis restée aux côtés d'Anna, lui donnant des morceaux de glace, lui tenant la main et lui remontant le moral. J'admets que je n'ai pas pu regarder quand elle a poussé. J'avais peur d'avoir la nausée ou de m'évanouir à cette vision sanglante, alors j'ai gardé les yeux fixés sur son visage. Gabriel a joué son rôle lorsqu'il a enfin été temps de pousser, la soutenant de ses mots apaisants et ses louanges. Je pense qu'il se sentait simplement impuissant, avant ça, pendant qu'elle était secouée de contractions. Il n'y avait rien d'autre à faire que le supporter.

— Polly, merci d'être présente, dit Anna.

Je me serre dans le petit espace de l'autre côté du lit et étreins légèrement son épaule. Ma main est un peu douloureuse après qu'elle l'a agrippée étroitement, plus tôt, quand les contractions l'ont frappée. J'ai alterné mes mains pour minimiser les dégâts, et maintenant elles me font mal toutes les deux.

— C'était un honneur. Avez-vous décidé d'un prénom ?

Elle sourit et échange un regard avec Gabriel, avant de se tourner à nouveau vers moi.

— Tu es la première à le savoir. Son nom sera Mila, ce qui signifie studieuse et travailleuse.

— Mila, répété-je. C'est un très beau prénom.

Anna baisse les yeux sur sa fille.

— Je voulais un nom en M en honneur de mon père adoptif, Mike, et ma cousine, Mary.

C'est moi. Ses yeux bruns me regardent avec affection.

— Ma famille, ajoute-t-elle.

J'étouffe un sanglot et plaque une main sur ma bouche. Je n'arrive pas à croire qu'elle ait nommé son premier enfant en mon honneur. Je laisse tomber ma main.

— Je suis si heureuse d'avoir pu être présente pour sa naissance. Merci, Anna, de m'avoir incluse et de l'avoir nommée en notre honneur, à Mike et moi. Je suis profondément touchée.

Elle me prend la main et l'embrasse.

— Oh, ma pauvre. Ta main a l'air contusionnée. J'ai été si terrible ?

— Tu as été incroyable, dis-je fermement. Je suis admirative. Tu as mis la barre très haute, là. Je ne peux qu'espérer pouvoir être aussi forte et courageuse que toi.

— Oui, merci, Polly, dit Gabriel. C'était rassurant d'avoir ton soutien en renfort. Je sais que je me suis un peu… emporté, pour Anna.

— Emporté ? répète Anna. Tu as presque jeté l'infirmière dehors parce qu'elle ne m'avait pas apporté de morceaux de glace assez vite !

Gabriel gonfle le torse de fierté.

— Oui, eh bien, c'est mon travail de veiller à ton bien-être, et de faire en sorte que les autres le fassent aussi.

Il regarde sa fille et fond visiblement, son expression s'adoucissant. Il caresse sa main minuscule et elle lui attrape le doigt.

— Elle est la première héritière depuis plus de cent ans. Je suis impatient de voir ce qu'apportera son règne en tant que reine.

— Elle sera formidable, annonce Anna. Ce qu'il y a de mieux chez toi et chez moi. Forte, acharnée et intrépide.

Ma gorge se serre. Une fille que l'on imagine devenir une dirigeante forte. Le contraste des attentes entre la nouvelle héritière et moi-même ne pourrait être plus frappant.

Gabriel se penche tout près d'Anna, et tous trois forment un charmant tableau. Ma poitrine se serre de regret. Pas seulement parce que j'aimerais que mon règne soit aussi valorisé que celui de Mila le sera. J'aspire à cet amour qui est comme une chose vivante entre eux.

J'ai envie d'amour dans ma vie, tant que je peux l'avoir. Je veux Oscar.

Oscar

Ma nièce, Mila Alexandra Rourke, est née ce matin, et Gabriel et Anna vont passer une autre nuit à l'hôpital avant de rentrer à la maison. Le deuxième prénom du bébé est le nom de ma mère, un honneur pour la grand-mère aux petits soins. Polly dit qu'elle va rentrer à Villroy ce soir. J'espère que c'est parce que je lui ai manqué autant qu'elle m'a manqué.

Je n'essaie même pas d'aller me coucher. Je reste assis près de la fenêtre, à l'attendre. Juste après minuit, elle m'envoie un message pour me dire qu'elle est en chemin.

J'ouvre la porte de ma chambre dès le premier coup frappé discrètement. Elle porte sa longue robe de chambre en soie blanche habituelle, par-dessus une longue chemise de nuit, un ensemble modeste que je retire en général dès qu'elle est entrée. Mais ce soir, ces grands yeux bruns sont humides.

Je lui prends la main, l'attirant dans la pièce, et verrouille la porte derrière elle.

— Qu'est-ce qui ne va pas ?

Elle revient à sa langue maternelle, ce qu'elle fait lorsqu'elle est bouleversée.

— Elle a appelé le bébé en notre honneur, à Mike et moi. Le *M* de Mila est pour Mike et Mary. Je serai sa marraine.

— C'est une bonne chose. Un honneur.

Je l'attire dans mes bras et elle serre les bras autour de ma taille, pressant sa joue contre mon torse nu. Tout en moi se détend. Son corps s'ajuste parfaitement au mien. Rien ne m'a jamais paru aussi normal.

J'embrasse le haut de sa tête.

— Avec un peu de chance, Mila aura un peu de ton tempérament.

Elle lève la tête.

— Elle sera tellement meilleure que moi. Ses parents attendent d'elle de grandes choses. Les miens s'attendent à ce que j'arrête d'agir de manière aussi butée, impulsive et déplacée.

— Tu n'agis pas du tout de manière déplacée.

Même si on pourrait dire que venir me voir au milieu de la nuit est déplacé. Je m'en fiche. Tous ces traits sont ce qui la définit, une partie de ce qui la rend si pleine de vie. Et puis, si elle n'était pas comme ça, nous ne nous serions sûrement jamais rencontrés, parce qu'elle ne se serait jamais échappée aux États-Unis, et c'est là qu'elle est entrée en contact avec Anna.

— Alors qu'est-ce que je fais ici avec toi ? demande-t-elle.

J'essaie de prendre un ton léger, parce que je sais que le simple fait de penser à ce qui l'attend chez elle va me rendre furieux. Beaumont ne la mérite pas.

— Tu ne peux pas me résister. Évidemment.

Je la prends dans mes bras et la porte jusqu'au lit.

— Oscar ?

— Oui ?

— Je veux que tu sois ma première fois.

Je la laisse presque tomber. Je déglutis avec difficulté et la dépose délicatement sur le matelas. Elle doit rester vierge jusqu'au mariage. C'est la règle, dans son royaume. Elle s'y est conformée, et j'ai respecté sa décision.

Elle se redresse et ôte sa robe de chambre.

— Je te choisis.

Elle repousse les couvertures et me regarde avec espoir.

Si je franchis cette ligne, elle ne sera pas autorisée à se marier dans son royaume, ce qui veut dire qu'elle ne sera jamais reine. Elle ne choisirait de faire ça qu'avec l'homme qu'elle a l'intention d'épouser. Moi. Elle a été élevée ainsi. Cela veut dire qu'elle a choisi de rester ici, à Villroy, avec moi. Elle sera à moi.

Mais elle abandonnera son royaume.

Pourquoi ferait-elle ça, à part si elle m'aime ? Ce doit être son geste noble envers moi. J'ai renoncé à ma vigne, elle renonce à sa couronne. Ce n'est pas du tout la même chose, mais c'est peut-être ainsi que fonctionne l'amour. Vous donnez sans songer à garder les choses équilibrées. Sa famille ne l'acceptera plus, pour avoir rompu avec leurs préceptes, mais elle aura une place ici, pour travailler et vivre avec moi. Et elle a de la famille ici aussi, avec Anna et, maintenant, Mila. C'est la solution alléchante à tous nos problèmes.

Je me déshabille et la rejoins dans le lit, la faisant s'étendre à côté de moi. Je replace une mèche de cheveux derrière son oreille avant de prendre sa mâchoire en coupe, et elle s'appuie contre ma main, appréciant ce contact.

— Tu es sûre, Pol ?

Elle glisse les doigts dans les cheveux sur ma nuque et me regarde droit dans les yeux.

— Je suis sûre. Il faut que ce soit toi.

Une vague d'euphorie me submerge, mon pouls s'accélérant, tout en moi est éveillé et attentif. Aucun mot ne pourrait exprimer le bonheur incroyable que je ressens, alors je n'essaie même pas. Je roule sur elle, l'embrassant avec tout l'amour que je ressens, et elle me rend passionnément mon baiser, ses mains parcourant mon dos avant de s'emparer de mes fesses pour m'attirer plus près. Un besoin urgent, que j'ai réfréné toutes les nuits, est soudain libéré.

Je m'écarte d'elle et la redresse, avant de soulever sa chemise de nuit pour la retirer. Ses longs cheveux bouclés tombent en cascade sur ses épaules nues, sa peau brillant de bonne santé, ses tétons se durcissant sous mon regard. J'ai envie de mémoriser cet instant. Je retire sa culotte, l'admirant à nouveau comme si je la voyais pour la première fois. Puis, je réalise que c'est sa première fois, et que je dois y aller lentement.

Elle écarte les jambes et me fait signe d'approcher du doigt, un sourire sexy sur les lèvres.

Mon sexe palpite. Je la recouvre, embrasse ses lèvres souriantes et m'attarde pour un baiser plus profond, avant de me déplacer pour faire pleuvoir des baisers le long de sa gorge, puis de sa clavicule à son épaule. Son épaule douce, si douce que je dois la mordiller avant d'aller plus bas, déployant mon attention sur ses seins. Elle gémit doucement, me retenant contre elle. C'est différent, maintenant, urgent, oui, mais aussi tendre et significatif. C'est comme ça que je me sens, après avoir accepté ce cadeau incroyable. Ses hanches bougent sans relâche sous moi, et je glisse une main vers le bas pour soulager la sensation lancinante, tout en aspirant profondément son téton dans ma bouche. Elle s'arque contre ma main, chaude, humide et pleine de désir.

Je descends plus bas, déposant des baisers le long de son ventre plat. Elle tremble d'impatience sous moi, et je ne la déçois pas, descendant plus bas encore pour la lécher. Elle émet un grognement long et sonore, alors je lui donne ce dont elle a besoin. Ce dont j'ai besoin aussi. J'ai besoin de la voir craquer, de goûter son désir et de lui faire perdre la tête. Elle s'arque en avant et je maintiens ses hanches en place, ce qui la rend folle. Elle se réchauffe, son corps tremblant, scandant mon prénom du bout des lèvres. Elle n'a connu que moi, et ce sera toujours mon prénom sur ses lèvres. J'aime ça. Je l'aime. Elle se raidit et je la fais passer par-dessus bord, la laissant se balancer en rythme, une plainte s'arrachant à sa gorge. Pour finir, elle s'affaisse sur le matelas.

— Hum, fredonne-t-elle, un grand sourire illuminant son visage.

— Hum, exactement.

Je la fais rouler sur le ventre. Elle se contente de rester étendue là, sans se questionner sur mes motivations. Elle me fait confiance depuis la toute première nuit. Je repousse ses cheveux de côté et enfonce mes dents dans sa nuque.

Sa respiration se fait sifflante.

Je glisse une main le long de sa colonne vertébrale, caressant ses fesses galbées, avant d'écarter ses jambes.

— Oscar, je veux te regarder pour notre première fois.

— Ce sera le cas, dis-je en déposant un baiser sur son cou.

Puis je me fraie un passage en embrassant, goûtant et mordillant ce côté d'elle. Chaque centimètre carré d'elle est à moi. Elle gémit doucement dans l'oreiller.

Finalement, je la fais se retourner et la recouvre, maintenant mon poids sur mes avant-bras.

— Tu es prête ?

Elle prend ma tête entre ses mains.

— Tellement, tellement prête. Je t'ai attendu toute ma vie.

Mes yeux me piquent.

— Je ressens la même chose.

— Maintenant. Je veux fusionner avec toi.

Je me souviens tardivement qu'il me faut un préservatif et me déplace pour en récupérer un dans le tiroir de la table de chevet. Je retourne auprès de sa chaleur accueillante et l'embrasse tendrement. Je n'ai jamais été avec une vierge jusqu'alors. Je me place en position. *Doucement, doucement.* C'est une chaleur de velours étroite.

Ses ongles s'enfoncent dans mes épaules.

— Fais-le.

Je l'embrasse.

— J'y vais lentement pour toi.

— Je veux que ce soit rapide.

Je ferme les yeux, rassemblant toute la volonté que je possède. Elle ne sait pas ce qu'elle demande, et la dernière chose dont j'ai envie, c'est de lui faire du mal. Je l'embrasse tout en la pénétrant doucement, puis je la ressens, la barrière entre nous. Elle a raison. Un coup rapide sera moins dur pour elle. J'enfouis mon nez dans son cou, puis j'enfonce mes dents dans son cou, la distrayant avec cette morsure alors que je m'enfonce entièrement en elle.

Elle pousse un cri.

Je lève la tête.

— Ça va ?

Elle hoche la tête, mais elle n'a pas l'air d'aller bien. Son expression est tendue, ses lèvres serrées étroitement comme si elle essayait de tenir le coup.

Je reste immobile, enfoncé profondément en elle, et m'approche de son oreille.

— Ça va s'arranger, je te le promets.

Elle me donne une tape sur l'épaule pour indiquer qu'elle m'a compris, toujours aussi anormalement silencieuse.

Je me déplace suffisamment pour placer mes doigts entre nous et la caresser. Elle s'arque vers moi avec un gémissement. *Oui.* Je l'embrasse et effectue un va-et-vient en elle en même temps, prenant sa mâchoire en coupe d'une main. Je sens le moment où elle se détend sous moi, et en tire pleinement profit, accélérant le rythme. J'ai besoin de tellement plus, pourtant je me retiens, attendant, attendant, attendant.

Je la regarde dans les yeux, nos souffles se mêlant alors que nous nous unissons, et soudain, il n'y a rien d'autre à part ce lien élémentaire. Je n'ai jamais su ce que faire l'amour signifiait, jusqu'à maintenant. J'incline ses hanches vers le haut pour avoir un meilleur angle, puis l'atteins juste au bon endroit.

— Oh, oh, oh ! s'écrie-t-elle, ses ongles s'enfonçant dans mes fesses. Oscar.

— Capitule, lui dis-je en français.

Elle ne remarque pas le changement de langue, mais au plus profond d'elle, elle répond. Elle explose, son corps m'étreignant en rythme, et je perds le contrôle, m'enfonçant brutalement et profondément, pourchassant ma propre délivrance. Elle me heurte de plein fouet, une explosion de plaisir, alors que je la pilonne, vaguement conscient de ses doux gémissements. Je suis vidé.

Elle me serre très fort contre elle, et un sourire joue sur mes lèvres. J'embrasse le côté de son cou et ferme les yeux, m'immergeant dans son amour.

12

———

Polly

Je me blottis plus près de la chaleur d'un Oscar nu dans le lit. L'aube approche et il est profondément endormi. Hier soir, je lui ai donné ma virginité librement, une expression de mon amour. Je suis sûre que c'était le bon choix. Je dois être en plein déni quant à ce que tout cela signifie, mais je me sens trop bien, étendue ici avec lui, pour ressentir autre chose que du bonheur.

J'ai fait mon choix. Aucun regret. Oscar est bon avec moi, protecteur et tendre. Il a même changé les draps pendant que je me lavais dans la salle de bain, hier soir, pour que les domestiques ne remarquent pas la preuve de ma virginité. Il tient profondément à moi et je ressens la même chose.

Je ne suis pas encore prête à me faufiler à nouveau dans ma chambre. Je repousse les couvertures pour l'aider à se réveiller, puis passe un bras et une jambe sur lui, alors qu'il dort étendu sur le dos.

— J'ai envie d'essayer le sexe quand il n'y a plus la barrière de virginité sur le passage, murmuré-je à son oreille.

Pas de réponse.

Je grimpe sur lui et embrasse sa mâchoire mal rasée, son cou, et finalement ses lèvres.

Il passe les bras autour de moi.

— Pol.

— Une dernière fois avant que je sois obligée de partir.

Sa main caresse mon dos et prend mes fesses en coupe.

— Tu vas avoir mal. Marge va se demander pourquoi tu marches bizarrement.

Je ris.

— Est-ce que j'ai l'air différente ?

Il repousse mes longs cheveux de devant mon visage et me tient la tête, m'examinant.

— Eh bien, l'énorme V sur ton front a disparu.

— Ah ah. Je suis sérieuse. Est-ce que ça se voit ?

Son regard se fait plus tendre et il m'embrasse.

— Tu sembles détendue et heureuse depuis que tu as commencé à me rendre visite le soir. C'est mon doigté magique.

— Je suis détendue et heureuse avec toi. Maintenant, fais-moi l'amour et n'y va pas doucement, cette fois.

Il étire les lèvres.

— Rien que pour ça, je vais te torturer et aller très lentement.

Je souris et l'embrasse. Je suis plus empressée, cette fois, plus agressive avec lui, et il répond en conséquence. Pas de lente torture sensuelle ici. Le baiser se fait brutal et charnel alors qu'il me fait rouler sous lui, ses mains parcourant mon corps, assurées et exigeantes. C'est lui, dans son état naturel agressif, et j'adore le voir se lâcher avec moi. Il s'écarte assez longtemps pour enfiler un préservatif, puis il est de retour, et s'enfonce profondément en moi. Cela me coupe le souffle. J'arque les hanches, mon corps s'étirant pour le recevoir. Je suis encore un peu endolorie, mais il commence alors à remuer, l'angle absolument parfait, et je suis de retour dans mon nuage de plaisir brumeux.

Il lève la tête, me maintenant la mâchoire d'une grande main, son pouce caressant l'endroit sensible sous mon oreille, ses yeux bleu vert me regardant avec intensité. Il s'immobilise, enfoncé profondément en moi.

— Tu restes avec moi. Ici, à Villroy.

Je déglutis, ne sachant trop quoi dire. Je vais envisager de rester, mais une partie de moi a toujours envie d'obtenir ce qui me revient de droit. J'espère pouvoir faire en sorte qu'Oscar y prenne part. Je ne sais simplement pas encore comment.

Il laisse échapper un soupir, glisse les doigts entre nous et me caresse rapidement. Mon cerveau cesse de fonctionner alors qu'il va et vient en moi, m'emmenant toujours plus haut. Je suis haletante et si proche. Oh, Seigneur.

— Avec moi, dit-il entre ses dents.

Ma respiration se bloque sous l'intensité de son regard. Puis je réalise que j'ai déjà fait mon choix.

— Oui, je suis avec toi.

Je ne sais pas ce qu'il fait, quelque chose de diabolique avec ses doigts et un coup brutal, et je lâche prise, mon corps secoué par un orgasme frissonnant. Il me pilonne, m'emportant avec lui vers un plaisir doux et douloureux.

Je quitte le lit peu de temps après, sachant que je dois retourner à ma chambre sans me faire remarquer. Cet élancement me rappellera toute la journée le moment spécial que nous avons passé ensemble. Maintenant, je n'ai plus qu'à trouver une stratégie pour avoir l'homme que je veux et le royaume que je mérite.

Plus tard ce matin-là, je viens de sortir de la douche, une serviette autour de ma tête et un peignoir épais sur le dos, quand on frappe à la porte de ma chambre. C'est probablement Lina, qui vient voir ce que je veux pour le petit déjeuner.

— Entre, lancé-je.

Marge entre dans la pièce.

— Tu as dormi tard. Je pensais que tu serais déjà habillée.

Je hausse une épaule. Je suis revenue en courant de la

chambre d'Oscar, dans l'aile ouest, jusqu'à ma chambre dans l'aile est, et je suis allée directement sous la douche. Ça s'est vraiment joué d'un cheveu, ce matin. Je n'aurai plus besoin de me cacher quand j'aurai trouvé un bon plan pour garder Oscar dans ma vie. D'abord, je dois gagner un peu de temps et prolonger mon séjour ici.

Elle presse les lèvres l'une contre l'autre en une ligne fine.

— Il y a une alerte ouragan à Beaumont. Catégorie 4.

Mon esprit songe à toute vitesse aux implications. Un ouragan de catégorie 4 est dévastateur. Des vents à plus de cent soixante kilomètres-heure, des pluies torrentielles, des inondations, des pannes de courant. Nous avons eu la chance de ne pas avoir connu de tempête aussi puissante depuis des décennies.

— Ils sont certains à quel point ?

Elle secoue la tête.

— Aussi certains qu'on peut l'être avec la météo. Nous devrions surveiller ça.

— Est-ce qu'ils vont évacuer l'île ?

— Non. C'est encore la saison des touristes, et il y a beaucoup de monde là-bas. Ils vont attendre.

Il faut toujours préserver un équilibre entre le tourisme et notre économie, mais la sécurité doit être prise au sérieux.

— Ils ne peuvent pas attendre trop longtemps, ou les aéroports seront fermés.

Elle hoche la tête.

— Merci de m'avoir tenue informée, Marge. Je vais suivre ça de près.

Elle m'étudie un instant.

— Si le pire arrive, ils auront besoin de toi à la tête du royaume pour lui faire traverser cette épreuve et leur redonner l'espoir. Tu as toujours été le symbole d'un futur doré.

Je prends une profonde inspiration.

— Je ferai ce que je peux.

— Tu dois faire ton devoir.

— Je connais mon rôle, dis-je doucement.

Elle fait un pas vers moi.

— Vraiment ?

— Qu'est-ce que c'est censé vouloir dire ?

Elle baisse la voix.

— J'ai vu la façon dont il te regarde. Il t'observe avec de l'amour dans les yeux.

Je me tourne vers mon armoire et en sors une tenue, refusant de commenter. Ce qu'il y a entre moi et Oscar est privé, et ce n'est pas sujet à discussion.

— Polly, tu ne dois pas laisser un joli visage te tourner la tête. Tu dois rester vigilante et résister…

— J'aimerais un peu d'intimité, maintenant, s'il te plaît, répliqué-je en me retournant vivement. On se voit en bas pour le petit déjeuner.

— Je ne fais que veiller sur toi. Je ne veux pas que tu aies des regrets.

Je hausse le menton.

— Je n'en aurais aucun.

Elle hoche la tête une fois, l'expression tendue.

— On se voit au petit déjeuner.

Elle part, fermant doucement la porte derrière elle. J'enfile mes vêtements avec des gestes brusques. Il n'y a rien d'autre à faire à part attendre pour voir comment les choses se passent avec cet ouragan. Mais je sais que mes parents vont faire face à un effort de reconstruction important. Si le désastre nous frappe, je devrais rentrer et prendre la tête du royaume, et cela signifie régner avec Peter. Je ne veux pas l'épouser, mais je ne suis pas sûre d'avoir le choix. La dette de mes parents est toujours là. La menace que représente Peter pour la monarchie aura peut-être encore plus d'impact si les îliens sont dans une situation de désastre, sans secours rapide. Enlevez-leur leurs besoins de base, et les gens sont en colère. Il emploie la moitié de l'île ; il pourrait avoir une influence significative sur eux. Et je ne peux laisser la direction des choses à mon cousin mal préparé. Beaumont dépend de moi, et je ne la laisserai pas tomber alors qu'elle est dans le besoin.

∿

Je retrouve Lucas, Adrian et Oscar dans le salon un peu plus tard dans la journée pour parler de l'entreprise du casino. Marge va mieux, mais elle s'en tient toujours à ses siestes de l'après-midi, qu'elle considère comme vitales pour sa santé. C'est pour cela que nous nous retrouvons maintenant. Elle ne sait pas que j'ai un rôle dans l'entreprise. Je ne le révélerai que lorsque tout sera en place et que les profits commenceront à arriver. D'ici là, il n'y aura aucune raison de s'interroger sur l'utilité de ce projet.

Nous sommes rassemblés autour d'une longue table, terminant notre discussion à propos de la hauteur du bâtiment. Nous ne voulons pas éclipser le spa de jour, mais nous voulons nous assurer qu'il y a assez de place pour des salles de jeu privées, des zones de jeu publiques et le restaurant de luxe. Il doit aussi y avoir un espace sécurisé pour gérer l'argent. Un sous-sol n'est pas possible à cause de la nappe phréatique. Nous concluons que deux étages avec une terrasse sur le toit seraient l'idéal. Le spa de jour fait deux étages aussi.

Lucas prend un raisin dans la grande corbeille à fruits au centre de la table.

— Le prochain sujet à l'ordre du jour, c'est embaucher un avocat pour préparer les papiers précisant les propriétaires et le partage des profits du casino entre vous trois, dit-il en jetant le raisin dans sa bouche.

— Ça ne fait jamais de mal d'avoir un contrat, acquiesce Adrian.

— Nous sommes une famille, remarque Oscar. C'est vraiment nécessaire ?

— Ça me va, intervins-je. Même une famille peut avoir un accord écrit.

Les yeux bleu vert d'Oscar croisent les miens dans un regard brûlant à travers la table, et mon estomac fait une pirouette, ma poitrine se réchauffant. Je le vois, maintenant, clair comme le jour – l'amour dans ses yeux. Depuis combien de temps est-il là ? Et la même chose est-elle présente chez moi ?

Lucas se racle la gorge.

— Oscar, Polly, je disais que j'ai demandé une proposition de la part de l'architecte qui a conçu le spa de jour, et si nous sommes d'accord, j'ouvrirais l'appel d'offres à d'autres architectes aussi. Nous ne voulons pas entrer en conflit avec le spa, mais les deux bâtiments ne sont pas forcés d'être assortis. Ils pourraient se compléter.

Nous signifions tous notre accord.

— Je dois partir, dit Lucas. Faites-moi savoir ce que vous projetez, tous les trois, de manière indispensable pour le casino, et je ferai passer le mot à l'architecte.

— Attends, dis-je, je vais peut-être devoir rentrer chez moi plus tôt. Il y a un ouragan de catégorie 4 qui se dirige droit vers Beaumont, et s'il frappe l'île, je serais requise pour aider à la reconstruction. Ce pourrait être dévastateur. Je ne sais pas vraiment s'il y aura de l'électricité ou des moyens de communiquer, alors je voulais juste vous faire savoir que je ne serais peut-être pas en mesure d'assurer ma part dans l'entreprise pendant un certain temps.

— C'est terrible, dit Lucas. Quand est-il censé frapper ?

— Les prévisions annoncent qu'il doit toucher terre dimanche prochain.

— Tu ne devrais pas rentrer chez toi si c'est une zone sinistrée, dit Oscar. Ce ne sera pas sûr.

Je croise son regard.

— J'attendrai que la tempête soit passée, mais ensuite je devrai y aller. Un désastre nécessitera un dirigeant pour coordonner les ressources et la reconstruction. Mon père n'est pas à la hauteur de la tâche.

— Qu'est-ce que tu veux dire ? demande Oscar. Que tu comptes diriger le royaume en tant que reine ? Avec *lui* ?

Sa voix monte en volume sur le dernier mot, et un silence envahit la pièce.

— Ce n'est pas ce que je veux, dis-je.

— Tu n'iras pas, réplique-t-il sèchement.

Lucas se lève.

— Adrian et moi allons vous laisser un peu d'intimité.

Je leur adresse un hochement de tête, sentant les yeux

d'Oscar me brûler la peau. Dès que la porte du salon s'est refermée derrière eux, je dis :

— Oscar, s'il te plaît, essaie de comprendre…

— Non. Tu n'y retourneras pas.

— C'est chez moi, mon royaume. Je ne peux pas leur tourner le dos.

— Dans ce cas, je viens avec toi.

Je secoue la tête.

— Pas encore. Ce sera le chaos, et le pire moment possible pour essayer de secouer la monarchie avec notre relation.

— Je peux aider, dit-il en se penchant en avant.

Je laisse échapper un soupir. Je sais qu'il veut bien faire, mais je sais aussi que c'est impossible.

— Ta présence ne fera que causer la discorde et créer de la tension à un moment où l'unité sera requise.

Il se laisse aller contre le dossier de sa chaise et croise les bras.

— Tu ne l'épouseras pas.

Il a raison. Je devais envisager cette possibilité, mais maintenant que je suis face à l'homme que j'aime, je sais que je ne pourrais aller au bout.

Je déglutis, la gorge serrée.

— Non, mais en le rejetant, je prends un gros risque. Notre peuple sera perturbé, et dans sa fureur, Peter fera tout ce qui est en son pouvoir pour renverser la monarchie. Il emploie la moitié de l'île, ce qui lui donne une grande influence.

Il me dévisage un long moment.

— Tu n'as pas le droit de régner seule. Tu me l'as déjà dit.

Il décroise les bras et continue :

— Pol, je comprends que tu veux aider, mais je ne peux pas te laisser te sacrifier, dit-il, sa voix se brisant. Il ne doit rien t'arriver.

Des larmes me piquent les yeux, et je me force à les repousser. Je ne peux me permettre de me laisser aller à avoir des sentiments personnels. C'est le moment pour lequel j'ai été formée, celui de prendre la direction des choses, de faire passer mon royaume avant moi.

Il se lève de son siège et se dirige vers moi, me tirant de ma chaise pour me prendre dans ses bras.

— Tu as dit que tu étais avec moi.

Ma gorge se serre d'émotion, et je l'étreins contre moi.

— On aura peut-être de la chance, et l'ouragan se dirigera peut-être vers la mer.

Il me tient par les épaules et recule pour me regarder.

— Je ne veux pas que notre relation dépende des caprices de la météo. Reste ici. Tu es destinée à être avec moi. Je l'ai su la première fois qu'on s'est rencontrés.

Il prend mon visage entre ses mains.

— Je t'ai…

— Non. Ne le dis pas. Si le pire arrive et que je dois rentrer chez moi, je te ferai venir dès que tu pourras prendre ta place avec moi.

— Tu voudrais que je vive là-bas ?

— Oui. Je vais être requise là-bas, et je veux que tu sois à mes côtés.

— Et qu'en est-il de mon entreprise ici ? Je suis censé abandonner la seule chance que j'ai de contribuer à mon royaume ? Je suis censé abandonner Adrian en le laissant tout gérer tout seul ? Nous sommes censés être associés – tous les trois.

— Je n'ai pas toutes les réponses !

Il prend ma mâchoire en coupe et caresse ma joue du pouce.

— Je pensais qu'on était d'accord. Tu restais ici à Villroy avec moi. Tu seras en sécurité avec moi.

— Je n'aurais peut-être pas ce choix.

— Tu l'as. Tu refuses simplement de le prendre.

Je m'écarte.

— Tu ne comprends pas ce que ça signifie d'être l'héritière, et surtout l'unique héritière. Le royaume compte sur moi. Tu l'as dit toi-même, tu es le prince du milieu, et aucune attente ne pèse sur toi en tant que dirigeant.

Il se renfrogne.

— Je connais parfaitement les limitations qui incombent à ma place.

— Et tu connais aussi mes limitations dans mon royaume traditionnel, mais je ne peux pas leur tourner le dos.

Nous nous dévisageons, dans une impasse.

Je déglutis pour ravaler la boule qui s'est formée dans ma gorge. Cela me fait mal qu'il n'accepte pas de me rejoindre, un jour, à Beaumont, et je crains que cela ne signifie que les choses sont terminées entre nous.

Je finis par briser le silence tendu.

— Nous allons attendre de voir ce qu'il se passe.

Son regard lance des éclairs.

— Attendre de voir dans quelle direction souffle le vent. Super idée, Pol.

Puis il quitte la pièce.

Oscar

Il est une heure du matin et elle n'est pas là. Elle est toujours dans ma chambre avant une heure. Quelque chose ne va pas. Mon estomac se crispe. Elle me quitte. Elle s'éloigne déjà. Non.

Je prends mon téléphone et lui envoie un message. *Où es-tu ?*

Polly : *Dans ma chambre.*

Moi : *Pourquoi ?*

Polly : *Je réfléchis.*

Moi : *Viens réfléchir ici.*

Pas de réponse.

Je prends une profonde inspiration, cherchant à me calmer, et envoie un autre message. *Où est ta chambre ?*

Polly : *Je suis à côté de celle de Marge. Ne viens PAS ici.*

Moi : *Alors, viens là.*

J'attends sa réponse et, n'en recevant aucune, j'envoie un nouveau message. *Si tu ne me dis pas dans quelle chambre tu es, je frapperai à toutes les portes de l'aile est jusqu'à te trouver.*

Polly : *Je suis dans la dernière chambre du deuxième étage.*

J'enfile un tee-shirt, glisse mon téléphone dans ma poche et sors. D'ici à ce que j'arrive, je me suis un peu calmé. Je ne veux pas me disputer avec elle. J'ai besoin d'être avec elle autant que je le peux avant qu'elle ne s'en aille. Sa porte n'est pas verrouillée, alors j'entre, ne voulant pas que Marge m'entende frapper.

Elle se retourne de là où elle se tenait, près de son lit, et ma respiration se bloque dans ma gorge. Elle est si belle. Je ne sais pas pourquoi cela me prend par surprise à cet instant. Peut-être parce que j'ai peur de la perdre. Son visage en forme de cœur, ses yeux bruns brillants et ses joues roses ne me sont que trop familiers, et pourtant je me surprends à tenter de mémoriser ses traits. Ses cheveux noirs et bouclés tombent en cascade sur sa chemise de nuit rose pâle, un tissu léger et soyeux avec de fines bretelles, qui descend jusqu'à ses genoux. C'est une robe ample et fluide, mais elle est tout de même si sexy, parce que je connais chaque centimètre carré de ce qu'il y a dessous. Un élan d'affection me fait réduire la distance entre nous en un instant.

Je prends son beau visage entre mes mains.

— Je t'aime.

Ses yeux s'emplissent de larmes.

— C'est tout ce que tu as besoin de savoir. Tu ne dois réfléchir à rien d'autre.

Elle se détourne.

— Ce n'est pas aussi simple, dit-elle doucement. Tout n'est pas noir ou blanc.

Je prends sa joue en coupe dans ma main et la fais se tourner à nouveau vers moi, pressant mes lèvres contre les siennes.

— C'est dans l'ordre des choses. Tu le sais.

— Oui, répond-elle d'une voix tendue.

— Laisse-moi entrer.

— Tu es entré, d'accord ? dit-elle, sa voix se brisant. Tu es dans mon cœur, si profondément que je ne pourrais jamais t'en faire sortir.

Elle fronce les sourcils. Je suis une complication dans sa voie simple et directe pour devenir reine. Si elle épouse un homme qui bénéficie à son royaume, elle obtient tout. Mais si elle est avec moi, tout est remis en question.

Malgré tout, j'insiste. Je veux tout avoir avec elle.

— Invite-moi dans ton royaume.

— Je le ferai quand le moment sera propice.

— D'accord, et à ce moment-là, je t'inviterai dans le mien.

Elle lève les mains au ciel.

— Je suis déjà dans le tien.

— Je voulais dire le nôtre, à tous les deux. Notre propre endroit – un foyer pour nous seuls. Je m'en procurerai un pas loin d'ici.

Elle pousse un soupir.

— Et nous sommes de retour à la case départ.

Je n'ai jamais voulu qu'elle renonce à son royaume, mais maintenant, les choses sont différentes. Personne ne prend soin d'elle, chez elle. Ils ne la respectent pas et n'ont pas foi en ses capacités. Ici, elle peut tout avoir. Nous le pouvons tous les deux.

Je l'attire à moi pour l'étreindre, et elle fond contre moi. J'attends qu'elle lève la tête, puis je l'embrasse, tentant de lui faire se souvenir de ce que nous avons. Elle me rend mon baiser avec empressement, ses mains s'enfonçant dans mes cheveux, ses hanches s'arquant contre moi, en cherchant instinctivement plus.

Je romps le baiser et lui prends la main, la guidant jusqu'au lit.

— On en reparlera quand on en saura plus. On élaborera un plan.

— Je suis douée pour faire des plans, dit-elle avec un petit sourire.

Je l'attire plus près, l'embrassant à nouveau, et l'étends sur le matelas. La question ne se pose même pas – notre place est ensemble.

～

C'est vendredi soir, et je me sens désespéré. L'ouragan doit frapper l'île principale de Beaumont samedi en début de matinée, et je refuse de le laisser m'enlever Polly. Elle ne s'engagera pas dans une vie là-bas, et elle refuse de me laisser la rejoindre. La pression qui pèse sur elle pour qu'elle épouse Peter, au risque de causer la perte de sa famille, n'est jamais très loin de mes pensées. La vente de mes terres n'est toujours pas effectuée. Il n'y a pas de réponse facile. Bon sang. Je suis fatigué de me battre avec elle, alors je me tourne vers une autorité supérieure – sa cousine et alliée la plus proche, la Reine Anna.

Il est encore tôt, seulement huit heures, quand je frappe à la porte de sa suite, dans l'aile ouest. Une domestique répond et me laisse entrer.

Gabriel et Anna sont dans le salon, sur un canapé beige, occupés à regarder la télévision.

Je demande un peu d'intimité à la domestique, puis lâche :

— Anna, je dois empêcher Polly de partir. Interdis-lui de le faire.

Les cris de Mila s'élèvent depuis la chambre.

— Tu as réveillé le bébé, me lance sèchement Anna.

— Désolé.

— Je m'en occupe, dit Gabriel en se dirigeant vers la chambre.

Il revient un instant plus tard avec ma nièce, qui a le visage rouge et semble furieuse d'avoir été réveillée. Il fait les cent pas dans toute la pièce tout en lui donnant des tapes dans le dos.

— C'est sûrement juste un rot, dit-il. Pas toi, Oscar. Elle est habituée à ce qu'il y ait beaucoup de bruit et de conversations.

Il disparaît à nouveau dans la chambre.

— Désolée de t'avoir accusé, dit Anna en appuyant à nouveau la tête sur le canapé. Nous sommes épuisés. Mila pleure en permanence. Alors, qu'est-ce que c'était que cette histoire d'interdire à Polly de partir ? Je n'y comprends rien.

— Tu es la reine. Publie un décret royal pour la faire rester.

Elle regarde le plafond avant de croiser mon regard. Les similarités entre elle et Polly me frappent à nouveau – mêmes cheveux noirs bouclés, même visage en forme de cœur et yeux bruns, mais avec quelque chose de différent. Toute l'énergie de Polly irradie d'elle, et quelque chose me parle, chez elle.

— Veux-tu que je l'enferme dans le donjon ?

Je réfléchis à cette option.

— C'est vrai qu'on a un donjon. À quel point serait-elle en colère ?

— Je plaisantais ! s'exclame Anna.

Que puis-je imaginer d'autre pour la maintenir ici ?

— Rapproche la date de baptême. Elle devra rester, en tant que marraine. J'ai juste besoin de plus de temps.

— De temps pour quoi ? demande-t-elle.

Je me passe une main dans les cheveux.

— Pour faire en sorte qu'elle s'engage dans une vie avec moi ici.

— Oh, Oscar.

Ma gorge se serre presque jusqu'à m'empêcher de respirer lorsque j'entends la compassion dans sa voix. Je sais que j'ai l'air fou, mais je ne peux pas m'en empêcher. Peter est encore une menace, et je ne peux pas partager les détails sordides. Polly ne veut pas que d'autres personnes soient au courant. La seule manière de la garder en sécurité, c'est en la gardant ici. Et je crois fermement que sur le long terme, nous serions tous les deux mieux ensemble à Villroy. Je peux visualiser clairement ce futur, et il est parfait. Je ne suis pas égoïste. Je veux qu'elle vive dans un endroit où elle est aimée et respectée, où elle pourra prendre son essor sans la moindre restriction.

Je déglutis avec difficulté.

— Je l'aime.

Et je sais qu'elle m'aime aussi. Elle me le dit, dans l'intimité de ma chambre, me le murmure dans le noir. Parfois, elle m'envoie aussi des messages dans la journée. Juste un cœur, mais je sais ce que ça veut dire.

Gabriel est de retour et doit m'avoir entendu, parce que lui et Anna échangent un regard. Il lui tend Mila en disant :

— Elle doit avoir faim.

Elle sort un sein avant que j'aie eu le temps de détourner les yeux. Oh. OK.

— Je devrais peut-être partir, dis-je en me retournant pour me diriger vers la porte.

Gabriel me suit.

— L'amour peut rendre dingue, dit-il d'un ton neutre.

Il est de quatre ans mon aîné et il a toujours veillé sur moi, alors j'espère vraiment qu'il a un sage conseil à me donner.

— Est-ce que ça t'a rendu dingue, toi ?

Il s'arrête à la porte, un large sourire illuminant ses yeux.

— Absolument. Je suis devenu fou quand j'ai cru avoir perdu Anna pour toujours. Elle avait décidé qu'elle devait partir pour que je puisse être le roi que j'étais destiné à être et épouser un membre de l'aristocratie.

Anna est une roturière et il a dû convaincre mes parents d'autoriser le mariage et de la laisser être reine. Mais nos parents sont raisonnables, contrairement aux parents traditionnels de Polly. Mes parents ont reconnu l'amour entre eux et l'ont respecté. Et personne ne faisait de chantage à Gabriel.

— Je me suis mis en sous-vêtements, continue Gabriel, j'ai plongé de notre yacht et j'ai nagé dans l'eau glaciale pour monter à bord du ferry public dans lequel elle s'en allait.

J'écarquille les yeux. C'est assez extrême, pour lui. Gabriel a toujours été soumis au protocole royal, en tant qu'héritier. Avant qu'il rencontre Anna, mes frères et moi l'appelions secrètement M. Balai dans le Cul. Je sais, nous étions les pires, surtout en sachant que nous n'avons jamais eu le genre de pression qu'il avait sur les épaules, étant formé à devenir roi.

— C'était si romantique ! lance Anna.

Il sourit.

— Oui. Et c'est ce que tu devrais faire aussi.

Je le dévisage.

— Mon cerveau est peut-être embrumé à cause de tous mes efforts pour arranger cette situation, mais je ne vois pas en quoi cette histoire s'applique à moi. Elle ne va pas partir d'ici dans le ferry public.

Il plaque une main sur mon épaule.

— J'étais prêt à faire tout ce qu'il fallait pour garder Anna. Je me suis battu pour elle. Voilà ce que tu dois faire.

— Viens par ici, Oscar, pour que je n'aie pas besoin de hurler, m'appelles Anna.

Je reviens là où elle est en train d'allaiter le bébé, et je garde les yeux rivés sur son visage.

Elle m'adresse un petit sourire.

— Polly sait mieux qu'aucun d'entre nous comment et quand te faire entrer en scène. Si elle t'aime autant que tu sembles l'aimer, elle fera tout ce qui est en son pouvoir pour ne pas aller au bout de son mariage arrangé. Elle est vive et intelligente. Je suis sûre qu'elle trouvera un plan. Tu dois juste lui faire confiance.

Si seulement c'était aussi simple.

Je plaque mes mains sur mes hanches.

— Alors je suis censé rester là sans rien faire ?

— Parfois, c'est tout ce qu'on peut faire.

Gabriel nous rejoint et s'assoit près d'Anna.

— Il a besoin d'agir. Ce n'est pas dans notre nature de rester sans rien faire. Les hommes Rourke ont toujours été des guerriers. C'est dans notre sang.

Anna se tourne vers lui.

— Oui, mon cœur, mais ce n'est pas une bataille. C'est une relation.

Il continue comme si elle n'avait rien dit, et j'en suis heureux, parce que son conseil est affreux.

— Oscar, avec cet ouragan et le genre de monarchie dont elle fait partie, eh bien, il n'y a aucune réponse facile. Fais-lui savoir que tu la soutiens quoiqu'il arrive. Reste à ses côtés.

Elle ne me laissera pas rester à ses côtés ! Ils ne comprennent pas, et pourquoi serait-ce le cas ? Ils ont tout – un mariage, une famille, le royaume, l'entreprise.

Je fais une révérence rapide et sors de la pièce.

13

Oscar

J'attire Polly dans mes bras.

— Nous devrions nous marier tout de suite.

Elle recule pour croiser mon regard.

— Je t'aime, vraiment, de tout mon cœur, mais…

— Pas de mais. C'est tout ce qui compte.

— Je veux que tu sois accepté dans mon royaume. Nous devons attendre le bon moment.

Je me fige. Elle parle comme si elle comptait rester à Beaumont.

— Uniquement si tu restes là-bas. Villroy et une meilleure possibilité, ou la France. Partout sauf dans ton royaume traditionnel. Ils ne te respecteront jamais comme ils le devraient, et Peter est toujours une menace. Ici, tu serais toujours en sécurité.

Elle reste silencieuse.

Je lui relève le menton et en viens directement au fait :

— Jure-moi que tu ne l'épouseras pas pour sauver ta famille et ton royaume.

— Je ne l'épouserais pas.

— Jure-le.

Elle se détourne.

— Oscar, tu es ridicule.

J'ai envie de hurler.

— Tu me rends fou.

Elle pousse un soupir.

— Tu te comportes comme un fou, mais ce n'est pas à cause de moi.

— Si. Tu refuses de me laisser te rejoindre là-bas, et tu ne veux pas rester ici.

Elle prend une profonde inspiration, rejetant les épaules en arrière.

— Je ne me laisserai pas précipiter dans un mariage, ni ici ni là-bas. Tu dois avoir foi en moi.

— Je te connais. Tu fais passer les autres avant toi.

— Je fais passer mon royaume avant moi, parce que tel est mon devoir.

Elle parle comme une reine, et je déteste la sentir si distante, dissimulée derrière son titre.

Je crispe la mâchoire.

— Et c'est mon devoir de veiller sur toi.

Elle s'adoucit.

— Je t'en suis reconnaissante, mais le travail que je dois faire chez moi est ma responsabilité. J'ai besoin que tu aies foi en moi quand je te dis qu'il y aura une place pour toi à mes côtés dans le futur. Simplement, je ne sais pas encore à quoi ce futur ressemblera.

Il n'y a rien de plus à dire, le futur étant horriblement incertain, alors je l'embrasse, un baiser brut et charnel de possession. Elle enroule ses bras autour de mon cou et me rend le baiser avec empressement. Une flamme s'allume entre nous, comme toujours, nourrie par notre amour et notre passion. Si seulement cela pouvait suffire.

∼

Polly

. . .

Je regarde l'actualité, figée de terreur. Un ouragan de catégorie 4 a frappé Beaumont ce matin, dimanche, comme les prévisions l'annonçaient, et Beaumont est coupée du monde – pas de téléphone portable, de radio, d'internet ou d'énergie. L'étendue des dégâts est incertaine. L'ouragan a d'abord frappé le côté nord-ouest de l'île principale de Beaumont, avant de traverser jusqu'au centre et de repartir par le côté sud. Les prévisions annoncent qu'il frappera bientôt les îles voisines. J'attends de voir les vidéos aériennes aux informations, mais ils ne peuvent approcher tant que la tempête est aussi proche.

Mon palais est situé sur la pointe sud de Beaumont, directement sur le chemin de l'ouragan. Je me répète que mes parents sont vivants. Il le faut. Je le sentirais, si quelque chose de catastrophique s'était produit, n'est-ce pas ? Le palais est fait de pierre massive, renforcé après le passage d'un ouragan il y a plusieurs décennies. Je me force à penser logistique, répertoriant mentalement ce qui pourrait être endommagé. Les stations balnéaires situées sur le côté nord-ouest de l'île – celles de Peter – ont probablement été détruites. La végétation doit être détruite aussi. Le centre de l'île est l'endroit où est située notre infrastructure – la centrale électrique, le réservoir d'eau, l'hôpital, les écoles, et les maisons résidentielles privées. Tout cela est probablement inondé et gravement endommagé. L'aéroport est situé sur le côté est. Avec un peu de chance, il n'a pas été touché. Si j'ai raison, Peter aura désespérément besoin de cette alliance, après avoir tant perdu. Tout du moins, il aura désespérément besoin qu'on rembourse entièrement son emprunt. Jusqu'où serait prêt à aller un homme désespéré ? Je ne peux pas me soucier de ça maintenant. Je dois penser au royaume.

Nous allons avoir besoin d'un financement pour l'aide aux sinistrés et d'un autre pour la reconstruction. La perte de nos revenus basés sur le tourisme en attendant sera dévastatrice. Heureusement, les touristes, ainsi que certains des îliens, ont pu être évacués avant que l'ouragan ne frappe. Mes parents ne le feront jamais. Les dirigeants du royaume doivent rester jusqu'à leur dernier souffle. Ma vision se trouble de larmes, et j'essuie mes yeux, irritée. Je ne les pleurerai pas avant de connaître les faits. Je dois garder espoir.

— Polly, tu devrais manger quelque chose, dit Marge en me proposant un plateau rempli de fruits frais et de petits pains.

Je la repousse d'un geste et reporte mon attention sur la télévision.

Marge, Vaughn et moi sommes dans le salon depuis l'aube, à regarder les informations. Le soleil est désormais en train de se coucher. Vaughn, mon garde, a de la famille à Beaumont. Marge n'a que moi. Oscar est ici avec moi, et je me suis battue avec Marge pour la convaincre de lui ficher la paix. Je ne me laisserai pas priver de son réconfort au nom de la bienséance. J'ai besoin de sa présence solide et de son contact réconfortant. Les circonstances sont catastrophiques. Le reste de sa famille est passée voir comment j'allais et prendre des nouvelles du royaume. Sauf qu'il n'y a aucune nouvelle. Juste la même information recyclée encore et encore. Un ouragan de catégorie 4 a frappé la côte nord-ouest de Beaumont, a traversé jusqu'au centre puis est allé vers le sud pour repartir vers la mer. Les communications sur l'île ont été coupées. L'étendue des dégâts est incertaine.

J'attends simplement d'avoir une petite idée de ce qu'il se passe chez moi. Je dois y retourner, je dois aider aux opérations de secours. Je déteste me sentir aussi impuissante.

Oscar place un verre dans mes mains.

— Bois, Pol. Tu n'es pas obligée de manger, mais bois.

J'obéis. C'est de l'eau avec du citron et cela m'éclaircit les idées. Je me tourne vers lui. Il m'adresse un regard plein de compassion.

— Merci.

— De rien. Est-ce que tu veux aller faire un tour ? Prendre un peu l'air.

Je reporte mon regard sur la télévision.

— Non. Je ne veux pas manquer les nouvelles.

Il me frotte le dos, avant de m'attirer vers lui, me blottissant contre lui. Je passe les bras autour de sa taille. Je suppose que j'ai de la chance de ne pas avoir été à la maison. Et si j'avais été au palais et que toute la monarchie avait été balayée d'un coup ? *Arrête ça. Ne t'imagine pas les pires scénarios.*

Les heures passent lentement. Aucune nouvelle. Oscar me fait me lever et marcher un peu dans la pièce plusieurs fois, et n'arrête pas de me mettre des verres d'eau citronnée dans les mains.

Puis la nuit tombe à Beaumont, alors qu'il est près de deux heures du matin ici, et la probabilité d'avoir des nouvelles se réduit encore plus. Tout doit être si sombre et silencieux, là-bas. Les gens doivent être effrayés. Vaughn et Marge sont allés se coucher il y a des heures, mais je reste attentive.

Oscar prend ma mâchoire en coupe et me fait me tourner vers lui.

— Pol, ils ne peuvent pas faire de prises de vues aériennes la nuit. Nous allons nous coucher et vérifier demain matin.

Je repousse sa main et me tourne à nouveau vers l'écran. *Communications coupées. L'étendue des dégâts est incertaine.* Le graphique représentant mon île natale et l'ouragan tourbillonnant apparaît à nouveau. C'est mon unique lien avec mon foyer.

Il me parle à l'oreille d'une voix basse et urgente :

— Tu ne peux pas être fonctionnelle sans sommeil, et Beaumont compte sur toi.

Je me tourne lentement vers lui.

— Comment pourrais-je dormir dans un moment comme celui-là ? demandé-je, avant de déglutir avec difficulté. Et si je me réveillais pour découvrir que tout ce que j'aime a disparu ? Mes parents, mon palais, mon royaume.

— Nous allons surmonter ça ensemble.

Il se met debout et me fait lever du canapé.

— Et nous allons espérer que tout se passe au mieux.

Je m'assois à nouveau et regarde les informations. Il récupère alors la télécommande et éteint la télévision. Je bondis du canapé.

— Eh ! Donne-moi ça.

Il jette la télécommande sur le coin opposé du canapé et m'attrape avant que j'aie pu aller la chercher.

— Tu pourras regarder dès demain à la première heure. Tu es épuisée. Laisse-moi m'occuper de toi.

Il prend mon visage dans ses mains.

— Je t'aime.

Mes yeux s'emplissent de larmes.

— Je t'aime aussi, dis-je d'une voix étranglée.

Il passe un bras autour de mes épaules et me guide hors de la pièce, le long du couloir et à l'étage. Nous allons dans sa chambre, et je me moque que Marge s'aperçoive que je ne suis pas dans ma chambre. Toutes les règles selon lesquelles j'ai vécu, toutes les contraintes ont soudain disparu, mais je ne peux m'en réjouir, parce qu'elles ont disparu pour la plus horrible des raisons.

～

Une semaine plus tard…

Oscar

Je l'ai laissée partir. Ça m'a presque tué, mais je l'ai fait. Elle est en chemin pour Beaumont, quel que soit ce qui l'attend là-bas.

Le lendemain de l'ouragan, nous avons reçu la bonne nouvelle que ses parents étaient en vie, ce qui veut dire que la monarchie est toujours debout. Cela veut aussi dire que je ne peux la rejoindre à Beaumont tant qu'elle ne m'aura pas dit que c'est le bon moment. Je suis heureux qu'elle n'ait pas perdu sa famille. J'aimerais juste en faire partie. Nous les avons vus aux informations. Ses parents sont allés sur le belvédère tout en haut d'une tour en pierre du palais et ont agité les mains en direction de l'avion qui volait au-dessus d'eux pour des prises de vues aériennes. Son père a l'air très vieux, avec ses cheveux bouclés blancs et fins. Sa mère semble beaucoup plus jeune, avec des cheveux lisses et bruns qui lui descendent jusqu'aux épaules. Le palais n'a subi que des dégâts mineurs. Il ressemble à une forteresse de pierre.

Les informations ont montré que le plus gros des dégâts se

situait du côté nord-ouest de l'île principale, où des stations balnéaires, des restaurants et des maisons ont été détruits. Le centre de l'île s'en est un peu mieux tiré, les dégâts étant surtout situés sur les toits, en plus des inondations. Presque toute la végétation a disparu dans ces zones. Des arbres déracinés et des poteaux téléphoniques bloquent les routes.

Hier, nous avons appris que la piste d'aéroport était dégagée. Cela signifiait que les opérations de secours pouvaient arriver, et aussi que Polly pouvait rentrer chez elle. Elle est partie ce matin dans notre jet privé, avec Marge et Vaughn. J'ai travaillé à ses côtés cette semaine pour coordonner les collectes de fonds pour Beaumont, en faisant appel à toutes les connexions que son royaume et le mien possèdent. Mon frère Phillip nous a aidés, avec l'une de ses relations aux Nations Unies, à obtenir une aide humanitaire ; nous avons persuadé une organisation internationale de secours d'intervenir, ainsi que la Croix Rouge. L'organisation de charité de notre royaume et celle de Polly ont aussi contribué.

Le service téléphonique a été rétabli à Beaumont, ainsi que soixante pour cent de leur énergie. C'est tout ce que je sais. Je ne me détendrai pas avant d'avoir appris qu'elle était arrivée saine et sauve au palais. Beaucoup de personnes demeurent encore sans électricité et sans eau et, une semaine après l'ouragan, les magasins commencent à être à court de nourriture. La ligne est fine entre la civilisation et la sauvagerie, quand les gens sont désespérés. Et Polly représente un idéal aristocratique intouchable qu'ils n'apprécieront peut-être pas, au vu des circonstances. Elle m'a assuré que son peuple l'aimait. Je n'en doute pas, mais je n'ai pas un point de vue aussi optimiste qu'elle sur la nature humaine. Retirez aux gens la nourriture, l'eau et le toit au-dessus de leur tête, et c'est l'anarchie. Elle a un garde, mais un homme n'est d'aucune aide contre une foule entière. Si cela ne tenait qu'à moi, elle serait escortée au palais par une armée.

J'ai beau avoir besoin d'elle dans ma vie, ils ont plus besoin d'elle que moi. J'espère simplement qu'ils apprécieront son courage éclatant et la laisseront devenir la dirigeante qu'elle est destinée à être toute seule. Je ne répondrai pas de mes actes si j'apprends qu'on a fait pression sur elle pour qu'elle épouse cet homme sordide. Tout ce que je sais, c'est que pour qu'une telle chose arrive, il faudra d'abord me passer sur le corps.

~

Polly

Je m'étais préparée au mieux pour découvrir les ravages qu'a subis Beaumont, après m'être penchée sur les photos sur internet et avoir regardé les informations, mais rouler sur la route du sud-est qui mène au palais, regarder ce paysage désolé – des hôtels de bord de mer endommagés, la disparition complète de la végétation et des arbres, les restaurants et les maisons détruits – cela me cause une douleur physique. Je croise les bras très fort. Je sais que nous avons de la chance. Les choses auraient pu être pires. Mes parents sont vivants. La plupart de nos stations balnéaires, du côté sud-est, sont récupérables, avec un peu de rénovation, et certaines sections de l'île n'ont pas été touchées – la station d'épuration, les écoles, l'hôpital –, mais tant de choses ont été détruites. Cela ne ressemble pas au Beaumont que je connais et que j'aime.

La voiture se gare devant l'entrée du palais et mes parents m'attendent dans la cour.

— Polly ! s'exclame ma mère tout en se précipitant vers moi, les bras ouverts.

Ma gorge se serre d'émotion et je cours dans ses bras. Elle me serre très fort contre elle.

— Maman, pleuré-je. Je suis si contente que vous alliez bien, Papa et toi.

Elle s'écarte, me caressant les cheveux et m'étudiant.

— Le palais a résisté à pire que ça. Il a été renforcé plusieurs fois. Tu sembles différente. Qu'y a-t-il ?

Je suis amoureuse. Je ne suis plus vierge. Je rêve d'un futur différent. Je ne dis rien de tout ça, parce que je sais que je dois choisir le bon moment.

— J'ai passé un très bon moment avec Anna à Villroy. Les Rourke sont une famille fabuleuse et une alliance précieuse pour nous.

— Oui, dit-elle lentement.

Elle penche la tête de côté et étudie les traits de mon visage, les sourcils froncés.

— Nous leur sommes reconnaissants de leur contribution.

Elle se retourne et sourit à mon père.

— Viens. Ton père était impatient de te voir revenir.

Je me dirige vers lui, incline la tête et fais une révérence.

— Je suis contente de te voir, Papa.

Il n'est pas du genre à faire des câlins. J'attends alors qu'il lève une main tremblante pour la placer sur ma tête.

— Je suis content que tu sois de retour à la maison. Nous avons beaucoup à nous dire.

Il y a aussi un tremblement dans sa voix, maintenant. Sa maladie de Parkinson a clairement empiré.

— Laisse-la d'abord s'installer, dit sa mère.

Elle va accueillir Marge et Vaughn. Elle et Marge ont une conversation à voix basse, et ma mère me jette un regard alarmé. Je me raidis. J'ai dit à Marge que j'aborderai le sujet d'Oscar à la première occasion, mais il semblerait qu'elle ait déjà parlé de quelque chose. Ma mère adresse un hochement de tête à Marge et leur fait signe, à elle et Vaughn, de rentrer.

Ma mère place son bras sous le mien.

— La journée a été longue, n'est-ce pas ? Tu devrais te reposer.

— Oui, mais je vais bien. Je veux faire tout ce que je peux pour aider.

— Nous avons été en contact avec Peter, dit ma mère.

— Hum, un homme bon, dit mon père.

Je serre les dents. Je n'ai même pas encore passé la porte du palais et ils me jettent mes devoirs au visage.

— Oh, vraiment ?

— Oui, répond ma mère. Il est impatient de te voir. Tu dois lui avoir manqué, Polly.

Les mots s'échappent de ma bouche malgré moi :

— Ou bien il veut simplement profiter des seules stations balnéaires qu'il reste sur l'île – les nôtres.

— Il a un droit légal sur l'une de nos stations balnéaires, dit mon père. S'il ne s'intéressait qu'au profit, il se contenterait de la reprendre. Pourquoi es-tu si suspicieuse ? Je croyais que tu étais d'accord avec cette alliance.

— Les choses ont changé.

Mon père a l'air perplexe, ma mère inquiète.

— Je vous expliquerai plus tard, dis-je en passant devant eux. Nous avons beaucoup de travail.

Ma mère me rattrape.

— Peter va rendre ce travail plus facile. Ne le repousse pas, Polly. Il veut nous aider, et il est ce dont Beaumont a besoin.

Je me fige, plissant les yeux.

— Je suis ce dont Beaumont a besoin. J'ai l'énergie, la volonté et l'esprit stratégique nécessaires pour rendre ce royaume florissant. Cela me revient de droit. Je ne céderai pas mon héritage à un homme d'affaires ou un cousin masculin, juste parce que c'est ainsi que les choses ont toujours fonctionné.

La bouche de ma mère s'arrondit de surprise.

— D'où est-ce que ça vient ? Tu ne peux pas régner seule. Tant de venin. Tu dois apprendre à être moins entêtée. Nos traditions sont ce qui rend notre royaume fort.

Je referme vivement la bouche. J'ai laissé voir ma frustration. Je n'ai pas le temps de me disputer ni de bouleverser l'ordre social de la monarchie. Je dois me concentrer sur la reconstruction de Beaumont.

— Excuse-moi, je crois que je suis fatiguée. Je vais aller dans ma chambre un moment.

— Bien sûr, répond-elle aimablement. Les voyages peuvent rendre n'importe qui irritable. Bienvenue chez toi.

Je lui adresse un sourire tendu et me dirige vers ma chambre. J'ai du réseau, ce qui veut dire que je peux passer des appels. Il n'y a pas internet, mais le palais a l'électricité. Je dois évaluer dans quelle condition est l'île, puis sortir d'ici pour voir par moi-même. Puis je dois m'assurer que les ressources attendues à l'aéroport sont délivrées dans les zones qui en ont le plus besoin. Il y a tant à faire, et le temps presse. La tempête a causé trente-deux morts, et je ne veux pas que le bilan s'aggrave.

Je sors mon téléphone de ma poche et découvre un message d'Oscar : fais-*moi savoir si tu es arrivée saine et sauve.*

Mon amour. Mon cœur se serre et mes yeux deviennent brûlants alors que je réponds. *Je suis arrivée, et je t'aime.*

Une réponse arrive quelques instants plus tard. *Je t'aime aussi. Tu n'as qu'un mot à dire et je serai là.*

Je le ferai.

Je prends une profonde inspiration. Ce n'est pas le bon moment pour faire venir Oscar ici, mais j'espère que ce le sera bientôt.

14

Polly

Après ce qui me semble être un million d'appels, j'enfile mes vêtements de sport (mes seuls habits décontractés) – un tee-shirt rose, un pantalon de yoga noir et des baskets – et me dirige vers la chambre de Marge, au troisième étage. J'ai demandé à la compagnie électrique de rejoindre les réseaux sociaux et ai créé mon propre compte, faisant en sorte qu'autant d'habitants locaux que possible me suivent. Avant la tempête, le protocole royal m'interdisait d'être sur les réseaux sociaux, mais c'est la manière la plus simple de communiquer rapidement avec tout le monde, alors tant pis ! Le protocole royal n'est *pas* ce qui aidera Beaumont à se relever. Mon objectif est de pousser les îliens à poster des photos des zones à problèmes avec des tags de géolocalisation, pour que nous puissions identifier exactement où il y a des lignes électriques coupées et des routes bloquées. Le rétablissement de l'alimentation électrique et l'accès aux routes est la priorité. Nous avons besoin d'énergie, surtout pour le système de distribution d'eau, qui a été réparé après n'avoir subi que des dégâts mineurs. Pendant que tout cela est en cours, je dois m'occuper des personnes évacuées. C'est là que Marge entre en scène, une soignante naturelle. Ferme et implacable, oui, mais en dessous, elle a un grand cœur.

La porte de Marge est ouverte et elle est assise près de la fenêtre, à une petite table ronde, occupée à fixer la mer. Ses cheveux bruns généreusement striés de gris sont coiffés en un chignon soigné sur sa nuque, et elle a les épaules basses. C'est dur de rentrer chez soi pour trouver un tel désastre.

— Marge, dis-je doucement, ne voulant pas la faire sursauter.

Elle tourne la tête pour me regarder par-dessus son épaule.

— Tu vas faire du sport maintenant, après notre long voyage ?

— Ce sont mes seuls vêtements appropriés à une zone de désastre, dis-je tout en m'approchant d'elle. Je ne peux pas porter des voiles et des robes dans un moment comme celui-là.

Elle pince les lèvres.

— J'ai dit à ta mère que le Prince Oscar était amoureux de toi. Je n'ai pas révélé tes gestes envers lui.

Je laisse échapper un soupir et m'assois à la table à côté d'elle. Elle remplit son rôle de chaperon, comme il fallait s'y attendre. Marge est avec moi depuis que j'ai neuf ans et que j'ai été envoyée en pensionnat. De bien des manières, elle a été une mère pour moi.

Je croise son regard.

— Je ne suis pas en colère. Je sais que tu ne faisais que ton travail de chaperon. Ce travail prendra fin bientôt, quand je me marierai.

— Bien sûr, dit-elle vivement. J'ai toujours su que mon travail prendrait fin à ton mariage.

Je lui prends la main et la pose sur ma joue.

— Marge, tu as été ma compagne constante, et je veux que tu saches à quel point je te suis reconnaissante.

Ses yeux deviennent larmoyants et elle se penche en avant pour déposer un baiser sur mon front.

— Tu t'es comportée de manière merveilleuse, Polly. Je n'ai jamais pensé que tu causais trop de problèmes.

Je m'écarte en riant.

— D'accord, tu as causé trop de problèmes, rit-elle à son tour, mais toutes ces caractéristiques difficiles à gérer chez un enfant seront un atout pour toi comme dirigeante. Je suis contente que tu sois pleine d'énergie, butée et résolue. C'est ce qu'une reine devrait être. Beaumont va avoir besoin de toi, maintenant, plus que jamais.

— C'est ce dont j'étais venue te parler. Nous sommes en état d'urgence, et en ce qui me concerne, le protocole royal ne s'applique plus. J'ai besoin de ton aide, Marge, mais pas en tant que chaperon. J'ai besoin de toi à mes côtés pour m'aider à évaluer les dégâts et coordonner les opérations de secours. Surtout, je veux que tu veilles sur les enfants. Tu as assez d'amour en toi pour toute une armée d'enfants.

Elle hausse les sourcils.

— Une armée d'enfants ? Dieu m'en garde !

— Tu veux bien m'aider ?

Elle hoche la tête, les yeux brillants, les lèvres étroitement serrées.

— Ce serait un honneur.

— Je savais que je pouvais compter sur toi. Merci ! dis-je, avant de me lever. Pour commencer, nous allons rassembler les gens du côté nord de l'île et nous assurer qu'ils ont un abri.

— Où vas-tu les mettre ?

— Cela dépend de leur nombre. Je vais demander aux îliens d'accueillir les gens quand ils le peuvent. Je sais que l'école primaire peut abriter des gens dans sa salle de sport, et j'en abriterai certains ici, au palais…

— Au palais ! s'exclame-t-elle, avant de baisser la voix. Tu ne peux pas ramener n'importe quelle canaille trouvée dans la rue. Ils doivent être contrôlés. Tu dois penser à la sécurité.

Je redresse les épaules.

— Ce palais appartient au peuple tout autant qu'à moi. Nous avons tout un tas de chambres d'amis, un conservatoire et une salle de bal. J'ajouterai des lits.

— Tes parents ne le permettront jamais, murmure-t-elle.

— Dans ce cas, ils pourront refuser leurs loyaux sujets à la porte, proclamé-je. Alors, tu es avec moi ?

Elle me dévisage, les yeux ronds. Puis elle se lève et prend mes mains dans les siennes, de la douceur dans ses yeux bruns.

— Tu n'as jamais autant ressemblé à une reine qu'à cet instant. Je suis tellement fière de toi, dit-elle, la voix étranglée. Ouvre la marche, et je ferai de mon mieux pour te soutenir quand tu en auras besoin.

Je souris, mes yeux rendus piquants par les larmes, et je m'autorise un instant pour profiter de la satisfaction de la rendre fière. Ma propre mère ne m'a jamais dit cela.

— Merci, Marge. Cela signifie beaucoup pour moi. Maintenant, allons-y.

Je me retourne et m'avance vers la porte.

— Je veux que Vaughn m'aide à porter les charges lourdes.

Elle me rattrape.

— Vaughn a des frères et des cousins qui pourraient être utiles. Ce sont tous de vrais géants comme lui.

— Excellent, dis-je en me dirigeant vers le quartier des gardes.

Je connais très peu de choses de Vaughn, je sais juste que c'est un natif de l'île. Il a choisi de garder ses distances de moi pour ma propre protection. Ce temps est révolu. J'ai besoin de tous les hommes et de toutes les femmes valides du royaume pour restaurer l'ordre.

D'ici la tombée de la nuit, j'ai accompli beaucoup de choses, mais c'est loin d'être suffisant. Je m'aperçois comme Beaumont était mal préparée pour un désastre naturel, et ce sera l'une des choses dont je me chargerai une fois que les choses se seront stabilisées. Seul l'hôpital a un générateur de secours, ce qui est une bénédiction, je le sais, mais il devrait y en avoir plus. Et nous sommes sur une île, ensoleillée une grande partie de l'année. Nous aurions dû investir dans l'énergie solaire, un système solaire d'eau chaude, et peut-être aussi des éoliennes. Ce genre de système d'énergie renouvelable aurait vraiment pu nous être utile. Nous aurions dû posséder de multiples réservoirs d'eau, pas un seul situé au centre. Un téléphone satellite au palais aurait pu nous permettre d'entrer en contact avec le monde dès le premier jour. Il n'y avait aucun stock d'urgence d'eau en bouteille, de nourriture non périssable, de couvertures, de couches et ainsi de suite. Et il n'y a aucun lit ! Comment peut-il ne pas y avoir de lits ?

J'ai fourni un toit à autant de personnes que possible. J'ai rassemblé des matelas dans l'école maternelle pour les jeunes enfants logés dans la salle de sport de l'école primaire, et j'ai emprunté plusieurs matelas et couvertures inutilisés à l'hôpital. Je ne peux prendre trop de choses à l'hôpital au cas où ils en auraient besoin pour des patients.

La famille de Vaughn a été d'une grande aide, et plusieurs d'entre eux ont des pick-up pour aider à déplacer la literie jusqu'à la salle de sport de l'école primaire. Demain, Vaughn, ses frères, ses cousins et plusieurs gardes du palais partiront dès l'aube pour aider à retirer les débris sur les routes, en prenant garde d'éviter les zones où des lignes électriques sont tombées.

J'ai réquisitionné plusieurs Bentleys et Mercedes du parc de voitures royal pour transporter les gens vers le palais, vers lequel je me dirige en ce moment, dans un cortège de voitures. Comment ai-je obtenu l'accès au parc de voiture royal ? Avec un bon timing. On m'a fait savoir qu'une grosse cargaison de nourriture et d'eau en bouteille était arrivée à l'aéroport cet après-midi, et j'ai demandé à mes parents de s'y rendre pour l'accepter, pendant que je restais ici pour aider à la distribution. J'ai immédiatement communiqué le besoin de bus scolaires à l'aéroport pour aider à la distribution, ce qui a gardé mes parents occupés tout l'après-midi pendant que je pillais le garage royal pour mon propre usage. Nous sommes restés en contact par téléphone.

Mes parents sont rentrés, maintenant, inconscients des cinquante personnes qui viendront bientôt trouver refuge au palais. J'endosse le rôle de dirigeante et je m'excuserai plus tard de mon audace. Même si je ne me repentirai jamais vraiment d'avoir fait ce qui était juste.

Dès que nous sommes garés dans la grande cour, Marge et moi guidons les gens dans le palais pendant que les chauffeurs vont garer les voitures dans le grand parking couvert à l'arrière. Ces cinquante personnes, qui vont de la personne âgée au bébé, sont les employés (et leur famille) des stations balnéaires détruites de Peter, du côté nord. Ils n'ont plus d'emploi et plus de maisons.

— Bienvenus ! lancé-je une fois qu'ils sont tous rassemblés dans le hall d'entrée à deux étages. S'il vous plaît, laissez-nous un peu de temps pour vous installer des lieux de couchage. En attendant, je vais faire en sorte que des boissons et de la nourriture vous soient apportées dans le salon.

Seules quelques personnes murmurent un « merci », tout le monde étant trop occupé à admirer le hall d'entrée, bouche bée. Des murs de pierre avec de larges foyers ouverts. Des tapisseries vieilles de plusieurs siècles sur les murs. Il y a même une armure étincelante dans un coin. Non pas qu'on n'ait jamais eu d'armée de chevaliers médiévaux ici. C'était une décoration apportée par un ancien résident français, datant de l'époque où Beaumont était une colonie française. Le grand chandelier en cristal au-dessus de nos têtes est assez récent.

Je demande à quelques domestiques d'aider à constituer des zones de couchage dans le conservatoire et la salle de bal, avec le matériel qui devrait bientôt arriver par l'entrée des domestiques, apporté par nos chauffeurs. J'ai déjà appelé en amont pour faire préparer les chambres d'amis.

J'attire Marge à l'écart.

— Je te laisse le soin de partager les chambres d'ami comme tu l'entends.

— Oui, bien sûr.

Elle se dirige d'abord vers le couple avec le bébé et leur parle à voix basse. Futé. Nous ne voulons pas d'invités mécontents au sujet de qui aura droit aux chambres d'amis et qui aura une couverture sur le sol du conservatoire. Je sais que sa priorité ira toujours aux enfants, et qu'elle s'assurera qu'ils restent près de leur famille et qu'ils sont à l'aise.

— Polly ? lance ma mère, une note alarmée dans la voix.

Un domestique doit l'avoir alertée de ce qu'il se passait.

Je me dirige vers elle, et elle fixe ma tête d'un air horrifié. Je porte une casquette arborant le logo d'une boutique de plongée locale. Ce n'est pas un voile, c'est certain. Ce n'est pas approuvé pour une princesse en public, mais rien dans ma tenue, qu'elle examine désormais, ne l'est non plus. La casquette vient du frère de Vaughn, qui me l'a donnée pour protéger mes yeux du soleil. Je la retire et lisse mes cheveux bouclés décoiffés.

— Ces gens ont perdu leur maison durant la tempête. Ils vont rester au palais, où ils trouveront temporairement refuge.

Elle porte une main à sa gorge.

— Qui sont ces gens ?

— Ils sont ton peuple, et ils sont venus trouver refuge ici. Je le leur ai accordé.

Elle regarde nerveusement autour d'elle.

— Ce n'est pas du tout orthodoxe. Ton père est dans son bureau avec Peter. Tu ferais mieux d'aller le voir immédiatement.

Elle agite une main en l'air.

— Où sont les gardes ? demande-t-elle, avant de baisser la voix. Ces gens pourraient être dangereux.

— Nous sommes en état d'urgence. C'est le moment de faire des choses peu orthodoxes.

Je lui étreins l'épaule et continue :

— S'il te plaît, fais-en sorte qu'ils se sentent bienvenus. Les gardes sont en train d'aider les chauffeurs à faire entrer le matériel pour nos invités. Je vais aller informer Papa.

Je me dirige vers son bureau. Je suis contente de savoir que Peter est arrivé au palais, parce que ça veut dire qu'au moins une route du côté nord-ouest de l'île a été dégagée. J'ai passé la moitié de mon temps dans la zone centrale, aujourd'-hui, vu que l'accès aux routes du nord était bloqué.

Ces cinquante personnes étaient arrivées dans la zone centrale à la recherche de nourriture.

Je frappe à la porte du bureau.

— Entrez ! aboie mon père.

J'entre, incline la tête et fais une révérence.

— Papa.

Il est assis sur une chaise à dossier haut ressemblant à un trône. Peter est face à lui, dans une chaise rembourrée plus petite. Sur une table basse entre eux se trouvent une carafe de brandy et deux verres presque vides. Peter, un homme chauve et bedonnant qui approche des cinquante ans, semble très heureux de me voir arriver. Il ne sourit pas, mais ses yeux noirs brillent alors qu'ils m'observent des pieds à la tête. Je réprime un frisson.

Je m'assois sur le canapé en cuir face à eux.

— Je suis content que tu sois là, ma fille, dit mon père d'un ton jovial. Peter est arrivé pour dîner avec toi et attend depuis un certain temps.

Il s'interrompt, remarquant soudain ce que je porte.

— Je vois que j'aurais dû te préparer à sa visite. S'il te plaît, va revêtir quelque chose de plus approprié, dit-il avec un geste de la main vers moi. Et dépêche-toi.

Je jette un œil à Peter, lui adressant un rapide « bonjour » avant de dire à mon père :

— Des invités vont rester avec nous jusqu'à ce que tout soit rentré dans l'ordre sur l'île. Ils ont perdu leur maison dans la tempête.

Il fronce les sourcils.

— Qu'entends-tu par avec nous ? C'est une résidence privée.

Je parle d'une voix égale. Je ne suis pas ici pour débattre de ce point. C'est déjà fait.

— Cette résidence a été construite avec les impôts levés sur les îliens ; par conséquent, elle leur appartient en partie.

— Elle ne leur appartient pas ! fulmine-t-il. Le palais appartient à la famille Lyon depuis des siècles. Tu ne peux pas simplement aller chercher les gens dans la rue pour les inviter à rester ici.

Je fais un geste vers la porte.

— Tu es le roi. Bien sûr, les expulser est ton droit. Va dans le hall d'entrée et informe-les que tu vas les mettre à la porte. Assure-toi de commencer ton discours par « mes fidèles sujets », comme tu le fais souvent.

Je suis insolente, je vais trop loin, je suis entêtée et impossible. Toutes les étiquettes que mon père a jamais placées sur moi sont bien visibles dans son regard noir et ses paupières plissées. Je ne tressaille même pas. Je ne me soucie que de notre peuple.

Peter m'étudie, ses lèvres fines se plissant. Il pense probablement que je suis trop effrontée. Je ne m'excuserai plus pour ce qui est dans ma nature. Marge a raison. Tous mes prétendus défauts sont mes vrais atouts, et ils sont absolument nécessaires pour diriger Beaumont.

Mon père se lève avec effort et agite la sonnette pour appeler un serviteur. On dirait qu'il va vraiment expulser nos invités. Ou peut-être qu'il veut voir si je bluffe. On peut être deux à jouer à ce jeu.

— Je peux t'aider à aller jusque là-bas, dis-je.

— Tu en as fait assez, répond sèchement mon père.

J'incline la tête.

Quelques minutes plus tard, mon père arrive dans le hall d'entrée, avec deux domestiques pour l'assister, l'un d'eux le tenant par le bras et l'autre restant derrière lui au cas où il trébucherait.

Je marche derrière lui avec Peter.

— Vous avez l'air en pleine forme, votre Altesse, me dit Peter. Je suis désolé que vous ayez dû rentrer au milieu d'un tel chaos.

— Merci. Je suis contente d'être ici. Quelles sont les conditions dans le nord ?

Il pousse un vif soupir.

— Mes stations balnéaires ont disparu, elles sont irrécupérables.

— Je suis sincèrement désolée d'entendre ça. Allez-vous reconstruire ?

— Cela dépend de vous. Je suis ici pour vous rappeler notre accord.

Je baisse la voix.

— J'aimerais vous parler en privé. Peut-être qu'après ça, nous pourrions aller au salon.

Il m'adresse un sourire sournois, comme si je lui avais fait des avances.

— Cela me ferait très plaisir, votre Altesse.

— Excellent.

Je peux le sentir me fixer alors que nous marchons, ses yeux détaillent mon visage avant de descendre plus bas, se rinçant l'œil. Il ne m'a jamais vue sans mon voile et ma robe modeste. Je m'en fiche. Mon esprit a trois coups d'avance, et essaie déjà de décider comment me charger de lui.

Dès que nous arrivons dans le hall d'entrée, notre major-dome annonce :

— Sa Majesté le Roi Henri.

Les invités rassemblés dans la pièce inclinent aussitôt la tête.

Ma mère vient se placer à ses côtés et lui murmure quelque chose. Est-elle avec moi ou contre moi ? La sécurité est arrivée. J'aperçois Vaughn et quelques autres gardes du palais, postés contre le mur du fond.

Mon père lève une main tremblante, avant de la baisser rapidement. Il ne veut pas que les gens voient ses tremblements.

— Mes fidèles sujets…

Il marque une pause, étudiant le groupe rassemblé devant lui.

La pièce devient entièrement silencieuse. Un vieil homme tousse, son corps fin se repliant sur lui-même. Puis une petite fille, de peut-être trois ans, avec de longs cheveux bruns emmêlés, hurle :

— J'ai faim !

Mon père se fige, les yeux figés sur cette petite fille.

Sa mère la fait taire et la petite fille court vers mon père, avant de s'arrêter devant lui.

— Manger, déclare-t-elle.

Mon père la dévisage, l'air perdu.

La mère de la petite fille la soulève dans ses bras et se confond en excuses.

— J'ai faim ! hurle la petite fille alors qu'elle est emportée plus loin.

Je n'aurais pu demander meilleur appel à l'intention de mon père. J'aurais été pareille à cet âge, sauf que j'aurais essayé de trouver la nourriture moi-même, en grimpant sur les comptoirs de la cuisine s'il le fallait.

Mon père se tourne vers moi, l'air interrogateur. *Est-ce que tu vas nourrir cette petite fille ?*

Tu parles si je vais le faire. Je profite de ce moment et annonce :

— Excellente idée ! Allons tous au salon, où de la nourriture va bientôt arriver, gracieusement offerte par le Roi Henri.

Je fais signe à un domestique de diriger nos invités avant de m'approcher de mon père.

— Bien joué.

Il se hérisse, mais se reprend rapidement, s'appropriant mon plan.

— Un roi doit s'assurer que son peuple est nourri.

— Et qu'il ait un toit au-dessus de la tête.

Il pousse un soupir.

— Tu as toujours été difficile.

J'ignore cette remarque. Il accepte qu'ils restent ici, et c'est tout ce qui compte. Je ne sais pas vraiment combien de temps je pourrais le convaincre de les laisser rester, mais bon, il finira peut-être par les apprécier. Ils doivent se sentir seuls, ici, rien que lui, ma mère et divers domestiques errant dans ce vieil endroit caverneux.

— Papa, j'aimerais discuter avec Peter dans le salon privé.

Son regard se réchauffe.

— Je suis ravi de l'entendre. Tu dois avoir un chaperon, bien sûr.

Il regarde autour de lui.

— Où est Marge ?

— Je crois qu'elle est partie au salon avec tous les autres.

— Tu ne peux pas rester seule avec cet homme. Je vais envoyer ta mère avec toi.

J'ai presque envie de rire. Je ne peux pas rester seule avec l'homme avec qui il voudrait que je passe ma vie. C'est plus que ridicule.

— Je vais aller chercher Marge.

Je m'éloigne, m'arrêtant brièvement pour diriger Peter vers le salon privé, du côté opposé du hall d'entrée, puis je vais dans le salon et trouve Marge aidant un domestique à disposer des plats de nourriture sur une longue table, d'un côté de la pièce. Les ressources de nourriture du palais peuvent durer un mois, même avec les jardins décimés et les arbres fruitiers arrachés. Nous avons conservé beaucoup de viande, de fruits et de légumes, ainsi que de la confiture et des sauces. Il y a aussi un cellier à fromage et une cave à vin.

— Te voilà, dit Marge. Je me suis occupée des couchages. Tu dois avoir faim. Assure-toi de garder des forces.

Je lui étreins le bras. Elle ne peut s'empêcher de me materner. C'est son travail depuis si longtemps.

— Je le ferai une fois que tous les autres seront rassasiés. Je ne sais pas trop ce qu'ils ont pu manger dans la semaine qui a suivi l'ouragan. Moi, j'ai été engraissée à Villroy.

Elle plisse les yeux.

— Tu as à peine mangé depuis que nous avons entendu la nouvelle de l'ouragan. Tu as perdu du poids.

— Non, c'est faux. Quelqu'un m'a fait manger trois fois par jour en me nourrissant lui-même.

Mon amour.

Elle réfrène un sourire.

— J'apprécie la façon dont il s'occupe de toi.

— Moi aussi. Merci pour ton aide, aujourd'hui. Ne t'attarde pas trop après le dîner. Tu dois te reposer pour demain.

— Me reposer ! raille-t-elle. Il y a trop à faire pour me reposer.

Elle se tourne vers le groupe.

— Les enfants ! Mettez-vous en rang pour que je remplisse vos assiettes.

Les enfants s'alignent immédiatement en une file serpentante, deux d'entre eux se donnant des coups de coude tout au fond pour une place dans la file.

— Ceux qui coopèrent seront servis en priorité, annonce-t-elle.

Les enfants se calment aussitôt.

Je souris et sors discrètement, assurée que tout est sous contrôle. Peter, maintenant. Je lui ferai face seule. Je n'ai plus peur de lui. En fait, au vu des circonstances, il sera encore plus désireux de se montrer sous son meilleur jour pour obtenir cette alliance. Nos biens immobiliers sont de premier ordre, maintenant que nous possédons les seules stations balnéaires. Bien sûr, il reste le problème de la dette que nous lui devons. Il pourrait prendre l'une de nos stations balnéaires pour le prêt non remboursé, même si quelque chose me dit que, au vu des nouvelles circonstances, il préférerait rejoindre la monarchie plutôt que de s'en faire une ennemie. L'argent affluera bientôt pour reconstruire, et il passera par la trésorerie du royaume.

Lorsque j'arrive dans le salon privé, Peter est assis sur une chaise en cuir, occupé à siroter son brandy. Je frappe à la porte ouverte et entre, fermant la porte derrière moi.

Il arque un sourcil.

— Pas de chaperon, votre Altesse ?

Le « votre Altesse » aurait eu plus d'impact s'il s'était levé pour m'accueillir ou s'il avait incliné la tête. Au lieu de ça, il reste installé sur sa chaise, se prélassant comme s'il était chez lui, les jambes étendues devant lui. Il est arrogant, assuré d'avoir le dessus avec moi. Je l'ai laissé croire ça pour protéger ma famille. C'est terminé.

— Elle est occupée à assister nos invités.

Je m'assois sur la chaise face à lui et ajoute :

— Nous avons beaucoup de choses à nous dire.

Un fantôme de sourire passe sur ses lèvres.

— Tu es plutôt jolie. Je n'avais pas réalisé à quel point tu étais belle, couverte par ce voile.

— Merci, dis-je avec rudesse.

Il se redresse et pose son verre sur la table à côté de lui.

— Comme je l'ai dit à tes parents…

— Je ne t'épouserai pas. Je me suis donnée à quelqu'un d'autre.

Il plisse les yeux.

— Que veux-tu dire ?

— Je veux dire que je me suis donnée, corps et âme, à un autre homme. Je l'épouserai, lui, ou je n'épouserai personne.

Il affiche un sourire narquois.

— Le roi et la reine seront d'un autre avis. J'ai beaucoup à offrir, surtout après ce désastre catastrophique. Ensemble, nous pouvons reconstruire.

— Ça n'arrivera jamais. Mais la dette que nous te devons sera remboursée entièrement, avec les intérêts.

Il se penche vivement en avant.

— Quand ?

— Bientôt, j'espère.

Oscar s'est engagé à payer cette dette une fois que la vente de sa vigne sera établie, et je rembourserai Oscar en ne tirant aucun profit du casino jusqu'à ce que ma dette envers lui soit payée. Je le rembourserai plus encore de toutes les manières possibles.

— D'ici à quelques semaines.

Il incline la tête, réfléchissant à cette information.

— Tu penses que tes parents vont simplement faire ce que tu ordonnes ? Ils approuvent notre alliance. Ils savent ce que j'apporte à Beaumont en tant qu'homme d'affaires.

— Mes parents m'aiment. Ne jamais sous-estimer le pouvoir de l'amour.

— Du sentimentalisme, dit-il avec dédain.

— Seulement pour ceux qui n'ont jamais connu ça.

Je marque une pause, songeant à Oscar, avant d'admettre :

— Je pensais la même chose, avant.

J'aspirais à être aimée, mais je ne comprenais pas pleinement son pouvoir. Oscar détient mon cœur et personne d'autre ne pourrait jamais prendre sa place.

Il presse ses doigts contre ses lèvres, visiblement songeur.

— Je ne peux me permettre de rester sans rien faire trop longtemps, et je n'ai pas non plus envie d'abandonner.

J'attends, sentant qu'il est sur le point de négocier.

— Je vais te donner deux semaines, dit-il. Tu m'apportes l'argent avec les intérêts, et je laisse tomber le mariage.

Je cligne des yeux, surprise que cela ait été aussi facile.

— Marché conclu.

Il me tend la main et je la serre avec fermeté. Puis il se rassoit contre le dossier de son siège et tend la main vers son brandy, se détendant à nouveau. Sauf que je n'en ai pas terminé. Je dois m'assurer qu'il ne sera pas une menace pour ma famille.

— Pourquoi est-ce que tu n'insistes pas pour te marier ? demandé-je.

Il me dévisage un long moment.

— Au vu des conditions actuelles, les seules voies logiques pour moi sont de récupérer ce qu'on me doit sous forme d'argent ou sous forme de pouvoir, en tant que roi. Il faudra un long moment à Beaumont pour se remettre – une tâche ardue pour la monarchie – et j'ai plus besoin d'argent. Entre ça et l'argent de l'assurance, je vais limiter les pertes et prendre ma retraite aux Caïmans.

Les îles Caïmans sont un paradis fiscal, où l'argent gagné en dehors de l'île n'est pas imposable. Il est plus ou moins en train de prendre l'argent et de s'enfuir. Maintenant, je suis contente qu'il soit motivé par la cupidité.

Je me lève, ravie de l'issue de cette discussion. Je n'aurais pu demander un meilleur entretien. Il aurait pu se montrer amer après son infortune ; à la place, il a vu ça comme une opportunité de prendre sa retraite.

— Profite bien de ta retraite. Je vais aller chercher quelque chose à manger. Veux-tu te joindre à moi dans le salon ?

Je n'apprécie peut-être pas cet homme, mais il reste un îlien, et c'est mon devoir de lui fournir à manger, au vu de la situation de désastre actuelle.

Il se lève.

— En fait, je vais y aller, dit-il, avant de pointer un doigt vers moi. Deux semaines pour me rembourser complètement.

Je hoche une fois la tête. Je ne sais pas si j'aurais les fonds à temps, mais je renégocierai pour un délai plus long s'il le faut. Maintenant que je sais que son objectif est de récupérer l'argent de l'assurance et de fuir, je pense qu'il s'en tiendra à son plan actuel – l'argent plutôt que moi.

Je me dirige rapidement vers le salon, songeant à Oscar. Bientôt, mon amour. Tout ce que j'ai à faire, c'est persuader mes parents de comprendre le changement de mari, et de convaincre Oscar d'emménager à Beaumont de manière permanente. Cette période désastreuse m'a montré que mes parents sont prêts à plier lorsque c'est absolument nécessaire, et qu'ils me font confiance. Au moins un peu.

Et il est hors de question que je quitte mon royaume. Beaumont a besoin de moi pour le diriger, maintenant et pour les années à venir. La reconstruction sera une tâche gargantuesque qui requerra une énorme dose d'énergie et de ténacité, ainsi qu'une planification stratégique. Ce doit être moi.

15

Oscar

Je fais les cent pas dans le couloir du palais, plus agité que je ne l'ai jamais été de toute ma vie. Je suis un Rourke. Les hommes Rourke ne restent pas ainsi sans rien faire. Du sang de guerrier viking coule dans mes veines, et c'est un combat que je dois gagner. Je ne supporte pas de savoir que Polly est de retour dans un royaume qui la restreint, je ne supporte pas de ne pas savoir si elle va bien, et surtout, je ne supporte pas d'envisager la possibilité qu'on la pousse à épouser Peter. J'ai essayé de la laisser partir, j'ai essayé d'être cet homme de foi éclairé, mais ce n'est pas moi. Je suis un homme d'action.

Malgré tout, je dois attendre. Notre jet a été retardé dans les Caraïbes par la météo, avant de pouvoir revenir à l'aéroport privé de Nantes, en France. Dès que j'ai appris que le jet avait atterri ce matin, je donne l'ordre de refaire le plein d'essence et de changer de pilotes pour repartir à Beaumont. Je prendrais le temps que je n'ai pas pour faire faire les vérifications de maintenance sur le jet. Les vols commerciaux sont interdits à Beaumont en ce moment, sans cela je serai parti bien plus tôt.

Polly a besoin de moi. D'ici à ce que je la rejoigne, elle sera là-bas depuis deux jours. Le pire des scénarios tourne en boucle dans ma tête. Elle se met en danger pour essayer d'aider à la reconstruction, fait face à une avalanche de dangers – foules en colère, lignes électriques tombées, glissements de terrain. Et celui qui me rend complètement dingue – l'idée que ses parents aient précipité le mariage pour qu'elle puisse prendre la tête du royaume. Je sais que ce sont les stations balnéaires de Peter qui ont endossé le plus gros des dégâts de la tempête. Il voudra cette alliance plus que jamais, pour rediriger l'aide aux victimes de l'ouragan vers ses propres propriétés. Et ses parents apprécient ce qu'il apporte au royaume.

Je me fige alors que, soudain, je vois clairement ce que je dois faire.

Je me pince l'arête du nez. Il va être tellement en colère. Y a-t-il un autre moyen ? Je me creuse la tête à la recherche d'une alternative. Non.

Polly en vaut-elle la peine ? Absolument.

~

Polly

J'ai travaillé du lever au coucher du soleil, hier, allant évaluer les dégâts partout sur l'île et coordonnant les opérations de secours. Les choses s'améliorent peu à peu, et l'électricité a été restaurée à soixante-dix pour cent. Aujourd'hui, j'ai prévu de retrouver mes parents pour prendre un thé. Il est temps pour moi de leur expliquer comment les choses vont se passer avec Oscar.

Je suis retardée par plusieurs appels et j'arrive au salon un peu plus tard que je l'aurais voulu. J'espère avoir du temps pour répéter mon discours. Quand j'arrive, mes parents sont déjà assis dans leurs chaises à dossier haut qui me rappellent des trônes. Je n'ai pas besoin d'une chaise qui ressemble à un trône pour me sentir reine. C'est ce que je suis. Je suis née pour ce rôle et, comme Marge l'a dit, tous mes traits de personnalité impossibles sont désormais mes meilleurs atouts. Je n'ai plus besoin de lutter contre ma nature, parce que la personne que je suis est exactement ce dont Beaumont a besoin. Pour la première fois de ma vie, je suis parfaitement bien dans ma peau.

Je prends la chaise florale plus petite en face d'eux.

— Je suis désolée d'être en retard. Comment allez-vous, aujourd'hui ?

J'adresse un sourire rayonnant à mes parents, qui arborent la même expression inquiète. Est-ce à cause de mes vêtements décontractés ? De mes boucles désordonnées, que je n'ai pas eu le temps de mettre en ordre ? Est-ce que j'ai encore de la terre sur moi après avoir aidé à écarter des feuilles de palmier et d'autres arbustes ? J'examine rapidement ma tunique turquoise et mon pantalon de yoga noir. Ils sont relativement propres.

— Polly, tu devrais faire une pause, dit ma mère. Ça ne sert à rien de t'épuiser.

Un domestique s'approche pour nous verser du thé.

— Je vais très bien, lui assuré-je. Je préfère faire quelque chose plutôt que de rester les bras croisés.

— J'ai entendu dire que les choses s'amélioraient, grogne mon père. L'électricité est presque entièrement restaurée et la plupart des débris bloquant les routes ont été débarrassés.

— Oui, dis-je fièrement. Et c'est principalement grâce aux efforts de Vaughn, ainsi que ceux de sa grande famille. Ils se sont montrés d'une valeur inestimable.

— Ton garde ? demande ma mère.

— Oui, mon garde. C'est un natif de l'île qui a des liens profonds avec cet endroit.

— J'ai connu son grand-père, dit mon père. Lui et moi étions amis quand nous étions enfants.

Je souris.

— Je n'en avais aucune idée. Jusqu'à récemment, Vaughn me parlait à peine, et je ne savais rien de lui. Quel plaisir d'honorer une connexion familiale si ancienne.

— Polly, dit ma mère en sirotant son thé. J'ai été si

heureuse d'apprendre que tu avais invité Peter pour une conversation privée.

Je saisis l'occasion et fais signe aux domestiques de nous laisser en privé. Dès que nous sommes seuls, je dis :

— J'ai quelque chose d'important à vous dire.

— Qu'y a-t-il ? demande lentement ma mère, haussant les sourcils.

Les mains de mon père tremblent visiblement, et il croise les bras pour les contenir. L'une de ses jambes bouge sans arrêt, ce qui est un nouveau symptôme de la maladie de Parkinson. Le temps presse. Il ne veut pas apparaître en public, et c'est là que le dirigeant de Beaumont devrait être.

— Peter et moi sommes parvenus à un accord, dis-je.

Ma mère frappe dans ses mains, son visage s'illuminant.

— Je le savais !

— Il va se retirer de la proposition de mariage qu'il m'a faite, continué-je. Il a accepté de ne pas revendiquer notre station balnéaire parce que je vais rembourser l'emprunt. Dès qu'il aura reçu l'argent de son assurance pour ses stations balnéaires détruites, il compte prendre sa retraite aux îles Caïmans.

Mes parents me dévisagent tous les deux, un masque de confusion sur le visage.

— Comment comptes-tu rembourser la dette ? demande mon père.

— Prendre sa retraite aux îles Caïmans ? répète ma mère. Je croyais que vous vouliez tous les deux cette union.

— Un ami va m'aider, pour la dette. Et non, je ne veux pas de cette union. Il me faisait du chantage pour me forcer à l'épouser, menaçant de révéler notre dette non remboursée pour monter les gens contre vous. Il espérait renverser la monarchie.

— C'est de la trahison ! rugit mon père. Il va être banni immédiatement.

Je me fige. Je n'avais jamais considéré ce que Peter menaçait de faire comme un acte de trahison. Tout ce à quoi je pensais, c'était à protéger ma famille. J'aurais dû dire la vérité à mes parents dès le départ. Restait le problème de la dette non remboursée, mais je me serais épargné beaucoup d'angoisse si j'avais su que Peter pouvait être banni.

Mon père se lève avec difficulté, appelle le domestique se tenant probablement juste de l'autre côté de la porte et, quand le domestique apparaît, aboie ses ordres pour mettre les choses en route.

Une fois que mon père est à nouveau assis, ma mère me demande :

— Pourquoi ne nous as-tu rien dit pour Peter ?

— Si je vous l'avais dit, vous auriez interdit le mariage et il aurait mis ses menaces à exécution. Je voulais gérer ça toute seule. Je me rends compte, maintenant, que j'aurais dû être plus honnête.

— Et qui est cet ami qui t'aide à repayer la dette ? demande-t-elle.

— Oscar Rourke. C'est un prince de Villroy et il sera un atout pour nous. C'est plus qu'un ami, en fait. Je l'aime et je veux l'épouser.

— L'économie de Villroy est vacillante, dit mon père avec dédain. Nous avons besoin d'une alliance plus favorable, en particulier maintenant, au lendemain de cette tempête dévastatrice.

— Oscar a vendu son unique bien pour payer notre dette, dis-je entre mes dents serrées. Et il apporte quelque chose d'encore mieux qu'une alliance fortunée. Il m'aime, et je l'aime.

Ma mère pousse un soupir et échange un regard avec mon père. Elle se tourne à nouveau vers moi.

— Marge m'a dit qu'il était amoureux de toi. Nous savions que tu te montrerais sentimentale à ce sujet.

— Il n'y a pas la place pour les sentiments dans la monarchie, entonne mon père.

— Dans votre monarchie, peut-être, répliqué-je. Pas dans la mienne.

Ma mère rit.

— Polly, tu parles par énigmes. Elles sont une seule et même chose.

— Je veux que vous donniez une chance à Oscar, dis-je.

Vous verrez que son soutien envers moi ne pourra que faire de moi une reine plus forte. Il est protecteur et mon bien-être lui tient profondément à cœur.

— Un garde pourrait faire la même chose, réplique sèchement mon père. Tu n'as pas l'opportunité de choisir ton mari pour des raisons sentimentales. Il sera roi, à la tête de notre pays, et ce n'est pas un choix personnel. C'est un choix qui doit être pris par la monarchie.

Je m'accorde un instant pour rassembler mes pensées, tentant de trouver un moyen de parler à mes parents de manière à leur faire comprendre les choses. Je sirote mon thé, gagnant du temps, tandis qu'ils me dévisagent tous deux avec impatience. Ils veulent que j'en revienne au programme initialement prévu – les règles traditionnelles de Beaumont. Il s'avère que je suis toujours une impossible briseuse de règles.

— Durant les deux derniers jours, dis-je finalement, j'ai joué un rôle déterminant dans l'organisation des opérations de secours. Et avant d'arriver, j'ai utilisé tous les contacts que j'avais, ainsi que les contacts du royaume de Villroy, pour envoyer des fonds et une aide humanitaire à Beaumont.

— Et nous te sommes reconnaissants pour ça, dit ma mère. Nos communications étaient coupées et nous étions incapables de faire grand-chose, au début.

Je lui adresse un petit sourire.

— Oui, je sais. J'ai pris la direction des choses, et je vais continuer à le faire. *Je* suis ce dont Beaumont a besoin, maintenant et dans le futur.

— Tu as toujours été importante pour Beaumont, déclare ma mère.

— Tu es l'unique héritière, ajoute mon père. Ta place n'a jamais été mise en question, mais tu dois faire un bon mariage pour prendre la tête du pays. Ça n'a pas changé.

Je serre les dents.

— Épouser Oscar, c'est faire un bon mariage.

— Tu sais ce que veut dire ton père, répond ma mère.

Je pose ma tasse de thé et les dévisage tous les deux. J'en ai assez. Rien ne pourra les faire entendre raison. Je dois leur poser un ultimatum.

— J'épouserai Oscar et je prendrai ma place de reine ici, ou je quitterai Beaumont pour toujours.

Silence.

Ma mère a l'air stupéfaite. Le visage de mon père est impassible.

Je suis tout au bord de mon siège, parce que je bluffe. Je ne pourrais jamais quitter Beaumont pour toujours, surtout pas maintenant. Et je ne sais même pas si Oscar serait prêt à rester ici de manière permanente. J'ai besoin de savoir qu'il sera accepté avant de l'y inviter.

— Tu nous tournerais le dos ? demande ma mère d'un ton accusateur.

— Tu serais bannie pour ton choix égoïste, dit mon père. Le royaume doit passer avant toi-même, ou cela veut dire que tu n'es pas faite pour porter la couronne.

Mon estomac se serre. Je suis allée trop loin. Ils demeurent inflexibles en ce qui concerne leur fille désobéissante. Ils préféreraient me bannir plutôt que de m'autoriser à faire ce que je crois juste. Quand ils ont autorisé le peuple à trouver refuge ici et qu'ils n'ont pas émis une seule protestation quant à la façon dont je courais aux quatre coins de l'île, renonçant à tout protocole royal, j'ai pensé qu'ils honoreraient mes souhaits.

Je me lève, les jambes tremblantes et la gorge nouée par l'émotion. Je n'arrive pas à croire que les choses en soient arrivées là – je dois quitter Beaumont, soit par bannissement ou de mon plein gré, pour épouser l'homme de mon choix. Ce n'est plus du bluff pour moi. Oscar est trop important, et je ne serai pas poussée dans un mariage avec un autre homme.

Je déglutis avec difficulté et parviens à dire :

— Faites ce que vous pensez devoir faire, et je ferai de même.

Les yeux de ma mère me supplient de me rallier à eux, mais j'en ai fini avec ça. Mon père soutient mon regard comme si j'étais un opposant dans une guerre que je n'ai jamais voulue.

À cet instant, la porte s'ouvre en grinçant et un domestique annonce :

— Excusez-moi, vos Majestés, vous avez un visiteur qui a demandé à voir Votre Altesse avec beaucoup d'insistance. Puis-je vous présenter Sa Majesté le Prince Oscar Rourke.

Je me retourne vivement, mes yeux se remplissant aussitôt de larmes en voyant Oscar. Ses cheveux noirs épais sont décoiffés, ses traits tirés et ses yeux fatigués, et pourtant il n'a jamais été si beau. Je ne l'avais pas encore appelé à venir, attendant le moment où il serait le bienvenu, mais je vois, maintenant, qu'il est inutile d'attendre. Il est passé à l'action, tout comme je dois le faire.

Je me précipite dans ses bras et le serre très fort contre moi.

— Oscar ! Je suis si heureuse de te voir.

Il enroule ses bras autour de moi et dépose un baiser sur ma tempe.

— Je ne pouvais pas te laisser partir.

— J'en suis ravie, dis-je en levant les yeux vers lui. Ne me laisse jamais, jamais partir.

Il regarde vers mes parents.

— Bonjour, Vos Majestés.

Ils le dévisagent, visiblement sous le choc.

Oscar se tourne à nouveau vers moi.

— J'ai besoin de quelques minutes seul avec tes parents.

— Oh ! Tu es sûr ?

Il hoche la tête une fois, puis se dirige vers eux.

D'accord. Je quitte la pièce, entendant simplement Oscar parler en français et leur demander la permission d'avoir une brève conversation en privé avec eux.

Je me tiens de l'autre côté de la porte et j'écoute sans aucune honte. Mince. Il parle trop bas pour que je puisse entendre à travers la porte. J'attends, cherchant à deviner de quoi ils peuvent bien être en train de parler. Demande-t-il la permission de m'épouser ? Leur explique-t-il à quel point il m'aime ? Ce seraient des gestes très tendres de sa part, mais finalement, cela ne suffira pas à former une brèche dans la position de mes parents à propos de ce dont Beaumont a besoin. Ils refusent de reconnaître que *je* suis ce dont Beaumont a besoin, et que je servirai mieux avec Oscar à mes côtés.

Puis j'entends ma mère lancer, surprise :

— C'est très généreux.

— Cela ne fonctionne pas ainsi, dit mon père d'un ton contrarié.

Simplement parce qu'Oscar ne vient pas d'un royaume prospère, ils ne voient aucune valeur à notre alliance. Attendez. Généreux ? Oscar leur a-t-il offert de l'argent en échange de notre mariage ? Que peut-il bien se passer ?

Finalement, la porte s'ouvre et Oscar me fait signe d'entrer, une expression solennelle sur le visage. Mes parents le regardent comme s'ils ne savaient pas quoi penser de lui.

Qu'est-ce que j'ai raté ?

— Oscar vient de faire une contribution généreuse pour la reconstruction de Beaumont, m'explique ma mère.

Je me tourne vers lui.

— C'est merveilleux ! Merci, Oscar. Je suis sûre que cet argent sera utilisé à bon escient.

Oscar se penche près de mon oreille et dit :

— Tu n'auras pas à te marier pour une alliance financière. C'est tout ce que j'ai demandé. Les fonds devraient largement compenser ce que ton prétendant aurait amené sur la table. La vente de ma vigne a été complétée.

Je fronce les sourcils, confuse.

— Que veux-tu dire ?

Oscar a attribué cet argent pour d'autres choses – la dette de mes parents, payer le silence de Charles, et le casino de Villroy. Mon estomac se serre.

— Non, Oscar, tu n'as pas fait ça. Le casino.

Il hausse les épaules.

— Je m'en suis retiré. Je donne tout ce que j'ai à Beaumont. Je resterai pour aider là où tu as le plus besoin de moi.

J'ouvre la bouche en grand. Je sais ce que signifiait le casino pour lui, ce qu'il signifiait pour moi aussi, avant que le désastre ne frappe. Il ne laissera aucune empreinte en tant que quatrième né de la famille royale. Le casino était censé être son héritage, ainsi que celui d'Adrian. Sans la contribution d'Oscar au casino, il ne pourra être construit.

Il replace une mèche de cheveux derrière mon oreille, le regard tendre.

— Je t'ai offert ta liberté, Pol. Tu ne seras pas forcée de te marier pour des raisons économiques. Tes parents ont accepté ce point.

J'étudie les traits de son visage. De la douleur se tapit dans ses yeux. Ils ne l'ont pas accepté comme mari, ils n'ont accepté que sa donation.

Je prends sa main et l'attire hors de la pièce, ignorant les protestations de mes parents au sujet de la bienséance.

Il est silencieux, sérieux, si différent de l'Oscar que je connais. Il pense m'avoir perdue. Il m'aime tellement qu'il a sacrifié le casino – son héritage – et son partenariat avec son propre frère pour pouvoir me donner ma liberté.

— Est-ce qu'Adrian a été furieux que tu te retires du casino ? demandé-je.

— Eh bien, il n'a pas été ravi, dit-il avec légèreté, minimisant complètement son geste héroïque.

Je le guide dans le couloir, me dirigeant vers un lieu un peu plus privé.

— Il n'a pas le capital nécessaire pour aller au bout, maintenant.

— Je trouverai un moyen de l'aider plus tard. Tu passes en premier.

Mes yeux s'emplissent de larmes et ma gorge se serre. *Mon héros, mon amour.* Je ne permettrai pas qu'il ait fait tous ces efforts pour rien.

Je l'attire dans la salle de réception, où plus personne ne va. Puis je passe mes bras autour de son cou et l'embrasse passionnément. Il me rend mon baiser avec ardeur, son bras s'enroulant autour de ma taille alors qu'il me retient étroitement serrée contre lui.

Un long moment plus tard, je m'écarte pour prendre une bouffée d'air.

— Je t'aime. Si tu es prêt à rester à Beaumont, je t'épouserai et ferai de toi un roi.

Il déglutit bruyamment.

— Tes parents ne le permettront pas. Ils me l'ont déjà dit.

Mon cœur se serre, un élan d'énergie me parcourant.

— Tu es prêt à rester ?

Il prend mon visage entre ses mains.

— Je ferai tout ce qui est en mon pouvoir pour te garder. Je me battrai pour toi, pour nous, mais je pense que ce serait beaucoup plus facile si tu vivais avec moi loin d'ici.

— Je ne peux pas partir. S'il te plaît, dis-moi que tu es prêt à rester.

Il presse son front contre le mien, ses mots provoquant un souffle chaud contre mes lèvres.

— Je suis prêt à rester.

Je l'embrasse, puis le serre très fort contre moi.

Il me rend mon étreinte, se penche et m'embrasse les cheveux.

— Pol, tu m'as manqué.

J'appuie ma joue contre son torse, entourée de son amour.

— Tu m'as manqué aussi.

Je m'écarte un instant plus tard, un plan se formant dans mon esprit.

— Voilà ce qu'on va faire.

Il sourit, et je ne peux m'empêcher de lui rendre son sourire. Il apprécie mes idées et mes plans.

— Nous nous comporterons comme des dirigeants durant les opérations de secours, et le peuple t'acceptera comme l'un des leurs. Je m'assurerai que la presse entende aussi parler de nos efforts conjugués. Mes parents seront forcés de nous autoriser à régner ensemble, ou de nous expulser. Ce serait une décision très impopulaire qui rendrait leur règne très difficile.

Je ne peux m'empêcher d'esquisser un sourire diabolique.

— Et encore plus difficile pour mon cousin plus jeune et mal préparé.

Il lève les mains en l'air.

— Tu es un génie. Un génie diabolique. On s'excusera plus tard, hein ?

Je hausse le menton.

— Je ne m'excuserai pas de faire ce qui est juste.

Il étire suffisamment les lèvres pour que sa fossette apparaisse sur sa joue mal rasée. Je la suis du doigt et il me prend la main, déposant un baiser sur ma paume, ses yeux bleu vert étincelants.

— Je suis si fier de toi, Reine Polly. C'est ce que tu as toujours été pour moi, que tu sois à la tête d'un royaume ou pas.

Je lui prends la main.

— Viens. Nous avons beaucoup à faire. Mettons-nous au travail.

~

Deux semaines plus tard...

Polly

Oscar et moi avons une surprise lorsque nous rentrons au palais, tard le soir, après une longue journée de travail sur l'île. Mes parents nous ont convoqués dans la salle d'audience, une pièce formelle avec deux trônes et une estrade. Elle est utilisée pour les dignitaires en visite et les autres membres de l'aristocratie, ainsi que pour les couronnements. La demande de les retrouver là-bas est une démonstration de pouvoir, et je ne peux qu'espérer qu'ils soient sur le point de l'utiliser pour faire le bien, et pas pour nous bannir pour toujours. J'ai passé la moitié de mon temps à travailler sans relâche avec Oscar. Nous sommes passés dans les journaux et sommes présents partout sur internet. L'argent afflue pour notre cause. Officieusement, il a pris une chambre séparée, mais il me rend visite au milieu de la nuit. Les domestiques ont peut-être parlé, ce qui veut dire que mes parents sont peut-être à nouveau furieux envers moi et mon comportement impulsif, entêté et qui dépasse les bornes. C'était peut-être la goutte de trop. La chair de poule m'envahit, et je suis trop nerveuse pour parler durant le trajet jusque-là. Le bannissement serait pire que la mort, pour moi. Oscar est silencieux aussi.

J'entre dans la longue salle d'audience au plafond voûté, une pièce faite pour impressionner par sa taille et sa splendeur, ainsi que par l'abondance de motifs dorés sur tout – des peintures à l'huile encadrées dorées, des chandeliers en or et en cristal, et des miroirs dorés. Mes parents sont assis sur les trônes. Ils sont vêtus chacun d'un costume et d'une robe. Pas de couronne, de sceptre ou de cape en velours et parée de bijoux autour de leurs épaules. Je ne sais pas trop si c'est une bonne chose ou pas. Leur expression est indéchiffrable, mais j'ai l'impression d'être à une occasion officielle pesante, où quelque chose de capital propre à changer une vie est sur le point de se produire.

Nous approchons et inclinons la tête, les saluant de manière formelle.

Mon père est le premier à parler :

— Nous avons été informés de vos efforts conjugués en faveur de Beaumont.

Ma mère incline la tête.

Un début prometteur. Je prends la main d'Oscar et la serre très fort.

Mon père fixe nos mains jointes et laisse échapper un profond soupir.

— À la lumière de tout le bien que vous avez fait pour notre royaume, je vous ai tous les deux appelés ici pour vous transmettre la direction du royaume.

J'aspire une brusque bouffée d'air. Mon souhait le plus cher devient réalité ! M'emparer de ce qui me revient de droit, avec mon amour pour régner à mes côtés. Une vague de chaleur s'élève en moi, un sentiment léger de pur bonheur. J'échange un sourire avec Oscar avant de me tourner à nouveau vers mes parents.

— Nous serions heureux d'accepter de prendre la direction du pays, dis-je.

Oscar se redresse, rejetant les épaules en arrière dans une posture de fierté régalienne.

— Tu as prouvé ta valeur, Polly, dit ma mère d'une voix étonnamment chaleureuse.

Je crois vraiment que j'ai rendu ma mère fière de moi.

— Oscar a lui aussi prouvé la sienne, répond mon père avec brusquerie. Le peuple approuve ce choix. Alors c'est décidé.

Je me jette dans les bras d'Oscar et le serre contre moi en riant sans la moindre raison. C'est un tel soulagement ! Ma stratégie a fonctionné. Et si ce n'avait pas été le cas, Oscar dit qu'il serait resté ici avec moi quand même. J'ai proposé de retourner à Villroy avec lui une fois que l'ordre aurait été restauré ici, pour qu'on puisse vivre ensemble en tant que mari et femme, mais il croit, comme je l'ai toujours su, que ma place était à Beaumont.

Quelqu'un se racle bruyamment la gorge.

Je m'écarte et me tourne face à mes parents.

— Oui ?

— Nous organiserons une cérémonie de couronnement officielle après ton mariage, dit ma mère. Le jour de votre mariage, vous deviendrez roi et reine de Beaumont.

— Je pense qu'il vaudrait mieux fêter la Nouvelle Année avec les nouveaux dirigeants, dit mon père. Le peuple aura besoin de sentir qu'il prend un nouveau départ alors que le dur travail de reconstruction commence.

C'est dans quatre mois, bien plus tôt que je m'y attendais. J'échange un regard avec Oscar. Il est partant.

— Oui ! lancé-je en me précipitant en avant pour les étreindre. Merci, Maman !

Elle me serre contre elle.

— Nous avons été placés dans des circonstances exceptionnelles avec la tempête. Peut-être avons-nous besoin d'une princesse exceptionnelle.

Mes yeux s'emplissent de larmes et ma gorge se serre.

— Merci. Je vous rendrai fiers.

Elle me caresse les cheveux.

— J'ai toujours été fière de toi, ma fille impossible.

Une larme m'échappe et je l'essuie d'un geste.

— Merci.

Je me retourne et vois Oscar serrer la main de mon père tout en lui parlant d'une voix basse et respectueuse. Oscar me contourne pour parler à ma mère, et je prends la main tremblante de mon père.

— J'imagine que tu es satisfaite de l'issue de ton plan, ma fille, dit-il à voix basse.

Ses paroles sont adoucies par l'étincelle dans ses yeux. Il sait que j'ai élaboré un plan stratégique pour sécuriser la place d'Oscar, et cela ne le dérange pas. Peut-être même qu'il m'admire pour ça, vu que je me suis assurée que mes efforts conjoints avec Oscar bénéficient au royaume, peu importe l'issue pour moi, personnellement. Le royaume avant soi-même, c'est ce en quoi il a toujours cru.

— Il faut un grand dirigeant pour faire les choix difficiles, comme tu l'as fait, Papa. Je suis contente que tu nous aies choisis pour être les prochains dirigeants.

Il nous regarde tous les deux.

— Tu es un atout pour le royaume que nous ne pouvons nous permettre de perdre.

Je l'embrasse sur la joue.

— Je t'aime aussi.

Ses yeux s'emplissent de larmes et il se racle la gorge.

— Oui, eh bien. Merci.

Je m'éloigne, prends la main d'Oscar, et sors de la pièce pratiquement en volant.

Dès l'instant où nous nous sommes échappés dans l'intimité de notre chambre, nous entrons en collision l'un avec l'autre dans une étreinte passionnée, nous écroulant sur le lit dans un enchevêtrement de bras et de jambes. Je ne sais comment, nous réussissons à ôter nos vêtements dans une frénésie de baisers, de caresses et de *je t'aime*.

Nos corps s'unissent, enfin, aussi près que peuvent l'être deux personnes. Aussi proches que nos vies seront jointes comme mari et femme, roi et reine et parents de la nouvelle génération, qui naîtra dans une ère plus moderne et progressive.

La main d'Oscar me tient le visage et il s'immobilise tout au fond de moi.

— Est-ce que tu fais à nouveau des plans ?

Je lui adresse un regard rayonnant. Il me connaît si bien.

— Oui, je planifie notre glorieux futur.

Il glisse une main entre nous et me caresse rapidement.

— Capitule, ordonne-t-il.

J'obéis, au seul endroit où je le ferai jamais, bien en sécurité dans ses bras. Je rejette la tête en arrière, ma respiration s'accélérant dans un voile de plaisir intense.

Puis je m'envole.

Il frémit contre moi quelques instants plus tard, un grognement guttural résonnant près de mon oreille avant que je ressente son poids contre moi.

Je l'étreins brièvement.

— Je t'aime. Je suis si heureuse que les choses se soient déroulées comme elles le devaient.

Il lève la tête.

— Je n'en ai jamais douté.

— Vraiment ? demandé-je, ne pouvant m'empêcher d'être surprise.

Ce n'était pas du tout une certitude.

Il prend ma mâchoire entre ses doigts.

— J'ai peut-être douté au début, mais ensuite, quand je suis arrivé et que je t'ai vue en action, j'ai su que les choses devaient se passer comme Polly le veut, ou pas du tout.

Je souris alors qu'il s'écarte de moi et roule sur le dos.

— Tu ne savais pas que c'était comme moi je le voulais.

Il se tourne de côté, m'attire tout près de lui et m'embrasse tendrement.

— Ce que je savais, c'était que tu régnerais que tu portes une couronne ou pas, parce que tu es intelligente et déterminée à ce point. Et je savais que tu ferais ça à mes côtés parce que je ne comptais pas te laisser partir.

Il prend ma joue en coupe, son pouce caressant le point sensible sous mon oreille.

— Je t'ai aimée au premier regard, Pol. J'ai su qu'il n'y aurait jamais personne d'autre comme toi pour moi.

Sa voix gagne en intensité alors qu'il ajoute :

— Je me battrais pour toi à n'importe quel prix.

— Oscar, dis-je d'une voix étranglée. Merci de te battre pour moi. Tu es mon héros, vraiment. Tu as fait tellement de choses héroïques et généreuses en mon honneur.

Mes lèvres s'entrouvrent alors que je prends conscience de quelque chose.

— Tu te comportais comme un roi depuis le début, en nous faisant passer, moi et mon royaume, avant toi-même. Ce nouveau rôle de roi est ton destin.

— Tu es mon destin. Le reste n'est que le cadeau que tu apportes avec toi.

Ma lèvre inférieure tremble, et il m'embrasse. Des larmes emplissent mes yeux et débordent. Il rompt le baiser et balaie les larmes du bout de son pouce, une expression tendre sur le visage.

Je suis si bouleversée par le miracle merveilleux que constitue notre amour. Je n'ai jamais compris pourquoi les gens se comportaient à ce point comme des idiots pour ça. Puis j'ai vu l'amour que se portaient Anna et Gabriel, et la demande en mariage romantique que Lucas a faite à son amour, Alice, et j'en ai finalement fait l'expérience par moi-même. C'est la chose la plus puissante du monde.

— Je chérirai toujours ce que nous avons, dis-je en une promesse solennelle.

— Et je te chérirai toujours, *toi*.

— Je te chérirai aussi !

Je l'embrasse, et ne peux m'arrêter de l'embrasser alors que nous continuons tous deux de nous assurer l'un l'autre comme nous nous chérirons. Je suis folle d'amour pour lui, et je ne pourrais être plus heureuse.

L'amour m'a libérée (avec un peu de planification stratégique de mon côté). Je suis impatiente de planifier encore plus de choses avec mon amour à mes côtés.

ÉPILOGUE

La nuit de noces royale

Oscar

Je suis celui qui a été couronné roi. Si vous devez me chercher au milieu du clan Rourke, le quatrième fils, c'est comme ça que vous me trouverez. Le Prince Oscar est désormais le Roi Oscar. Je ne me vante pas. C'est juste un fait, rendu possible par l'amour d'une femme incroyable, pleine d'énergie et à l'esprit stratégique. Elle est brillante, il émane d'elle la force et la volonté les plus incroyables, et je l'aime de tout mon cœur.

Cela fait quatre mois que la tempête m'a pris Polly, avant de finalement me la rendre. Nous avons travaillé nuit et jour pour restaurer l'ordre au royaume. La presse nous adore, son peuple nous adore, et ses parents ont fini par m'adorer. Enfin, autant que possible, sachant que leur fille m'étreint fréquemment, en public et en privé, et qu'elle m'a fait installer dans sa chambre dès l'instant où ils ont accepté le mariage. Je ne lui avais même pas encore passé la bague au doigt. Elle enfreint le protocole royal de bout en bout, mais ses parents le tolèrent parce qu'ils l'aiment. Et peut-être aussi parce qu'ils connaissaient mes intentions depuis le début. Je leur ai dit, durant notre première rencontre, que je l'aimais et que je ferais *n'importe quoi* pour garantir son bonheur.

Nous nous sommes mariés ce matin, durant une cérémonie officielle à l'église. Le public s'est aligné dans les rues pour nous acclamer alors que nous faisions le trajet du palais jusqu'à l'église dans une carriole tirée par des chevaux. La presse était là, ainsi que des équipes de télévision. Ma famille aussi, bien sûr. La Reine Anna et la Reine Polly ont des projets d'alliance stratégique entre nos deux royaumes, puisqu'elles sont désormais toutes les deux dans l'économie du tourisme. Mes frères sont heureux pour nous, même Adrian, que j'ai laissé en manque de fonds pour le casino et seul, quand je me suis envolé jusqu'ici pour être avec Polly.

Je savais que je devais me racheter envers Adrian après m'être retiré du projet, alors j'ai parlé de l'idée d'investir dans un casino à ma sœur, Emma, et à son mari rock-star, Jackson. Ils ont adoré cette idée et ont aussi accepté de jouer là-bas, ce qui attirera énormément de monde. Ils vivent en France, c'est donc une occasion de performance proche de la maison. Le plan est d'organiser un petit événement à l'intérieur au deuxième étage et, quand il fera beau, ils pourront jouer sur la terrasse sur le toit. Adrian espère que le casino pourra ouvrir à l'été prochain.

Aussitôt après la cérémonie, Polly et moi avant signé un nouveau mandat pour le royaume – les femmes peuvent régner seules. Juste après ça, nous avons aboli toutes les restrictions contre les femmes de la royauté. Nous sommes connus en tant que dirigeants modernes et progressistes, mais honnêtement, ce n'est que du bon sens.

Beaumont se porte bien et la vie y est revenue à la normale. Polly s'est assurée que des mesures d'urgence soient mises en place pour nous protéger des futures tempêtes, et la construction a commencé du côté nord de l'île, sur ce qui est désormais des propriétés royales. Après que j'ai repayé la dette de ses parents, Polly a négocié un bon prix pour que nous puissions racheter les terres de Peter en une vente rapide, qu'il était pressé d'effectuer depuis qu'il a été banni. Les terres appartenaient initialement à sa famille, ses parents ont donc été plus que ravis de les récupérer. Ils les avaient vendues durant leurs premiers efforts pour bâtir une économie touristique, n'ayant pas les fonds nécessaires pour construire eux-mêmes les stations balnéaires.

Vaughn travaille toujours comme garde, mais avec une responsabilité supplémentaire – il entraîne les gardes du palais pour les préparer aux désastres. Ils sont en première ligne pour assurer la sécurité de nos citoyens. Et Marge est toujours près de nous, travaillant désormais en tant qu'aide-soignante pour le père de Polly, qui a parfois des difficultés à convaincre son corps de faire ce qu'il veut. Polly a d'abord offert à Marge de travailler avec notre organisation de charité, après tout l'excellent travail qu'elle a effectué durant le nettoyage du désastre, mais Marge a refusé, proposant une contre-offre intéressante. Elle aimerait être la nounou de nos futurs enfants. Polly et moi avons accepté. Marge n'est pas chaleureuse et câline, plutôt pragmatique et inflexible, mais elle a un bon cœur et elle fait toujours passer les enfants en premier. Polly veut attendre que la reconstruction soit terminée pour concevoir des enfants. À terme, elle veut une grande famille, après avoir grandi en tant que fille unique. Je suis complètement d'accord, venant moi-même d'une grande famille. Je pense que ma famille l'a inspirée.

Maintenant, enfin, après toute l'excitation de la journée – la cérémonie de mariage officielle, les mandats royaux, un bal royal – j'ai ma femme pour moi tout seul. Je suis étendu sur le lit, torse nu, après avoir défait pour elle les minuscules boutons à l'arrière de sa robe de mariage. Elle m'a demandé d'attendre ici pour qu'elle puisse faire un strip-tease. Comme je l'ai dit, je ferai tout pour garantir son bonheur.

Elle fait descendre sa robe en remuant, me donnant un aperçu de son soutien-gorge sans bretelle, avant de se retourner et de me regarder par-dessus son épaule, un sourire sexy sur les lèvres.

Je me redresse instinctivement, désirant toucher, et elle lève la paume devant moi, m'arrêtant.

— Ah ah, dit-elle. C'est une séduction lente, et je suis aux commandes.

Je souris tout en déboutonnant mon pantalon noir.

— Tu es grisée par ton nouveau pouvoir de reine.

Je suis ravi qu'elle ait enfin pu le revendiquer.

— C'est vrai, répond-elle tout en faisant glisser la robe sur ses hanches, avant de la quitter d'un pas de côté.

— Pol, parvins-je à articuler d'une voix étranglée.

— Tu aimes ? demande-t-elle.

Elle se retourne pour poser sa robe sur le dossier d'une chaise, m'offrant une vue inégalée sur ses jolies fesses.

Elle porte un soutien-gorge en dentelle sans bretelles avec un string en dentelle blanc. Elle porte toujours des sous-vêtements blancs modestes. De minuscules bretelles en soie descendent de l'élastique du string jusqu'en haut de ses bas d'un blanc transparent.

Je me déshabille rapidement, descends du lit et me dirige droit sur elle, mourant d'envie de l'avoir.

Elle plaque une main contre mon torse.

— Pas encore.

J'émets un grognement.

— Tu es fabuleuse. C'est une torture de ne pas toucher.

Et j'en ai eu envie toute la journée.

Ses lèvres s'étirent lentement en un sourire sexy.

— Regarde, dit-elle d'une voix suave.

Elle ôte ses hauts talons, puis fait remonter ses mains le long de ses longues jambes tout en m'adressant un regard langoureux, avant de défaire l'attache en haut de ses bas, puis de les faire rouler lentement le long de ses jambes. C'est pire que le fait d'aller atrocement lentement avec une Polly vierge, parce que maintenant, je sais ce que je rate. Je veux que ces longues jambes s'enroulent autour de moi. J'ai besoin de m'enfoncer en elle encore et encore. Je ne pense pas que je pourrais attendre de la porter jusqu'au lit. Je risque bien de me jeter sur elle comme un animal sauvage, pour la prendre juste ici, sur le plancher.

— Il y a une lueur très prédatrice dans ton regard, dit-elle d'une voix rauque tout en défaisant lentement le deuxième bas.

— Tu as une minute, l'avertis-je, mes mains serrées contre mes flancs.

— Juste pour ça, je vais aller encore plus lentement.

Elle glisse les pouces dans les bonnets de son soutien-gorge et se caresse avec un petit gémissement.

Le sang afflue dans mes veines. Je brûle d'un désir brut et palpitant.

— Tu vas te retrouver penchée contre la commode dans dix secondes.

Elle sourit, ses yeux bruns étincelants avec malice. Finalement, elle défait l'agrafe à l'avant de son soutien-gorge et me le jette.

Je l'attrape, puis le jette de côté.

— Cinq secondes.

À moi. Maintenant. Le désir me ronge.

Elle prend ses deux seins en coupe, les pressant l'un contre l'autre. Mes yeux sont fixés sur le profond décolleté. Je ne sais pas quelle partie d'elle j'ai envie de toucher en premier, mais j'ai besoin de toucher.

— Oscar, dit-elle d'une voix aguicheuse. Je mouille tellement pour toi. J'ai passé toute la journée à imaginer tes mains sur moi.

Elle se tortille pour ôter son string et le jette par-dessus son épaule.

Je me mets en mouvement en même temps qu'elle, et nous nous heurtons l'un à l'autre, nos bouches se cherchant avidement, nos mains s'étreignant l'une et l'autre. À la dernière minute, je la guide vers le lit, parce que c'est notre nuit de noces et je veux quelque chose de doux sous elle alors que je la pilonne. Elle écarte les jambes, m'accueillant en elle. J'enfile un préservatif en un temps record et la prends en un coup violent. Nous émettons tous deux un grognement.

Elle enroule ses jambes très haut autour de ma taille et se balance contre moi. Elle articule un « Ouiii » dans un sifflement, me poussant à continuer. Je m'enfonce profondément et brutalement selon un rythme rapide. J'en ai besoin et elle est exactement au même point que moi, ses ongles s'enfonçant dans mes épaules.

Oh, putain. *Ralentis*. Je remonte ses hanches pour la pénétrer plus profondément, et elle émet un gémissement du fond de sa gorge, avant de céder. Je lâche tout, traversant les vagues avec elle. Son plaisir est mon plaisir, et je cède à mon tour, m'enfonçant profondément encore et encore.

Je m'écroule contre elle, complètement vidé. Mon Dieu. La princesse vierge est devenue une reine érotique. Je jure que je vais devenir le roi de la chambre dès que je pourrais bouger.

Elle m'embrasse le cou et me murmure à l'oreille :

— Mon amour. Mon premier, mon dernier, mon éternel.

Je lève la tête pour l'embrasser tendrement.

— Ma femme.

— Oui, dit-elle avec un grand sourire, avant de me serrer contre elle.

Notre vie ensemble commence maintenant en tant que mari et femme, dans un amour si puissant qu'il s'étend à tout un royaume. Le temps passé avant que nous nous aimions était simplement du temps passé à attendre notre rencontre.

Ne manquez pas le prochain livre de la série, *Royal Shark,* où Adrian retrouve son amie d'enfance, Sara. Il s'avère qu'ils ont fait le pacte de se marier lorsqu'ils auront vingt-cinq ans. Devinez quel âge ils ont ?

Adrian

Je suis un gentleman et un vrai requin aux cartes, alors je suis la personne idéale pour prendre la direction du nouveau casino de luxe de Villroy. Je suis fier d'être à la tête de cet endroit, surtout en connaissant notre économie chancelante. Sauf qu'au bout d'un mois d'activité, il s'avère que c'est trop à gérer pour un seul prince. J'ai besoin d'un homme (ou d'une femme) pour me servir de bras droit et faire de cette opération un succès, et des centaines d'emplois reposent sur moi.

C'est alors que ma jumelle, Silvia, prend contact avec Sara, une fille de qui nous étions proches lorsque nous étions enfants et que sa famille passait ses étés à Villroy. De manière ironique, à douze ans, nous nous sommes juré solennellement de nous marier quand nous aurions vingt-cinq ans. Nous avons vingt-cinq ans.

Mais ce n'est pas pour ça que Silvia m'a contacté. Il s'avère que Sara, comme moi, adore le poker, mais elle a des ennuis en ce moment. Elle organise des parties de poker à New York, et a suffisamment fait monter les mises pour attirer l'attention des bas-fonds riches de la ville. Bien sûr, je vole à sa rescousse, avec la solution parfaite – un boulot, où elle travaillera pour moi.

Excepté que cette femme entêtée refuse d'arrêter d'organiser ses parties, elle refuse de quitter New York et d'abandonner sa sœur, qui a bien grandi. Maintenant, je me retrouve à avoir envie d'elle, et pas uniquement pour les affaires, et je suis incapable de la laisser dans une situation si dangereuse. Mais mon royaume compte sur moi pour faire du casino un succès.

Il va falloir faire un choix.

Inscrivez-vous à ma newsletter afin de ne rater aucune de mes nouvelles publications: Kyliegilmore.com/FRnewsletter

AUTRES LIVRES DE KYLIE GILMORE

La série du Club de Lecture Happy End

Hollywood incognito (Tome 1)

Au-devant des ennuis (Tome 2)

Même pas cap (Tome 3)

Entente formelle (Tome 4)

Erreur sur le bad boy (Tome 5)

Joue avec moi (Tome 6)

Résister au destin (Tome 7)

Une chance de romance (Tome 8)

Un séducteur diabolique (Tome 9)

Un plan désagréable (Tome 10)

Un mariage Happy End (Tome 11)

La série Rourkes

Royal Catch - Version française (Tome 1)

Royal Hottie - Version française (Tome 2)

Royal Darling - Version française (Tome 3)

Royal Charmer - Version française (Tome 4)

Royal Player - Version française (Tome 5)

Royal Shark - Version française (Tome 6)

AU SUJET DE L'AUTEUR

Kylie Gilmore est auteur de best-sellers sur la liste de USA Today tels que la série du Club de Lecture Happy End, la série Rourkes, la série Clover Park et la série Clover Park STUDS. Elle écrit des romances comiques qui vous feront rire, vous feront pleurer et vous donneront un coup de chaud.

Kylie vit à New York avec sa famille, ses deux chats et un chien complètement fou. Quand elle n'est pas en train d'écrire, de courir après ses enfants ou de prendre des notes lors de conférences sur l'écriture, vous la trouverez sur la pointe des pieds, cherchant à atteindre sa cachette secrète de chocolat tout en haut du placard.

Cliquez ici pour vous inscrire à la newsletter de Kylie afin de recevoir des informations concernant les sorties de nouveaux livres, les promotions et les cadeaux réservés aux abonnés. https://www.kyliegilmore.com/FRnewsletter

Pour d'autres bonus sympas, allez voir le site de Kylie https://www.kyliegilmore.com.